AF146143

ELLEN HEINZELMANN

Verhängnisvoller Deal

Ein verhängnisvoller Deal

Joachim Winterstein, Geschäftsführer einer renommierten Firma in Lörrach, war ein erfolgreicher, aber auch ausgekochter Geschäftsmann, dessen Nebengeschäfte und sonstige Aktivitäten vor dem Auge des Gesetzes nicht immer auf Wohlwollen gestoßen wären. Daher sah er sich auch immer wieder mal genötigt, ungeliebte Mitwisser durch großzügige Vereinbarungen zum Stillhalten zu bringen. Doch einer dieser Deals stellte sich als verhängnisvoll heraus.

Die Autorin

 Ellen Heinzelmann, Fachfrau für Marketing und Kommunikation, wurde 1951 im Kreis Waldshut geboren. Während ihrer langjährigen beruflichen Tätigkeit - zuletzt als Marketing- und PR-Verantwortliche in einer Organisation des öffentlichen Rechts in Basel - übersetzte sie Texte vom Deutschen ins Französische und Englische, wirkte als Dolmetscherin bei Vertragsverhandlungen in Paris. Sie schrieb viele Artikel in Fachzeitschriften und Heimatbüchern, war Redakteurin eines offiziellen Vereinsorgans, entwarf Broschüren und Werbematerialien und organisierte umfangreiche geschäftliche Events. Sie lektorierte Fremdtexte und wirkte als Ghostwriterin. Schon in früher Kindheit hatte die geschriebene Sprache große Faszination auf sie ausgeübt, und diese Faszination bewahrte sie sich bis heute. Nach dem Ausstieg aus dem Berufsleben ist sie ihrer Berufung gefolgt. Mit ihrem Debütroman ›Der Sohn der Kellnerin‹, eine nicht alltägliche Geschichte, startete sie 2011 ihre schriftstellerische Laufbahn und nahm ihre Leser gleich mit auf eine emotionale Reise. Mittlerweile entstanden aus ihrer Feder sechs Romane.

www.ellen-heinzelmann.de

Ellen Heinzelmann

Verhängnisvoller Deal

Der Markgräfler Krimi

Bibliografische Information der Deutschen Nationalbibliothek

Die Deutsche Nationalbibliothek verzeichnet diese Publikation in der Deutschen Nationalbibliografie; detaillierte bibliografische Daten sind im Internet über dnb.d-nb.de abrufbar.

FSC®-zertifiziertes Papier
BoD druckt Bücher der Umwelt zuliebe auf FSC®-zertifiziertem Papier! Das heißt, dass für alle über BoD produzierten Bücher (ob Hardcover, Paperbacks oder Booklets) ausschließlich Papiere eingesetzt werden, die vom FSC zertifiziert wurden und somit aus einer verantwortungsvollen Forstwirtschaft stammen.

Covergestaltung: Ellen Heinzelmann
Umsetzung Coveridee: Armin Heinzelmann

Herstellung und Verlag: BoD Books on Demand GmbH, Norderstedt, www.bod.de

ISBN: 978-3-7386-0352-1

Erklärung

Ich habe mich in diesem Roman wieder einmal mit einem brisanten sozialkritischen Thema auseinandergesetzt. Es werden Fragen aufgeworfen, die uns alle angehen. Wegschauen ist sträflich.

Personen und Handlung sind frei erfunden. Ähnlichkeiten mit lebenden oder verstorbenen Personen sind rein zufällig und nicht beabsichtigt.

Ellen Heinzelmann

Personen

Rechtsbeistand und privater Ermittler
Celine Endress, Rechtsanwältin
Friedhelm Kulau, Detektiv

Mitarbeiter der Hi-Tec Lörrach AG
Joachim Winterstein, Geschäftsführer
Stephan Förster, stv. Geschäftsführer
Nicole Renner, Wintersteins Sekretärin
Ralph Siebert, Mitarbeiter
Elisabeth Klein, Personalleiterin
Uschi Kaiser, Leiterin Buchhaltung
Ines Humboldt, Leiterin Marketing und PR
Manfred Kellermann, Portier

Familien
Joachim Winterstein und Ehefrau Charlotte
Stephan Förster und Ehefrau Cecilia mit den Kindern Sebastian und Carmen

Ermittler / Polizei
Björn Albrecht, Hauptkommissar
Klaus Reiff, Kommissar
Rebecca Schäfer, Assistentin
Andreas Faber, Staatsanwalt
Herbert Bürgelin, Ermittlungsrichter

Weitere Personen
Carola Hauser, Wintersteins Geliebte
Eva Bammert, Lehrerin Hans-Thoma-Gymnasium
Michael Sasse, Nicole Renners Freund

1

Geschafft«, seufzt Charlotte Winterstein, als sie ihren Wagen in der Einfahrt ihres Anwesens in der Jurastraße in Lörrach am Leuselhardt abstellt. Erschöpft lehnt sie sich zurück und presst die Hände gegen ihre brennenden Augen. Gut sieben Stunden hatte sie bei meist strömendem Regen am Steuer gesessen. Eine einzige kurze Pause genehmigte sie sich bei der Autobahnraststätte Bruchsal. Sie hätte zwar noch eine Nacht bei ihren Eltern in Hamburg bleiben können, aber schließlich entschloss sie sich, doch zu fahren. *Was ich heute hinter mich gebracht habe, muss ich Morgen schon nicht mehr auf mich nehmen,* so ihre selbst verfasste Devise, in Anlehnung an den Volksmund 'Was du heute kannst besorgen, verschiebe nicht auf Morgen'. Sie blickt auf die Zeitanzeige am Armaturenbrett ihres Wagens. Es ist ein Uhr.

Das Haus ist dunkel. Daraus schließt sie, dass Joachim sich vermutlich längst schon in Morpheus Armen befindet. Sie betätigt den automatischen Garagentoröffner. Das Tor öffnet und schließt sich hinterher fast lautlos. Leise betritt sie durch die Garage das Haus, geht routinemäßig nochmals durch den Hauseingang zum Briefkasten. ›Ah, geleert; war ja nicht anders zu erwarten‹, denkt sie und schließt die Haustüre von innen wieder ab. Im großzügig gestalteten Entrée streift sie ihre Schuhe ab und in Strümpfen geht sie in die Küche zum Kühlschrank. Eine Kleinigkeit zwischen den Zähnen könnte sie jetzt nämlich noch gut gebrauchen.

Doch es sieht ziemlich mager aus im winterstein'schen Kühlschrank. Joachim hatte doch versprochen, fürs Wochenende einzukaufen. Aber so wie es aussieht, hatte er wieder mal keine Lust dazu gehabt und außerdem hat er mit diesem spätnächtlichen Überfall auf gekühlte Vorräte vermutlich nicht gerechnet. Zwei Fruchtjoghurts, eine halbe Gurke, ein paar Tomaten, Milch, Butter, etwas Käse, genau gesagt ein winziges Anstandsrestchen eines Emmentalers, und ein Landjäger sind die karge Ausbeute dieses riesigen Küchengeräts. *Na ja, wenigstens hat der treusorgende Gatte von den zwei Paar Landjägern einen einzigen übriggelassen.* Mit dem Landjäger und der angebrochenen Flasche Merlot, die Charlotte auf der Anrichte dankbar entdeckt hatte, verzieht sie sich ins Wohnzimmer, lässt sich in den tiefen Relaxsessel fallen, legt ihre Füße hoch und genießt die wenigen Köstlichkeiten. Nach langen Autofahrten hält sie es immer so. Sie geht nie gleich zu Bett, sondern ›kommt erst mal runter‹, wie sie es nennt.

Es ist Viertel vor zwei, als sie sich nach oben in ihr Zimmer aufmacht. Nanu, Joachims Zimmertüre steht einen Spalt weit offen. Sie riskiert einen kurzen Blick ins Innere und erkennt im Licht, das von der Flurlampe schummrig ins Zimmer geworfen wird, dass Joachims Bett unberührt ist. »Aha, da hatte er mich wohl heute noch nicht zu Hause erwartet, der Schwerenöter«, sagt sie mit sarkastischem Humor vor sich hin.

*

Sie und Joachim führen schon seit einiger Zeit nur noch eine … na ja, nicht ganz platonische Ehe … aber in diese Richtung tendiert sie, denn Sex haben sie nur noch gelegentlich … wenn's hoch kommt, einmal die Woche, ansonsten einmal in vierzehn Tagen, oft sogar nur einmal im Monat. Sie gehört eher zur Gattung der Sexmuffel, die mit gelegentlichem Beischlaf, wie sie es ja handhaben, eigentlich zufrieden ist. Kein Wunder war sie von seinem unstillbaren sexuellen Verlangen, schlicht einfach überfordert, konnte seinen starken Trieb längst nicht mehr in dem Ausmaß befriedigen, wie er es benötigte - am liebsten täglich mehrmals - und schließlich hatte er mit ihrem Einverständnis eine Bettgefährtin zugelegt. Oder waren es mehrere? Sie weiß es nicht. Aber sie könnte es sich gut vorstellen. Jede Frau würde irgendwann einmal überfordert sein … vermutlich auch die ihres gegenseitigen Arrangements. Bei ihm braucht es auf die Dauer mehrere. Eigentlich ist es ihr egal. Doch eine Bedingung stellte sie damals an ihn, und zwar, dass er seine außerehelichen sexuellen Aktivitäten außer Haus verrichtete. Sie wollte schließlich nicht laufend Zeuge sein, von der laut stöhnenden Rammelei. Nachts jedoch schläft er meist zu Hause, denn sein eigenes breites Wasserbett ist ihm heilig. Hin und wieder fragte sie sich, warum sie überhaupt noch zusammenblieben? Ist's Bequemlichkeit, Gewohnheit oder sind es einfach wirtschaftliche Überlegungen? Ja, Joachim, der mit einer außergewöhnlichen Intelligenz gesegnet ist, ist im Beruf erfolgreich. Immerhin ist er der Bigboss der Hi-Tec Lörrach AG, die größte der drei in ganz Deutschland und der weiteren elf europaweit niedergelassenen Hi-Tec-Filialen der Automobilzuliefererbranche, die an der Wiesentalstraße angesiedelt ist. Mit den Kerngeschäften Lichtsysteme und Fahrzeugelektronik lässt sich so richtig gut Geld verdienen. Außerdem verfügt Hi-Tec im Bereich Aftermarket Sales über eine der größten Handelsorganisationen für Kfz-Teile, Zubehör, Diagnose und Serviceleistungen in ganz Europa. Sie beliefert die ganze Palette der Autoindustrie … ja, und Joachim als kaufmännischer Direktor und natürlich mit ihm der technische Direktor, Ingenieur Conrad Vogt, hatten maßgeblich zum Erfolg beigetragen. Joachim verdient dabei beachtlich. Wer sonst kann sich schon ein so feudales Haus auf dem noch feudaleren Leuselhardt in Lörrach leisten. Es ist überhaupt erstaunlich, wie alles, was Jo anfasst, zu Gold wird. Ja, und zugegebenermaßen ist er eine interessante, für sein Alter noch recht jung wirkende Erscheinung. Sehr große Statur, immerhin über eins-neunzig laufende Meter, sportlicher Typ mit breiten Schultern, immer gut gekleidet und ein im klassischen Sinne nicht schönes aber intelligentes, sympathisches Gesicht sind seine augenfälligen Vorzüge. Mit niemandem, den sie bisher kennenlernte, verstand sie sich so gut, wie mit ihm. Mit ihm zu diskutieren, war seit jeher ein Genuss. Kein Wunder, denn außer beim Thema ›sexuelle Appetenz‹, schwimmen sie auf gleicher Welle, aufgrund ihrer ähnlichen Auffassungen über dies und das. Und mit niemandem sonst konnte sie bisher so herumalbern, wie mit Joachim. Sie schmunzelt bei der Vorstellung, wie sie im Urlaub bei strömendem Regen auf der Straße tanzten. Joachim sang ziemlich laut dazu (ja er hat eine sehr gute Tenorstimme, die sich hören lassen kann); die Leute blieben stehen … einige lachten, andere schüttelten empört den Kopf, und je mehr Leute empört den Kopf schüttelten, desto mehr mussten sie selbst lachen. Gelegentliche Kissenschlachten enden meist in einem romantischen Sexakt, denn - das muss man ihm lassen - er versteht sich auch auf romantischen Sex. Da wird sogar ihre schwächelnde Libido entfacht und sie genießt es mit jeder Faser ihres Körpers … trotz seiner externen Eskapaden … was sie einfach ausblendet.

Ja, sie schätzt Joachim als Mensch, mag ihn wirklich sehr, wie man einen guten, teuren Freund eben mag. Doch lieben … nein, das konnte sie ihn schon lange nicht mehr, denn das geht nicht mit dem Wissen über seine externen Abenteuer. Und so entschied sie sich, diese Version des Zusammenlebens, zumindest bis auf weiteres, beizubehalten. Außerdem, an angemessenen Alternativen, die nur annähernd ein solches luxuriöses Leben hätten bieten können, mangelte es bisher am Markt. Außer gelegentlichen kleinen Flirts ist bisher nie etwas zustande gekommen.

Für beide ist diese Lebensführung schlicht einfach bequem.

*

Sie musste nicht lange überlegen, ob sie ihm zu nachtschlafender Zeit einen Streich spielen sollte, und wählt die Nummer seines Handys. Doch Joachim nimmt nicht ab. Komisch. Sein Handy ist eigentlich immer auf Empfang und er legt es, ob zu Hause oder nicht, auch immer neben seinem Nachtlager ab.

Charlotte zögert nicht lange und wählt eine andere Nummer. Sie lässt es lange klingeln. Ein Knacken in der Leitung, eine kurze Pause und dann schließlich »Hallo, wer stört?«, fragt eine verschlafene Stimme.

»Hallo, Carola, ist Joachim bei Ihnen?«

*

Carola Hauser ist eine junge Frau, die im Hause Winterstein zweimal die Woche Ordnung macht und ist eben ›*das einvernehmliche Übereinkommen*‹ zwischen den Eheleuten. Charlotte hatte, als Carola bei ihnen zu arbeiten anfing, gleich mal Joachims hungrige Augen, die der jungen Frau folgten, gesehen und eines Tages eben überraschte sie beide bei einer eindeutigen Situation. Zuerst gab's einen Riesen-Zoff, bis sie dann auf die Idee mit der Vereinbarung kamen. Dass Joachim Carola schon vorher kannte und sich mit ihr traf (es war schließlich kein Zufall, dass die junge Frau bei ihnen als Zugehfrau begann), brauchte seine Frau ja nicht zu wissen und schon gar nicht zu interessieren.

Eigentlich war es Charlotte, die auf die Idee der Spezialvereinbarung kam, weil Joachims Hypersexualität sie überforderte. Eine Frau alleine kann sein gesteigertes sexuelles Verlangen nicht befriedigen, das war ihr schon lange klar.

Eine solche Vereinbarung ist natürlich nicht üblich. Niemand würde so etwas verstehen. Aber, warum auch sollte es jemand verstehen müssen? Es ging nur sie etwas an. Und sie sind schließlich niemandem Rechenschaft schuldig.

*

Statt der erwarteten Antwort, *ja* oder *nein*, fragt Carola »Wissen Sie eigentlich, wie spät es ist?«

»Klar weiß ich das. Also ist er da?«

»Nein«, sagt Carola ziemlich mürrisch, »er war noch nie über Nacht bei mir. Das sollten Sie ja eigentlich wissen.« Sie weiß, dass sie jetzt gelogen hatte, aber zumindest war es die Regel, dass er nicht bei ihr über Nacht

14

blieb. Jeder weiß aber auch, dass Ausnahmen die Regel bestätigen. »Und jetzt lassen Sie mich bitte in Ruhe, ich habe morgen einen langen Tag.« Sie legt auf, bevor Charlotte sich für diese rücksichtslose nächtliche Störung hätte entschuldigen können. Das mit dem Streichspielen ging auf jeden Fall gründlich daneben und es tat ihr ehrlich leid.

*

Charlotte wird durch das ziemlich penetrante Betätigen der Türglocke und dem lauten Poltern unsanft geweckt - sie braucht lange, bis sie zu sich kommt, denn sie hatte dieses Klingeln und Pochen gleich mit in ihren Traum hineingenommen.

Schließlich öffnet sie die Augen. Sie ist wie betäubt, als sie auf die Uhr neben ihrem Bett blickt. Oh, halb neun schon.

Das aufdringliche Poltern scheint immer lauter zu werden. Wer ist denn das, am frühen Morgen? Ach herrje, habe ich den Schlüssel heute Morgen in der Haustüre stecken lassen und Joachim versucht vergebens hereinzukommen. Aber warum kommt er denn nicht einfach durch die Garage? Außerdem, was will er überhaupt zu Hause? Er sollte doch im Büro sein. Sie beantwortet sich die Frage selbst. Klar, er braucht wieder ein frisches Hemd.

Hastig zieht sie sich den Morgenmantel über und geht, immer noch etwas wacklig die Treppe hinunter.

»Sorry Joachim …«, fängt sie gleich an zu sprechen während sie die Tür öffnet. Sie stoppt ihre Rede abrupt, als sie sich zwei fremden Herren mit ernsten Gesichtern gegenübersieht. Einer davon ziemlich groß mit stattlichem Bauchumfang, der andere gerade das Gegenteil. Mit einem »Oh … äh … ich …äh …«, sie weiß nicht, was sie sagen soll, und so erwartet sie mit fragender Miene, was da nun auf sie zukommen mag.

»Guten Morgen Frau Winterstein … Björn Albrecht mein Name, Hauptkommissar, Kriminalpolizei Lörrach«, stellt sich der Große mit angenehmer sonorer Stimme vor, während er sich gleichzeitig mit Ausweis legitimiert. Mit einer Handbewegung weist er zu seiner Begleitung, »und das ist mein Kollege Kommissar Klaus Reiff.« Auch dieser legitimiert sich mit mechanischer Bewegung.

Die Beamten schauen Charlotte etwas befremdlich an, bis sie selbst an sich herunterblickt und erschrickt. Oh mein Gott, sie hatte in der Eile und in Erwartung ihres Ehemannes ihren Morgenmantel nicht zugebunden, steht somit im durchscheinenden Negligé, also quasi halb nackt, vor den Beamten. Kein Wunder wirken die beiden Männer leicht irritiert. Charlottes üppige Rundungen lassen sich durchaus sehen, sie wirken geradezu verführerisch. Nur, jetzt ist nicht gerade der Moment, in dem sie Männer bezirzen will. Es ist ihr ziemlich peinlich.

Schnell rafft sie ihren Morgenmantel mit dem Bindegürtel vorne in der Taille zusammen. »Ähm … wissen Sie, ich bin nach einer längeren Autofahrt erst heute Morgen nach Hause gekommen … und … ja, Sie verstehen sicher, es war eine kurze Nacht … und eigentlich habe ich meinen Mann erwartet«, gibt sie verlegen umständliche Erklärungen ab.

»Dürfen wir hereinkommen?«, zeigt sich Albrecht bewusst unbeeindruckt, um Charlotte das Gefühl zu vermitteln, dass dies keine außergewöhnliche oder gar peinliche Situation zu sein brauche, so dass sie in den Boden versinken müsse. Charlotte ist dankbar über die Diskretion und bittet die beiden Herren herein in den Wohnsalon. »Bitte gerade aus in den Salon«, weist sie mit einer Handbewegung den beiden Herren den Weg und schließt die Haustüre.

Als sie sich im Entrée beim Vorübergehen im Spiegel sieht, überkommt sie der nächste Schock. Sie ist total unfrisiert. Mit ihren wild durcheinander, vom Kopf abstehenden kurzen blonden Locken, sieht sie aus wie ein zerrupfter Vogel, ihre ungeschminkten blauen Augen wirken noch ziemlich verschlafen. Schnell streicht sie mit ihren Fingern durch die Haare, hofft inständig, ihnen damit etwas Form geben zu können, und folgt den Herren eiligen Schrittes in den Salon. Unter normalen Umständen wäre sie eigentlich vorausgegangen, um sie in den Salon zu bitten. Aber dies eben war absolut alles andere als ein normaler Umstand.

»Bitte setzen Sie sich«, fordert sie die beiden höflich auf und weist ihnen mit einladender Geste zwei Sessel vor dem Kamin zu. »Kann ich Ihnen einen Kaffee oder Tee anbieten?«, fragt sie, immer noch peinlich berührt von ihrem unpassenden Auftritt, während sie nervös am Bindegürtel ihres Morgenmantels nestelt.

»Machen Sie sich keine Mühe, wir werden Sie nicht lange belästigen«, lehnt Albrecht Charlottes Angebot ab.

Charlotte besteht auf das Praktizieren ihrer Gastgeberrolle, nicht zuletzt auch, um ihren etwas demolierten Hausdamestatus nach diesem missglückten Auftritt wieder herzustellen ... eine Art Rehabilitation sozusagen. »Wissen Sie, ich hätte die Zeit, während Sie Kaffee oder Tee trinken genutzt, mir schnell etwas überzuziehen und meine Haare zu bürsten«, erklärt sie und lächelt dabei verlegen.

»Das könnten Sie auch ohne Kaffee oder Tee erledigen. Es wird ja nicht ewig dauern. Aber vielleicht möchten Sie vorher doch lieber noch erfahren, warum wir eigentlich hergekommen sind.«

Sie hält abrupt inne, als wäre sie vom Blitz getroffen worden. Stimmt eigentlich, ja. Die Polizei kommt schließlich nicht aus Spaß an der Freude. Sie spürt, wie ihr das Blut in den Kopf steigt, das ihrem Gesicht Farbe der Verlegenheit verleiht. Wieder ärgert sie sich über sich selbst. Das war ein weiterer Fauxpas, der haargenau zur ganzen peinlichen Situation passte. Wenn am Morgen um halb neun plötzlich zwei Polizisten vor der Tür stehen, muss ja irgendetwas passiert sein. Die kommen nicht, um sie im Morgenmantel zu sehen. Eigentlich hätte sie gleich fragen sollen, was der Grund ihres Besuches ist, aber vor lauter Peinlichkeit über ihren halbnackten Auftritt, lief nichts wie es unter normalen Umständen abgelaufen wäre. Sie versucht es zu überspielen: »Ja klar. Ist wieder etwas passiert? Machen Einbrecher die Gegend erneut unsicher, wie Anfang Mai?«, fragt sie und fährt, ohne die Antwort abzuwarten gleich mit einer Erklärung fort, »mir ist nichts speziell aufgefallen, als ich heute Nacht nach Hause kam.«

»Nein, Frau Winterstein, diesmal sind es keine Einbrecher. Die Angelegenheit heute ist etwas ernster. Wir sind von der Mordkommission und müssen Ihnen, leider eine traurige Mitteilung machen«, erklärt Albrecht, »Ihr Mann wurde heute Morgen tot aufgefunden.« Es herrscht abrupte Stille. Der noch immer vor den Herren stehenden Dame des Hauses fällt die Kinnlade herunter. Tränen treten in ihre Augen, ihr Gesicht hatte sofort jegliche Farbe verloren, die sich zuvor so unerwünscht in selbiges geschlichen hatte. Sie fühlt sich plötzlich aller Kräfte beraubt, ihre Beine drohen wegzusacken. Sie lässt sich in den nächsten Sessel fallen.

»Unser herzliches Beileid«, vernimmt sie die an die tragische Situation angepasste Stimme des Beamten.

Sie blickt ihn mit tränenverschleierten Augen an und nickt nur, damit ihren Dank für das entgegengebrachte Mitgefühl ausdrückend. Sie braucht eine Weile, bis sie ihre Sprache wiederfindet. »Sie sagen gefunden? Was heißt gefunden? Wo gefunden?«

»In seinem Büro.«

»Im Büro? … um Gottes willen …« Charlotte ist wie betäubt. »Wie … ähm … was ist denn passiert?«

»Er wurde ermordet.«

Charlotte reißt erschrocken ihre Augen auf. »Was? Ermordet? Das kann nicht sein.« Sie glaubt zu träumen … böser, böser Traum. Das ist doch alles gar nicht wahr. Gleich wird sie aufwachen und feststellen, dass alles gar nicht stimmt … ja, sie ist sich sicher, es kann sich nur um einen schlimmen Albtraum handeln.

Durch Albrechts Stimme wird sie aus ihren Gedanken in die erschütternde Realität zurückgeholt. Er hatte zwei Fragen an sie gestellt und zwar, wann sie denn ihren Mann zum letzten Mal gesehen, und ob sie ihn denn nicht vermisst habe, als sie in den frühen Morgenstunden heimkehrte.

Die erste Frage war schnell beantwortet. Von Joachim hatte sie sich vor einer Woche verabschiedet, bevor sie nach Hamburg zu ihren Eltern fuhr. Bei der zweiten Frage wurde es schon etwas schwieriger. Die Fakts an und für sich wären eigentlich ganz einfach und schnell erklärt, aber nicht die Begleitumstände. Sie konnte den Herren doch nicht erzählen, dass sie ihren Mann bei irgendeiner Tussi vermutete, und dass eine Vereinbarung zwischen ihnen bestand, die ihm, und natürlich auch ihr, gewisse Freiheiten zugestand.

Sie stammelte, als sie erklärte, dass ihr seine Abwesenheit wohl aufgefallen sei, aber dass es in der Vergangenheit öfter schon vorgekommen sei, dass er nicht nach Hause kam, besonders wenn es im Büro mal wieder länger als normal dauerte und er dann einfach kein Ende fand. Es sei sogar auch schon vorgekommen, dass er spät abends über seinem Schreibtisch fast eingeschlafen sei.»Es gibt zu seinem Büro noch einen Nebenraum mit einer Schlafmöglichkeit. Also nichts Besonderes, wenn er mal nicht nach Hause kommt.«

Diese Aussage war unverfänglich, denn immerhin wurde er ja im Büro gefunden. So brauchte sie nichts von ihrer ungewöhnlichen Ehe zu erzählen … glaubt sie, wird aber gleich eines Besseren belehrt, denn der Kommissar hakt entschlossen nach.

»Aha, nichts Besonderes! Was ich aber dann nicht verstehe, Frau Winterstein, wenn das so ist, also nichts Besonderes, wie Sie sagen, warum haben Sie dann Ihren Mann heute Morgen gegen zwei Uhr auf dem Handy angerufen?«

Für einen Moment kehrt Charlottes Farbe ins Gesicht zurück. Schei...benkleister. Sowas Blödes aber auch. Wie soll sie das nun erklären? Sie konnte doch nicht erzählen, dass sie ihn ja eigentlich nur ärgern wollte, weil sie annahm, dass er vielleicht diese Nacht wieder mal am Sich-Verlustieren sei. Eine Tatsache natürlich, die bewiese, dass ihr die Vereinbarung ›Freischein für sexuelle Eskapaden‹ vielleicht doch nicht so gleichgültig ist, wie es sie sich bis jetzt selbst vormachte. Sie versucht es mit einer Ausrede und sagt schließlich: »Ähm … na ja … ich kam ja, wie gesagt, sehr spät nach Hause und … ich … ähm … ich wollte wissen, ob ich noch auf ihn warten soll. Nachdem er nicht abgenommen hatte, ging ich davon aus, dass er schon schlafe … eben halt, im Büro … und … ja, so kommt es auch, dass ich den Schlüssel von innen stecken ließ … und glaubte, als es klingelte, dass er es sei und wegen des Schlüssels nicht reinkomme.« Sie ärgert sich über sich selbst, dass sie so stotternd daherredete und umständliche wie unnötige Erklärungen abgab. Sie benahm sich damit wie eine Verdächtige, denn ihr Anruf hätte ja auch so gedeutet werden können, dass sie sich vergewissern wollte, ob der Mörder, ihr Komplize, gute Arbeit getan hatte. Dabei hatte sie sich doch überhaupt nichts vorzuwerfen, außer eben, dass sie und Joachim keine Ehe im herkömmlichen Sinne führten. Dennoch kann sie sich im Moment ein Leben ohne ihn nicht vorstellen. Im Moment ist es einfach ein bisschen viel für Charlotte. In das darauffolgende Schweigen, erklärt sie schließlich, dass sie gerade mal eben sich anziehen und ein klein wenig zurechtmachen wolle … sprach's und verschwindet.

Die beiden Beamten indes schauen sich vielsagend an. In der aktuellen Situation können sie sich keinen Reim aus ihrem Verhalten machen. Hat Frau Winterstein etwas mit dem Mord an ihrem Mann zu tun? Doch gemäß Aussage des stellvertretenden Geschäftsleiters, Stephan Förster, und der Sekretärin, Nicole Renner, gibt es schon einen Verdächtigen, der einen Grund für Rache gehabt haben könnte … einer, der gemäß Aussage des Pförtners, am Mordabend panikartig aus dem Haus stürzte und dessen Aufenthaltsort seither unbekannt ist. Welche Rolle aber spielte nun Frau Winterstein dabei? Bevor er weitere Fragen an die gerade wieder eintretende, inzwischen adrett zurechtgemachte Frau Winterstein richten kann, kommt Charlotte ihm zuvor.

»Wie … wie ist er denn gestorben … ähm ich meine, womit hat man ihn umgebracht? Wer macht denn so etwas? Hat man denn eine Idee, wer es gewesen sein könnte? Und … und, wer hat meinen Mann gefunden?«

Diese Fragen könnten natürlich reine Taktik sein, das ist den beiden Polizisten bewusst. Dennoch beantwortet Albrecht wahrheitsgetreu Charlottes Fragen.

»Gefunden hatte ihn heute Morgen Frau Renner, seine Sekretärin. Gemäß erster vorläufiger pathologischer Bestimmung wurde Ihr Mann gestern Abend so zwischen 18:00 und 20:00 Uhr niedergestochen. Indes den genauen Zeitpunkt kann der Pathologe erst nach eingehender Untersuchung nennen. Der Täter hatte viermal zugestochen. Ein Stich traf die Lunge, knapp am Herzen vorbei. Dieser Stich war schließlich tödlich. Die Waffe war ein schmaler messerähnlicher Gegenstand; messerähnlich deshalb, weil die Klinge der Stichwaffe für ein Messer zu schmal war. Wir gehen davon aus, dass es sich um einen Brieföffner gehandelt haben könnte.« Dass zwei Stiche die Genitalien des Opfers trafen, erwähnt er nicht.

Er macht eine kurze Pause, während er Charlotte genau beobachtet. »Um Ihre letzte Frage, ob es schon einen Verdächtigen gebe, zu beantworten … ja, den gibt es.«

Charlotte wird hellhörig. »Oh … und, wer ist es? Es kann doch nur jemand aus der Firma gewesen sein«, folgert sie.

»Wie kommen Sie darauf?«

»Na ja, dem Portier wäre ein Fremder doch aufgefallen.«

»Ja, da haben Sie allerdings recht. Es gibt keine Kampfspuren, das heißt, Ihr Mann muss seinen Mörder gekannt haben«, gibt Albrecht zu, »haben Sie denn eine Vorstellung, wer es gewesen sein könnte. Vielleicht jemand der ihren Mann hasste, sagen wir mal, wegen einer ungerechten Behandlung?« Er stellte die Frage, obwohl er die Antwort schon kannte, denn er wurde vom stellvertretenden Geschäftsleiter Stephan Förster darüber schon informiert. Albrecht will einfach die Reaktionen der Interviewten beobachten.

Charlotte schüttelt den Kopf. »Nein, absolut nicht. Mein Mann erzählt …«, sie hält inne, mein Gott er ist tot, »… er erzählte nur sehr selten vom Geschäft und wenn, dann nur die positiven Dinge. Ärger hielt er nach Möglichkeit von mir fern.«

Auf Charlottes nochmalige Frage, wer es denn nun sei, den man verdächtige, antwortet Albrecht, dass er noch keine Namen nennen könne, solange noch nichts feststehe. Eines sei nur gesagt, dass der Aufenthaltsort des möglichen Täters unbekannt sei.

Der Kommissar möchte gerne zum Ende kommen und richtet nochmals kurz seine Fragen an Charlotte:

»Zwei letzte Fragen noch, Frau Winterstein, dann lassen wir Sie in Ruhe. Wie lange sind Sie verheiratet und wie würden Sie Ihre Ehe beschreiben?«

Wieder zeigt ihr Gesicht eine verräterische Farbe. Solche Fragen sind ihr einfach unangenehm. *Wozu will er das wissen? Das tut doch überhaupt nichts zur Sache, vor allen Dingen, da der Täter ja bekannt ist*, denkt sie. Laut sagt sie »Wir sind seit dreizehn Jahren verheiratet. Tja, und wie war unsere Ehe?«, sie macht eine kurze Pause, um zu überlegen, wie sie ihre Ehe beschreiben sollte. Sie beschließt, ihr außergewöhnliches Zusammenleben sachlich zu schildern und erklärt, dass sie eine sehr offene Partnerschaft pflegten, das heißt, dass sie sich gegenseitig viel Freiraum zugestanden hatten, ja, und dass die Beziehung eher intellektueller, partnerschaftlicher, denn romantischer Natur gewesen sei. Ja, und es habe gut funktioniert, sonst wären sie nicht dreizehn Jahre verheiratet gewesen.

»Aha, offene Partnerschaft«, kommentiert Albrecht Charlottes Erklärungen, während er sich oberhalb des rechten Auges an der Stirn kratzt, wie jemand, der scharf nachdenkt. Genau genommen denkt es auch hinter seiner Stirn. »Ja … ähm … bedeutet offene Partnerschaft, dass Sie beide außereheliche Beziehungen pflegten …ich meine, sexuelle Beziehungen?«

Für Charlotte wird die Unterhaltung immer unangenehmer. Sie hatte nie mit jemandem über ihre Ehe gesprochen, bisher zumindest. Warum sollte sie es jetzt tun. »Ich frage mich, Herr Albrecht, was unsere Ehe mit dem Mord zu tun haben soll? Das tut doch überhaupt nichts zur Sache. Außerdem haben Sie ja schon einen Mörder … und …«

Albrecht unterbricht ihren Redefluss »wir sprechen von einem mutmaßlichen Täter.«

»Okay, sie haben einen mutmaßlichen Täter, der, wenn er flüchtig ist, meiner Meinung nach, mehr als verdächtig ist. Warum quälen Sie mich also mit diesen Fragen und lassen mich nicht einfach in Ruhe? Mein Mann ist tot, das trifft mich schwer genug, auch wenn Sie es nicht glauben mögen.«

»Bitte verstehen Sie, Frau Winterstein, dass wir routinemäßig alle Informationen im Zusammenhang mit dem Opfer klären müssen, damit wir uns ein Bild machen können«, mischt sich jetzt Klaus Reiff ein, der bis jetzt geschwiegen hatte. Seine Stimme war bei weitem nicht so angenehm wie die des Hauptkommissars Albrecht. »Was glauben Sie, wie viele Eifersuchtsdramen mit Mord oder Totschlag enden«, beendet er seine Rede.

»Ja, aber das kommt ja bei uns nicht in Frage. Es gab bei uns keine Gründe für Eifersucht. Ich sagte schon, wir führten eine offene Beziehung, und zwar in gegenseitigem Einvernehmen.«

»Dann können Sie uns doch auch sagen, ob ›offen‹ in ihrem geschilderten Zusammenhang ›außereheliche sexuelle Beziehung‹ bedeutet. Mehr will der Hauptkommissar gar nicht wissen.«

Charlotte fühlt sich in die Enge getrieben. »Mein Mann hatte eine … «, sie räuspert sich, »… eine, wie Sie es nennen, außereheliche sexuelle Beziehung. Und nein, ich war nicht eifersüchtig auf die junge Frau, um es nochmals zu betonen. War's das jetzt?«

»Fast«, lächelt der Hauptkommissar. »Kennen sie diese Frau? Nach Ihrer lapidaren, unverschnörkelten

Schilderung, konnte man das schon irgendwie heraushören.«

»Ja, ich kenne sie; sie ist unsere Zugehfrau, zwei Mal die Woche … jung und hübsch, ja und intelligent. Mein Mann mochte gescheite Frauen.«

Albrecht zieht die Augenbrauen hoch, wohl ein Zeichen, seiner Überraschung über die etwas ungewöhnliche Kombination ›intelligent und Zugehfrau‹.

»Name? Adresse? Weitere Arbeitsstelle? Ich denke ja nicht, dass die junge Dame von zweimal ›Zugehen bei Ihnen‹ ihren Unterhalt bestreiten und ihre intellektuellen Bedürfnisse stillen kann«, gibt er immer noch keine Ruhe.

Die Hartnäckigkeit des Hauptkommissars geht Charlotte so langsam aber sicher auf den Geist. Sie ist sich keiner Schuld bewusst und sie möchte jetzt alleine sein. Sie möchte endlich um ihren Ehemann trauern dürfen. War das denn zu viel verlangt? Ihr Unmut ist ihr deutlich anzusehen und genauso deutlich anzuhören, als sie Carola Hausers Namen, Adresse und deren Arbeitsstelle nennt.

»Das war's auch schon, Frau Winterstein. Danke«, beendet Albrecht die Befragung. Die beiden Kommissare verabschieden sich von ihr, jedoch nicht ohne ihr nochmals nahegelegt zu haben, dass sie sich für eventuelle weitere Befragungen zur Verfügung halten solle.

Als die Beamten gegangen waren, setzt Charlotte sich in den tiefen Relaxsessel und lässt ihren Tränen, die sie bis jetzt, außer den Tränen, die der Todesnachricht folgten, tapfer zurückgehalten hatte, freien Lauf. Ihr Weinen wirkt schmerzerfüllt, ihre Trauer echt.

2

Die Beamten hatten es zuerst mit einem Anruf bei Frau Hausers Privatadresse, eine kleine Zweizimmerwohnung in Lörrach, versucht und als sich niemand meldete, fuhren sie gleich zu Aldi, wo selbige arbeitet, übrigens ein Faktum, das das von Frau Winterstein skizzierte Bild der jungen Frau, die sehr intelligent sein soll, nicht gerade bestätigt.

Sie betreten das Geschäft und lassen ihre Blicke über die besetzten Kassen schweifen. Albrechts Blick bleibt bei einer jungen, attraktiven Frau hängen. Sein Bauchgefühl sagt ihm, dass es sich bei dieser Dame um Carola Hauser handeln muss.

»Denken Sie, was ich denke?«, fragt Reiff seinen Vorgesetzten.

Albrecht nickt lächelnd und gibt seinem Kollegen ein Zeichen, dass er handeln solle. Die beiden Kommissare sind so gut aufeinander eingespielt, dass Reiff ohne Worte sofort versteht. Handeln heißt in diesem Fall, dass er dafür sorgt, dass kein neuer Kunde sich an Frau Hausers Kasse anstellt. Albrecht selbst geht direkt zu Frau Hauser, zeigt ihr diskret seinen Ausweis und erklärt ihr, dass sie nach Bedienung der zwei Kunden, die ihre Einkäufe schon aufs Band gelegt hatten, sich bitte für ein paar Fragen zu Verfügung stelle. Er versichert ihr auch, dass es nicht lange dauern würde.

Frau Hauser wirkt für den Moment perplex. Albrecht kennt das. Er weiß, dass die Leute, auch wenn sie sich ihrer sauberen Weste sicher sind, sich dennoch irgendwie betroffen fühlen, wenn die Kripo auftaucht. Sie fragen sich im Stillen, wann, wo und was sie vielleicht angestellt haben könnten, das vor den Augen des Gesetzes keine Gnade finden würde.

Frau Hauser übergibt das Hinweisschild ›Kasse geschlossen‹, das Herr Reiff auf dem Tisch des Laufbandes platziert. Nach der letzten Kundin führt sie die beiden Herren nach hinten. Dem Filialleiter, Rolf Sütterlin, der gerade zwischen den Regalen entgegenkommt und verwundert dreinblickt, erklärt sie, dass die beiden Herren von der Polizei seien. Sütterlin schaut mit fragender Miene von den Beamten zur Mitarbeiterin und wieder zu den Beamten.

Albrecht sieht dessen Verwirrung und klärt sofort auf, damit dieser nicht voreilige Schlüsse über die Rechtschaffenheit seiner Angestellten ziehe: »Es handelt sich um eine Zeugenvernehmung, Herr …«.

»Sütterlin«, stellt der Filialleiter sich selbst vor.

»… Herr Sütterlin. Hätten Sie für uns vielleicht einen Raum, wo wir uns ungestört unterhalten können«

Sütterlin führt die Herren in ein Büro, das gerade leer steht.

Als die drei alleine sind, eröffnet Albrecht das Gespräch: »Zuerst entschuldigen wir uns, dass wir Sie so unangekündigt überfallen und dann noch bei Ihrer Arbeit. Das ist natürlich immer unangenehm. Aber Sie können versichert sein, dass für solche Aktionen immer schwerwiegende Gründe vorliegen.«

Frau Hauser spürt plötzlich ihr Herz bis zum Hals pochen. Schwerwiegende Gründe. Welche Gründe könnten das sein, die auch sie selbst betreffen.

»Nun Frau Hauser, zuerst einmal die Frage: kennen Sie Joachim Winterstein?«

Beschämte Röte steigt vom Hals her in Carolas Gesicht. Sie nickt.

»Wie gut kennen Sie ihn?« Er stellt diese Frage, obwohl er schon von Frau Winterstein die Antwort kennt. Es dient taktischen Gründen, wenn er mit Vorliebe nochmals nachhakt. Die Beobachtung der Befragten gibt ihm manchmal Aufschluss darüber, wie er weiterfahren oder wo er intensiver nachforschen soll.

»Ich kenne ihn gut«, gibt Carola ohne zu zögern Auskunft, denn sie ist intelligent genug, zu kombinieren, dass die Polizei ihren Namen nur von Frau Winterstein wissen kann (Herr Winterstein würde ihr Verhältnis niemals preisgeben, ebenso wo sie arbeitet). Und in diesem Fall weiß die Polizei sicher auch von ihrem Verhältnis zu Jo. Niemand sonst ist eingeweiht, außer ihr selbst, Jo und Frau Winterstein. Es fehlt ihr nur noch der Zusammenhang des Verhörs. Aber das wird sie ja gleich erfahren.

»Können Sie mir das ›gut‹ bitte näher erklären?«

»Er ist … mein Freund …«, erklärt sie und als sie sieht, wie der Hauptkommissar seinen Kopf schräg zur Seite neigt und dabei seine Augenbrauen hochzieht, so als stünde die nächste Frage schon auf seinen Lippen, fügt sie hinzu, dass Herr Winterstein ihr Intimfreund sei. Ja und sie wisse auch, dass er verheiratet sei, doch die Beziehung sei in Ordnung, auch für seine Ehefrau. »Aber das wissen Sie ja vermutlich schon, sonst wären Sie nicht hier. Können Sie mir nun auch verraten, worum es geht? Warum fragen Sie mich das alles?«

»Herr Winterstein wurde heute Morgen in seinem Büro tot aufgefunden, ermordet«, gibt Albrecht, der über den selbstsicheren Auftritt dieser jungen Frau ziemlich überrascht ist, Auskunft.

Carola schlägt beide Hände vors Gesicht, aus ihren Augen schaut das blanke Entsetzen. Sie ist nicht in der Lage etwas zu sagen oder zu fragen.

Albrecht lässt ihr etwas Zeit, den ersten Schock zu verdauen, bevor er mit seiner Befragung weiterfährt. Schließlich fragt er, wann Frau Hauser Herrn Winterstein zum letzten Mal gesehen habe.

»Gestern, Donnerstag, hatte er mich zum Mittagessen eingeladen. Wir sind dann hinterher noch zu mir, bevor er wieder ins Büro ging. Er habe im Moment sehr viel zu tun, hatte er gesagt. Das war auch der Grund, warum wir uns auf heute Abend nicht verabredet hatten«, erklärt Carola mit leiser, bebender Stimme. Tränen laufen ihr über die Wangen. Die Nachricht scheint sie sehr getroffen zu haben.

›Die dritte Frau, der bei der Todesnachricht die Tränen kullern. Der Winterstein muss ein sehr begehrter Mann gewesen sein … zumindest bei der Damenwelt‹, denkt Albrecht bei sich. »War Ihre Beziehung nur ein Deal, also eine Vereinbarung oder haben Sie Herrn Winterstein geliebt?«

»Wenn Sie mit Deal meinen, dass er mich für meine Liebesdienste bezahlte, dann muss ich das verneinen. Ich bin keine Prostituierte.«

»Nein, nein, das meinte ich nicht«, entschuldigt Albrecht sich für seine ungeschickte Fragestellung und geht dann etwas detaillierter darauf ein. »Sie machten vorhin die Andeutung, dass Ihre Beziehung mit Herrn

Winterstein abgesprochen sei … abgesprochen mit der Ehefrau … also klang es für mich wie ein Deal.«

»Okay. Ob ich Jo … ähm Herrn Winterstein liebte? Sicher nicht im herkömmlichen Sinne, wie es bei Liebespaaren üblich ist. Ich mochte ihn wirklich sehr gerne und es war mehr als nur Sympathie. Ich liebte ihn, wie man einen guten, vielleicht auch väterlichen Freund eben liebt, und daher gern mit ihm zusammen ist. Er war ein charmanter, feinfühliger, liebevoller, humorvoller und großzügiger Mann … ja, und er war ein wundervoller Liebhaber. Ich las einmal in einem Liebesroman einen Satz, dessen ungefähren Wortlaut ich nie vergessen habe, weil er mir so gut gefiel. Er beschreibt auf wunderbare Weise einen formvollendeten Liebhaber. ›Keiner meiner bisherigen Intimfreunde hatte es verstanden, so wie ER, meine Sinne zu erregen, dass ich mich selbst und alles andere vergaß‹. Die Frau, die das sagte, könnte von Joachim Winterstein gesprochen haben. Aber, wie ich ja schon erklärte, so richtig geliebt, wie Leute es tun, die irgendwann einmal heiraten … nein, das kann man nicht sagen. Ich meine schon alleine aufgrund der Tatsache, dass er ja verheiratet war … ich wusste, dass er mir nie ganz gehören würde, denn es war klar, dass er sich nicht scheiden lassen würde.« Sie schluckt hörbar und als die Beamten sie immer noch wartend anschauen erklärt sie abschließend: »Wenn ich also die Gefühle in aller Kürze beschreiben müsste, würde ich sagen: große Sympathie, Respekt und Verehrung einem wunderbaren Menschen gegenüber.« Wieder laufen Tränen über ihre Wangen.

»Wie alt sind Sie Frau Hauser, wenn ich fragen darf?«

»20 Jahre«

»Sie sind noch sehr jung … ich meine … ein bisschen zu jung, um von vielseitigen sexuellen Erfahrungen zu sprechen.«

Carola senkt ihren Blick, schaut verlegen auf ihre gefalteten Hände. Mit leiser Stimme erklärt sie, dass ›vielseitige sexuelle Erfahrungen‹ eine von Herrn Albrecht aus ihrer Aussage falsch interpretierte übertriebene Schlussfolgerung sei, und dass sie das auch nie gesagt habe. Sie habe nur eine Stelle aus einem Buch zitiert, die der Beschreibung von Winterstein gerecht würde, weil sie ja danach gefragt worden sei, und sie verstehe nicht, warum der Kommissar so etwas herausgehört haben will. Sie würde es nicht goutieren, als leichtes Mädchen angesehen zu werden.

»Selbstverständlich Frau Hauser. Ich denke, es ist etwas falsch rübergekommen. Vielleicht hatte ich mich auch ungeschickt ausgedrückt. Es war nicht meine Absicht, diesen Eindruck entstehen zu lassen, wir hielten Sie für ein leichtes Mädchen«, erklärt Albrecht zu seiner Verteidigung. Das zweite Mal, dass er sich entschuldigen musste, was eigentlich normalerweise selten passiert. Er lässt es aber mit dieser Feststellung dabei bewenden und führt das Gespräch in der vorgesehenen, üblichen Weise fort: »Können Sie mir sagen, wo Sie gestern zwischen 18:00 und 20:00 Uhr waren?«

Durch einen Schleier von Tränen schaut Carola ihn an: »Ist das die Tatzeit?«, fragt sie.

Als Albrecht die Frage durch Nicken beantwortet hatte, erklärt sie, dass sie bis 19:00 Uhr hier bei Aldi gearbeitet habe und danach gleich nach Hause gegangen sei und, ohne dass der Kommissar sie danach gefragt hatte, ergänzt sie, dass sie keine Zeugen habe für ihr Alibi ab 19:00 Uhr.

»Wissen Sie, ob Herr Winterstein Feinde hatte, aus welchem Grund auch immer?«

Carola zögert einen Moment, bevor sie antwortet. »Genaues kann ich nicht sagen, weil er selten von Problemen sprach, seien es nun innerbetriebliche - nach Möglichkeit versuchte er sein Privatleben vom Beruflichen zu trennen - oder außerbetriebliche.«

Die Zögerung lässt Albrecht nochmals nachhaken: »Aber gelegentlich hatte er doch auch mal etwas erzählt, oder nicht? Sie sagten ja, er versuchte *nach Möglichkeit*, Geschäftliches von Privatem zu trennen.«

»Nun, einmal erwähnte er, dass er Ärger habe. Aber was genau es war … ähm … davon habe ich keine Ahnung. Ob dieser Ärger damit zusammenhing, dass er einen Mitarbeiter gefeuert hatte, weiß ich nicht.«

Sie nimmt ein Taschentuch, wischt sich die Tränen ab und schnäuzt geräuschvoll ihre Nase.

Albrecht hat das Gefühl, dass Frau Hauser zu diesem Thema noch nicht alles sagte. Irgendwie zögerte sie ihm einfach zu lange bei der Beantwortung und die Antworten kamen zu stockend. Doch auch das Nachhaken brachte keine weiteren brauchbaren Erkenntnisse.

Plötzlich scheint Frau Hauser etwas eingefallen zu sein. Sie richtet ihren Kopf abrupt auf und blickt dem Kommissar fest in die Augen. »Gestern Nacht, oder besser heute Morgen, es war kurz vor zwei Uhr hatte Frau Winterstein mich angerufen. Sie hatte mich gefragt, ob Jo bei mir sei, obwohl sie eigentlich wissen müsste, dass er nie oder höchst selten bei mir übernachtet. Zweimal ist es vorgekommen. Da hatte er zu viel getrunken und wollte nicht mehr fahren. Ich bin natürlich sauer gewesen über Frau Wintersteins nächtliche Störung wegen nichts.«

»Ja, das war's denn auch schon«, beendet Albrecht die Vernehmung. Die Herren ließen sich von Frau Hauser noch deren Handynummer geben und verabschieden sich dankend. Die junge Frau macht sich anschließend wieder unverzüglich zu ihrer Kasse auf.

*

»Und jetzt? Wohin geht's jetzt«, fragt Reiff seinen Chef, als sie im Auto sitzen.

»Zurück ins Büro, um unsere gesammelten Daten zusammenzufassen.«

»Der Winterstein muss ja schon ein toller Hecht gewesen sein, was meinen Sie Chef? Drei Frauen, wovon zwei noch ziemlich jung sind, scheinen über den Verlust dieses Mannes nur schwer hinwegzukommen. Immerhin weinten alle drei«, sinniert Reiff auf dem Weg zurück ins Büro. »Ich glaube, wenn ich mal abtreten werde, wird kaum eine weinen.«

Albrecht blickt schmunzelnd in Reiffs Richtung. »Hoffentlich nicht, zumindest nicht in dieser Konstellation. Ich schließe nämlich aus den ganzen Schilderungen der Damen, dass der Winterstein eine hyperaktive Libido gehabt haben musste ... also, dass er einen übermäßig starken Sexualtrieb besaß, der eine Frau alleine überforderte. Womöglich hatte er neben Frau Hauser und, wie ich vermute, auch der Sekretärin noch mehr Liebschaften laufen, wer weiß? ... tja, und dann kommen solche Vereinbarungen zustande. Eine überforderte Ehefrau billigt dem Gatten seine sexuellen Abenteuer außerhalb des ehelichen Schlafzimmers zu, nur damit sie ihre Ruhe hat. Sie braucht gar nicht eifersüchtig zu sein, denn sie weiß wohl, dass die ganzen Eskapaden nichts mit Liebe zu tun haben ...«

»..., sondern mit schwanzgesteuertem mechanischem Verhalten«, beendet Reiff den Satz.

Albrecht schaut leicht verblüfft zu seinem Kollegen und meint »Herr Reiff! Was für eine Sprache? So kenne ich Sie gar nicht.« Er schüttelt den Kopf und wiederholt »schwanzgesteuert ... tzzz.«

»Na ja, umgangssprachlich«, versucht Reiff seinen Ausrutscher zu rechtfertigen.

»Wir, in unserem Beruf, sprechen keine Umgangssprache der Straße. Wir nennen solches Verhalten übersteigertes, unstillbares sexuelles Verlangen oder kurz, Sexsucht ...« Er unterbricht seine Zurechtweisung, denkt einen Moment nach und meint dann »Ich frage mich, wo bei solchen Menschen die Schwelle zur Pädophilie liegt. Oft suchen sie doch einen neuen Kick. Immerhin sind die Damen, die wir gesprochen hatten noch sehr jung ... die Sekretärin - wie ich nach deren Reaktion ja schon mutmaßte, auch eine Gespielin Wintersteins - sieht sogar noch sehr kindlich aus, auf jeden Fall viel jünger als sie in Wirklichkeit ist.«

»Also, das heißt, Sie glauben fest, dass auch sie etwas mit Winterstein hatte?«, fragt Reiff.

»Wie ich ja schon sagte: vorstellbar wäre es. Eigentlich bin ich mir ziemlich sicher, ja. Aber wissen Sie, was mir noch auffiel? Die jungen Damen, so jung sie auch sein mögen, sie scheinen mir beide sehr intelligent und sehr sprachgewandt. Warum diese Frau Hauser jedoch als Kassiererin und als Zugehfrau arbeitet, will mir nicht so richtig einleuchten. Will sie ihr Leben als Maitresse fristen, die sich aushalten lässt?«

*

Als die beiden Kommissare mit ihren Kaffeebechern das Büro betreten, ruft ihnen vom angrenzenden Büro die Assistentin Rebecca Schäfer zu, dass die Pathologie den Todeszeitpunkt der Mordsache Winterstein zwischen 18:30 und 19:00 Uhr festgelegt habe. Außerdem habe man blaue Textilfasern unter den Fingernägeln der rechten Hand gefunden.

»Danke Rebecca. Sonst noch irgendwelche Nachrichten? Zum Beispiel von der SpuSi … zur Tatwaffe«, schließt Albrecht die Frage an den Dank an.

»Aber Chef, dann hätte ich es Ihnen doch gleich gesagt«, protestiert die Assistentin nicht ohne Humor und doch demonstrierend, dass sie sich ihres Wertes bei den Ermittlern sehr wohl bewusst ist. Albrecht lächelt und hält den Daumen seiner rechten Hand in ihre Richtung. Rebecca lächelt zurück. Man sieht, dass sie ihren Chef sehr mag. Das ganze Team ist nicht nur gut eingespielt, sondern es hat auch einen fairen Umgangston und vor allen Dingen bringen sich die Leute gegenseitigen Respekt und Wertschätzung für erbrachte Leistung entgegen. Der Polizeiberuf ist bei weitem kein Zuckerschlecken. Da ist es gut, ein gutes Team zu haben.

Die beiden Kommissare sitzen einander gegenüber und fassen zusammen: Also, Winterstein stirbt zwischen 18:30 und 19:00 Uhr. Etwa viertel vor sieben, so der Pförtner, stürzte der Mitarbeiter Ralph Siebert wie ein gehetztes Tier am Pförtner vorbei, aus der Firma.

Seither ist Siebert flüchtig. Das ist mehr als verdächtig. Und die Zeitangaben passen auch.

Gemäß Wintersteins Sekretärin, Nicole Renner, soll Siebert seinem Chef zwei Tage vor dem Mord gedroht haben, dass er dessen Rauswurf noch bereuen würde. Diese Aussage wurde auch vom stellvertretenden Geschäftsleiter, Stephan Förster, der am Tatmorgen etwas später zur Arbeit erschien, bestätigt.

Sieberts Rauswurf erfolgte wegen eines verpassten Auftrags. Wörtlich sagte Frau Renner, dass Siebert einen Großauftrag verschlafen habe … er habe dem Chef ein gutes Geschäft vergeigt. Stephan Förster konnte zu dem ›vergeigten Auftrag‹ nichts sagen. Er habe da nichts mitbekommen. Auch Frau Renner konnte dazu keine Angaben machen. Sie hatte nur mitbekommen, dass der Chef Siebert angeschrien habe. Und als Siebert erklärte, von einem pendenten Großauftrag nichts zu wissen, blätterte Winterstein in Sieberts Papierstapel und fand eine Notiz mit klarem Auftrag, die der Chef höchst persönlich mit Datum an Siebert verfasst gehabt habe. Siebert sei ganz geknickt gewesen und habe gesagt, dass er den Auftrag nicht gesehen habe. Winterstein schnauzte ihn an und sagte, dass es kein Wunder sei, denn Siebert sei ein ganz furchtbarer Chaot. Schließlich sei es nicht das erste Mal gewesen, dass er Dinge übersehen habe … bei dem Saustall, den er auf seinem Schreibtisch in geradezu meisterlicher Weise pflege. Die Sekretärin meinte, dass Winterstein Siebert seiner Unordnung wegen schon lange auf dem Kieker gehabt habe. Ja, und nun hatte er einen triftigen Grund, die Kündigung auszusprechen, was er auch tat. Er habe sowieso schon Ausschau nach Ersatz für Siebert gehalten, erklärte Frau Renner. Gespräche mit einer noch sehr jungen Kandidatin seien außerhalb der Firma schon geführt worden; außerhalb wahrscheinlich deswegen, um keinen Verdacht aufkommen zu lassen. Bei diesen Worten hatte Albrecht die Augenbrauen hochgezogen und später meinte er zu Reiff, dass es irgendwie schon bezeichnend sei, dass es wieder eine sehr junge Mitarbeiterin sei, die Winterstein mit ins Boot holen wollte.

»Ich habe das Gefühl, dass das wohl der eigentliche Grund für die Kündigung war, und der Chef nur auf einen Grund wartete, Platz für diese Dame zu schaffen. Immerhin wurden die Gespräche offensichtlich schon geführt, bevor der Großauftrag vergeigt wurde«, resümiert Reiff.

»Nun, egal, was auch immer die Gründe waren, wir haben einen Toten und wir haben einen mutmaßlichen Täter, und außerdem haben wir ein Motiv. Ja, und die Fahndung läuft. Fehlt eigentlich nur noch die Tatwaffe … am liebsten mit den Fingerabdrücken des Täters, dann …« Albrecht wird durch das Klingeln des Telefons unterbrochen. Es ist die SpuSi, die die Umgebung des Tatorts abgesucht hatte.

»Wir haben die Tatwaffe, einen Brieföffner mit den Initialen RS auf dem Griff, gefunden. Es ist ein besonders edles Stück eines Brieföffners, in Form eines Schwertes mit Prägung des Filmtitels ›The Lord of the Rings‹ auf der Klinge. Sie lag im Gebüsch oberhalb der Wiese. Das Blut, vermutlich das des Opfers, wurde nachlässig abgewischt. Die Sekretärin erkannte den Gegenstand und sagte, dass es Sieberts Öffner sei, was ja nicht nur der Initialen, sondern auch der auffälligen Aufmachung wegen nicht übersehbar sei. An seinem Arbeitsplatz befand sich kein Brieföffner.«

»Na, das ist ja was. Jetzt bin ich gespannt, was die KTU dazu sagt. Vielen Dank.«

*

Als die Kommissare aus der Mittagspause zurückkommen, werden sie schon ungeduldig von der Assistentin erwartet. Albrecht sieht ihr förmlich an, dass sie wieder eine brandneue Mitteilung für sie beide hat.

»Na, Rebecca, schießen Sie los«, sagt Albrecht lächelnd beim Eintreten. Die Mitarbeiterin lächelt zurück. »Die KTU hat die Mordwaffe untersucht.«

Albrecht ist inzwischen an Rebeccas Schreibtisch angelangt und sie hält ihm einen Zettel hin: »Hier, das sind erst einmal die Angaben zur Waffe: Länge 26 Zentimeter, davon gehen zehn Zentimeter auf den Griff; Breite der Edelstahlklinge von der Mitte zum Griff hin gemessen zwischen acht und zehn Millimetern. Auffallend ist die ziemlich scharfe Spitze, wie das halt bei einem Schwert so üblich ist. Das Blut ist Wintersteins Blut, die Klinge passt zur Stichwunde. Und jetzt kommt's: die Fingerabdrücke sind vom flüchtigen Siebert. Tja, und dann war ich schon mal fleißig und habe nochmals in der Hi-Tec AG angerufen und die Sekretärin gefragt, was der Siebert am Donnerstag getragen habe … also welche Kleidung. Nach kurzer Überlegung sagte sie, dunkelblaue Jeans, ein hellblaues Hemd und darüber einen blauen Pullover.«

Albrecht klopft seiner Mitarbeiterin anerkennend auf die Schulter. »Gut gemacht. Na so schnell haben wir noch nie einen Mord aufgeklärt. Jetzt fehlt nur noch der Täter.«

»Die Fahndung läuft auf Hochtouren, Chef.«

Albrecht ist zufrieden.

3

Friedhelm und Helga sitzen gemütlich im Wohnzimmer und trinken noch ein Gläschen herrlichen Markgräfler Weins. Strömender Regen prasselt ans Fenster. Sie sind zufrieden, hier im Trockenen zu sitzen, den Wein zu genießen und sich zu unterhalten.

*

Drei Jahre, nachdem sie sich kennengelernt hatten, heiratete Friedhelm Kulau seine Helga Gresslin, die ihren ersten Mann bei einem tödlichen Unfall verloren hatte. Das Kandertal gefiel Friedhelm so gut, dass er seinen Wohnsitz in Reute aufgegeben hatte, stattdessen dort vorläufig nur noch ein kleines Büro unterhält, und ins Haus seiner Frau mit ihrem Sohn Xaver zog. Für Xaver war Friedhelm reine Medizin. Friedhelms einfühlsame Art hatte sehr bald das Vertrauen und die Zuneigung des damals 16Jährigen geweckt. Heute ist Xaver von seiner Aphasie, einer Sprachlosigkeit nach einem Schockerlebnis, vollständig genesen. Mit Friedhelms Hilfe konnte er innerhalb von zwei Jahren seinen mittleren Bildungsabschluss erreichen und heute steht der 22Jährige kurz vor Abschluss seiner dreijährigen Ausbildung zum Grafik-Designer an der gemeinnützigen Hermann-Walterschule in Friedrichshafen, wo er auch ein Zimmer im Schulheim bewohnt. Xaver ist überglücklich, dass er seine Kreativität, die sich hauptsächlich in der Malerei ausdrückt, mit einer späteren beruflichen Tätigkeit voll ausleben kann.

Normalerweise wäre er jetzt während der Pfingstferien zu Hause in Holzen. Doch dieses Jahr wollte er mit einem Studienkollegen zwei Wochen im Tessin, am Lago Maggiore verbringen.

*

Beide, Helga und Friedhelm, zucken vor Schreck zusammen, als die Türglocke ziemlich heftig betätigt wird. Fragend schauen sie sich an. Wer mag das jetzt noch sein, zu so später Stunde? Es ist kurz vor zehn.

»Ich geh' aufmachen«, bietet Friedhelm an. Er lässt die Wohnzimmertür offen als er durch den kurzen Flur zur Haustüre geht, um dem nächtlichen Besucher zu öffnen. Draußen im Regen steht ein Mann mittleren Alters, Friedhelm schätzt ihn auf etwa 45. Sein dunkles, leicht graumeliertes Haar klebt klatschnass an seinem Kopf und hängt ihm in die Stirn, das Wasser rinnt über sein Gesicht. Ebenso ist seine Kleidung vor Nässe triefend. Seine Schultern hat er hochgezogen und seine Arme vor der Brust verschränkt, während er die Hände unter seinen Achseln eingeklemmt hat, so wie es Leute tun, wenn sie halb durchfroren sind und verhindern wollen, dass ihr Körper die verbliebene klägliche Restwärme verliert. »Sie wünschen?«, fragt Friedhelm höflich.

»Ist Helga da?«, will der Fremde wissen.

»Wissen Sie, wie spät es ist? Wir wollten gleich mal schlafen gehen.«

Die inzwischen neugierig gewordene Helga gesellt sich zu den beiden Männern an der Haustür und als sie Siebert erkennt, nennt sie den Namen des späten Gastes: »Ralph, Du? Was tust Du hier zu so später Stunde und bei diesem scheußlichen Wetter?«

»Helga, du musst mir helfen«, bringt Siebert wie ein gehetztes Tier hervor. Seine dunklen Augen haben einen panischen Ausdruck. »Ich habe ein großes Problem.«

»Mein Gott Ralph, was ist passiert?«

Friedhelm steht perplex daneben und starrt fragend von seiner Frau zum Fremden, den sie wohl zu kennen scheint, und wieder zurück zu ihr.

»Oh, Entschuldigung Friedhelm. Das ist Ralph Siebert. Er ist … ähm … war ein ehemaliger Sportkollege und guter Freund von Harald«, erklärt sie kurz die Verbindung zwischen diesem Fremden und ihrem tödlich verunglückten Mann. »Wir vier, also zusammen mit Ralphs damaliger Ehefrau Renate, hatten früher viel gemeinsam unternommen.«

Helga blickt wieder zu Ralph und bittet ihn herein. Im Flurlicht entdeckt sie auf Ralphs Pulli einen Blutfleck, der über seinen verschränkten Armen etwas hervorlugt. »Hast du dich verletzt?«, fragt sie und deutet auf den Fleck.

Ralph nimmt seine Hände unter der Achsel hervor und streckt ihr seine mit einem blutverschmierten Taschentuch provisorisch versorgte verletzte Linke entgegen. »Ich habe mich an einem Zaun verletzt«, erklärt er. »Es passierte, als ich zügig radelte und zurückschaute. Dabei verlor ich mein Gleichgewicht und schrammte an einem Zaun entlang. Es ist nichts Schlimmes, nur ein Kratzer. Es hat halt ziemlich geblutet. Wahrscheinlich ist etwas Blut auf meinen Pulli gekommen.«

Helga bittet Ralph herein, schlägt aber vor, dass er einen Moment wegen der triefenden Nässe hier im Flur, auf dem Abstreifer, warten solle, denn sie wolle ganz schnell nach oben laufen, um ein Handtuch und trockene Sachen zu organisieren. Sie äußert ihre Befürchtung, dass Ralph sich ja den Tod holen könne, so triefend, wie er durch die Nacht gelaufen kam. Außerdem wolle sie die Wunde säubern und anständig verbinden.

»Ein Pflaster reicht, Helga, es ist wirklich nur ein kleiner Kratzer«, beteuert Ralph.

Während Helga oben ist, zieht Ralph schon mal seine nassen Schuhe und Socken sowie seinen Pullover aus und lässt alles vorläufig auf dem Abstreifer liegen.

»Oh, tut das gut«, stellt Ralph dankbar fest, als er sich Kopf, Gesicht Hände und Füße mit dem flauschigen Handtuch trocken reiben kann. Nachdem Helga in aller Schnelle die, wie sich herausstellte, doch nicht ganz so harmlose Wunde an Ralphs linker Hand gereinigt und mit einem Pflaster versehen hatte, öffnet sie ihm die Türe zu ihrem Arbeitszimmer, das vom Flur aus erreichbar ist. Er könne sich da eben umziehen, sagt sie, während sie ihm in einem Wäschekorb ein paar Sachen von den wenigen, die sie noch von ihrem verstorbenen Mann aufbewahrt hatte, reicht. Harald und Ralph hatten die gleiche Statur, einen kräftigen, breitschultrigen Körperbau mit leichtem Bauchansatz, so dass sie schon von vorneherein wusste, dass Ralph ohne Probleme hineinpassen würde. »Du kannst deine nassen Klamotten dann in den Korb legen, ich stecke sie morgen mit in die Waschmaschine«, sagt sie und lässt den Freund dann alleine. Die Aussicht auf trockene Kleider auf der Haut ist für Ralph wie ein Geschenk des Himmels.

Indessen bereitet Helga in der Küche einen Tee zu.

Drinnen im Wohnzimmer schildert Ralph, der jetzt wieder die Gestalt eines aufgeräumten Menschen angenommen hatte, seine Geschichte. Er erklärt, dass er von der Polizei gesucht werde, weil er seinen Chef umgebracht haben soll, aber dass er es nicht gewesen sei. »Ich bin doch kein Mörder, Helga. Du kennst mich doch. Ich könnte niemals einen Menschen umbringen.«

Immer wieder schlürft er von seinem Tee mit Rum, der ihm nach dem langen Aufenthalt in der Nässe jetzt richtig gut tut.

Es stimmt, dass er nach Geschäftsschluss noch ins Büro des Chefs gegangen sei, weil er nochmals im Guten mit ihm habe reden wollen, aber da lag der Chef schon tot am Boden … besser gesagt, fast tot. Er sei nämlich gestorben, just zu dem Zeitpunkt, als er bei ihm war. Er habe natürlich den Kopf verloren und sei panikartig geflüchtet. Das sei doch verständlich oder? Er habe sich schließlich verdächtig gemacht, da er zwei Tage zuvor leichtsinnig eine Drohung dahergesagt habe, die auch andere gehört haben könnten, denn er habe nicht gerade leise gesprochen. Aber, das sei doch nur dahergeredet gewesen. Mit sowas mache man doch niemals ernst. Doch, das würde ihm, jetzt da der Chef tot ist, niemand glauben. Ralph wirkt verzweifelt. Wie soll er beweisen, dass er unschuldig ist?

Die Kulaus hörten sich Ralphs Geschichte aufmerksam an. Einen Moment lang verharren sie in lähmender, bedrückender Stille. Alles klingt so unfassbar.

Für Helga ist jetzt schon klar, dass Ralph unschuldig ist. ›*Ihr Freund? Ein Mörder? Nie und nimmer*‹, denkt sie sich. Endlich bricht sie das Schweigen, denn eine wichtige Frage bewegt sie dennoch: »Und, wie stellst du dir vor, dass ich dir helfen kann? Ich meine, ich kann dich ja nicht bis zum Lebensende hier verstecken?«

Ralph lächelt bitter. »Nein Helga, das musst du auch nicht. Ich habe mich nur daran erinnert, an den Fall vor sechs Jahren, damals als dieser Gymnasiallehrer … wie hieß er nochmal? Irgendetwas mit Thomson oder so ähnlich …«

»Thomasin«, wirft Friedhelm kurz ein.

»Ja, Thomasin … also, wie der ebenfalls des Mordes bezichtigt wurde und wie die Freiburger Rechtsanwältin zusammen mit deinem inzwischen angetrauten Ehemann …«, er richtet seinen Blick auf Friedhelm, »… dessen Unschuld beweisen konnten.«

»Aber, Sie werden sich stellen müssen, Herr Siebert. Wir können Sie nicht verstecken, bis Ihr Fall gelöst ist«, erklärt Friedhelm mit angenehmer, ruhiger Stimme.

»Natürlich, Herr Kulau, das steht nicht zur Frage. Aber, ich möchte, wenn ich mich stelle, gleich mit Verteidiger auftauchen, und, so Gott will, heißt diese Person, die mich verteidigt, Frau Endress, wenn ich mich des Namens recht erinnere.«

»Ja … gut … ich werde gleich Morgen Frau Endress anrufen, ihr den Fall schildern, und wenn sie das Mandat übernehmen will, dann können Sie gemeinsam zur Polizei marschieren«, bietet Friedhelm an und schiebt seine runtergerutschte Brille auf der Nase wieder hoch. Nach einer kurzen Überlegung sagt er: »Aber das hätten Sie ja auch direkt machen können … ich meine in

Freiburg bei Frau Endress anzurufen. Sie kennen ja ihren Namen.«

»Wie denn, Herr Kulau? Ich kann doch nicht nach Hause. Die werden doch schon lange nach mir suchen.«

»Wieso kommen Sie denn darauf, dass man Sie sucht? Sie sagten doch, dass Sie nach Geschäftsschluss bei Ihrem Chef waren, das heißt, dass man den Toten wahrscheinlich noch gar nicht gefunden hatte.«

»Erstens, weil der Portier mich ziemlich sicher gesehen hatte, als ich wegrannte, und zweitens, weil ich doch diese Drohung ausgesprochen hatte. Und ich weiß ja nicht, ob der Pförtner nach meinem überstürzten Verschwinden nach oben ging, um nachzusehen, was denn nicht in Ordnung gewesen sei, das mich zu dieser panikartigen Flucht veranlasst haben könnte.«

»Okay, ja, das leuchtet ein«, gibt Friedhelm zu. »Und, wo sind Sie die ganze Zeit gewesen, wenn das gestern Abend schon passiert ist und Sie nicht nach Hause konnten?«

»Na ja, direkt danach konnte ich schon noch kurz nach Hause. So schnell schießen die Preußen dann doch nicht und erst recht nicht die Badener. Ich wohne ja gleich um die Ecke, in der Austraße. Ich brauchte schließlich auch etwas zu essen. Also, bin ich in meine Wohnung, habe mir eine Kleinigkeit geholt … zwei Weggli und zwei Wienerli …, nahm mein Fahrrad und bin erst einmal in der Gegend herumgeirrt. Da ist dann auch das mit meiner Hand passiert. Dann bin ich in

Richtung Ötlingen zur Daur-Hütte[1] gefahren, um dort das bisschen, das ich mitgebracht hatte, zu vertilgen. Ich hatte Glück, denn es fing erst dann an zu regnen, als ich die Hütte erreicht hatte, und es wollte nicht mehr aufhören. Ja, und in eine Ecke gekauert, hatte ich da oben die Nacht verbracht. Leider hatte ich mir nichts Wärmeres zum Anziehen mitgenommen. Na ja, daran hatte ich in der Eile überhaupt nicht gedacht. Tja, und so fror ich natürlich gottsjämmerlich. Und heute Morgen regnete es noch immer. Es war ungemütlich. Alles fühlte sich so klamm an, denn die Feuchtigkeit kroch ins Innere der Hütte. Einen Vorteil hatte das schlechte Wetter zwar, denn niemand verirrte sich heute da hoch zu diesem beliebten Ausflugsort. Ich habe abgewartet … ich dachte, es könne ja nicht ewig so schütten. Aber es regnete erbarmungslos weiter, mal stärker mal schwächer. Ich wartete bis es dunkel wurde. Ich hatte Hunger. Sie war einfach … entschuldige das Wort, aber anders kann man die Lage nicht ausdrücken … sie war einfach Scheiße. Spät am Abend hatte ich mich im Schutz der Dunkelheit mit meinem Fahrrad, trotz des Regens, dann aufgemacht. Ich konnte ja nicht ewig hier bleiben. Ich sah als letzte Rettung nur noch ein Ziel vor Augen: zu euch nach Holzen zu fahren. Ja und hier bin ich nun.«

»So, ich würde sagen, ich richte mal eben etwas Kleines zu essen. Du musst ja halb verhungert sein. Und in der Zwischenzeit, während du isst, richte ich dir dein Bett für heute Nacht. Tja, und dann sollten wir

---

[1] Einfache, offene Blockhütte (nur Fenster- und Türöffnung ohne Scheibe oder Türe). Sie steht am Waldrand über Lörrach und bietet einen hervorragenden Blick über die ganze Stadt.

alle allmählich schlafen gehen. Es ist schon elf Uhr vorbei. Ich denke, du brauchst nach dieser Aufregung und der durchwachten letzten Nacht auch erst mal Entspannung. Und morgen, morgen sehen wir dann weiter«, schlägt Helga vor.

*

»Was meinst du? Ist der Mann glaubwürdig? Wie schätzt du die Lage ein?«, fragt Celine Endress am Telefon mit ihrem Kompagnon Friedhelm, während sie das vermutlich aus einem Gruppenbild ausgeschnittene, nicht gerade gute Fahndungsbild von Ralph Siebert in der Zeitung betrachtet.

»Helga sagte mir gestern Nacht, dass Ralph Siebert absolut integer sei. Der könne keinen Mord begehen. Sie kennt ihn schon sehr lange und ist von seiner Unschuld uneingeschränkt überzeugt. Sie würde für ihn jederzeit die Hand ins Feuer legen.«

»Na ja, da hätten sich schon manche ihre Hände verbrennen können«, kommentiert sie das Gesagte. »Aber gut, ich übernehme den Fall. In dubio pro reo … und wenn er's doch war, kann ich versuchen, eine günstige Version für ihn herauszuschlagen. Jetzt haben wir erst einmal Wochenende. Heute kannst du dir die Lage aus Sieberts Sicht ja schon mal genau schildern lassen. Interviewe ihn, so dass ich mir ein Bild von ihm machen kann. Kannst mir deine Resultate ja dann mailen. Damit wäre ich zumindest schon einmal vorbereitet und am Montag um … Moment, muss meinen Kalender schnell abchecken … ja um zehn Uhr Vormittag bin ich bei Euch, um Siebert abzuholen.«

*

Ralph Siebert kommt am Samstagmorgen um halb neun von seiner Schlafstätte ins Esszimmer herunter. Er hatte lange gebraucht, bis er gegen Morgen endlich eingeschlafen war. Und sein Schlaf war so tief und voller Träume, dass er immer noch wie betäubt wirkt. Mit Freude vernimmt er von Friedhelm, dass die Rechtsanwältin ihre Bereitschaft erklärt hatte und am Montag nach Holzen kommen will. Es ist ihm zwar ein bisschen mulmig beim Gedanken, dass er sich in die Höhle des Löwen - sprich zur Polizei - begeben soll. Aber er weiß, dass es unerlässlich ist, wenn er möchte, dass der Spuk irgendwann ein Ende nehmen soll … und zwar in seinem Sinne ein gutes Ende.

Friedhelm nutzt den Samstag, ausführlich mit Ralph zu sprechen. Sie ziehen sich zu diesem Zweck in den oberen Stock in Friedhelms Arbeitszimmer zurück.

Auf die Frage, was Ralphs Chef denn für ein Typ gewesen sei, erfährt er als erstes, dass dieser Winterstein ein Schürzenjäger, ein Don Juan war, ein hochintelligenter, gebildeter Mann zwar, aber eben mit diesem Casanovamakel behaftet.

»Der schaute doch jedem Rock hinterher, und je jünger die Rockträgerin, desto gieriger dessen Blick«, erklärt Ralph abfällig. Es sei schon bezeichnend, dass er immer sehr junge Frauen ins Mitarbeiterteam holte, auch dann wenn eine Mitbewerberin, die vielleicht nicht so toll aussah, viel besser qualifiziert war. Ihm reichte es, wenn er in einem Team eine Mitarbeiterin hatte, die qualifiziert genug war, um eine Führungsrolle zu übernehmen. Aber dennoch sei er in der Firma hoch angesehen gewesen, weil er alle Fähigkeiten eines erfolgreichen Geschäftsführers besessen habe. Und ganz besonders die Frauen hätten ihn geliebt, weil er halt immer charmant und freundlich gewesen sei. Er habe Komplimente gemacht, viel Lob für die Arbeit ausgesprochen und er habe auch mal Knall auf Fall jemanden befördert, was für alle überraschend kam. Der Stephan Förster sei ein solcher Fall gewesen, der vor zwei Jahren zum stellvertretenden Geschäftsführer hochgehievt wurde. Er sei zwar nie ein schlechter Mitarbeiter gewesen, das müsse man ihm schon zugutehalten, aber er war nicht so herausragend, dass der Winterstein ihn gleich zu seinem Stellvertreter mit einer respektablen Anpassung des Gehalts, vermutlich mindestens das Doppelte seiner Bezüge als Sachbearbeiter, hätte befördern müssen. Da wäre Wintersteins Sekretärin, Nicole Renner, die Wintersteins Geschäfte aus dem Effeff kannte, eher für diese Funktion prädestiniert gewesen. Vor allen Dingen habe sie, obwohl noch sehr jung, ein selbstbewussteres Auftreten als Förster. Der sei eher ein unscheinbares, unbeschriebenes Blatt. Na ja, nicht jeder, der seine Arbeit gut mache, eigne sich auch für eine Führungsposition und Förster sei eben ein solcher Mitarbeiter, der nicht unbedingt Autorität besitze. Er habe kaum Durchsetzungsvermögen und außerdem fehle ihm der Überblick, um geschäftliche Zusammenhänge zu erkennen, und daraus Entscheidungen zu treffen. Zu allem hin sei ihm das freie Sprechen nicht so sehr gegeben.

Auf diese vakante Position habe es damals übrigens einige fähige Bewerber gegeben, wobei einer schon in der näheren Auswahl gewesen sei. Dann kam diese Beförderung wie aus heiterem Himmel, und das, obwohl Förster dem Favoriten für diese Stelle bei weitem

das Wasser nicht habe reichen können. Ja, und schlussendlich sei dem potentiellen neuen Mitarbeiter abgesagt und das Evaluationsverfahren eingestellt worden.

Was die Sekretärin, Nicole Renner, anbelangt, so
würde er, Siebert, keine Hand dafür ins Feuer legen,
dass die beiden, also die Sekretärin und ihr Chef, nicht
ein Techtelmechtel gehabt hätten.

Friedhelms Feststellung, dass Winterstein, so wie er
eben geschildert wurde, wohl keine Feinde gehabt haben müsse, kann Ralph soweit bestätigen. Einen richtigen Feind habe sein Chef tatsächlich nicht gehabt, außer eben, dass er selbst wegen der Kündigung auf ihn
wütend gewesen sei … wohlbemerkt, eine Kündigung
aus fadenscheinigen Gründen. Aber, nur weil man eine
Wut auf jemanden habe, sei man noch lange kein Feind
und schon gar kein Mörder. Jetzt bedaure er, aus dieser
Wut heraus, eine Drohung ausgesprochen zu haben,
weil die ihm jetzt zum Verhängnis werden könnte.

Wie denn die Drohung gelautet habe, will Friedhelm wissen. Ralph wiederholt den ungefähren Wortlaut: *Ich warne dich. Das wirst du noch bereuen. Das letzte
Wort ist nämlich noch nicht gesprochen, denn so einfach
kommst du mir nicht davon.*

Ja, und zu dem letzten Wort sei es ja nun nicht mehr
gekommen, kommentiert Friedhelm. »Das war natürlich nicht sehr klug, Herr Siebert.«

»Ja, das weiß ich jetzt auch. Aber ich habe Winterstein nicht getötet. Ich bin kein Mörder. Ich war das
nicht.«

»Übrigens, waren Sie per ›Du‹ mit dem Chef?«

Siebert zögert einen Moment und sagt dann: »Ja, eigentlich schon, aber niemals in der Firma. Winterstein

erlaubte kein Duzen im Geschäft. Er meinte, dass der gegenseitige Respekt verloren gehen könne. Daran hatten sich auch alle gehalten. Nun, dass ich ihn in diesem speziellen Fall duzte, das ist eine Ausnahme. Das ist mir einfach nur so herausgerutscht. Ich war wütend und da achtete ich nicht auf die Einhaltung der von Winterstein auferlegten Höflichkeitsform.«

»Klar. Verständlich«, sagt Friedhelm kopfnickend. »Und, wie sieht es aus, rein mal aus Ihrer Sicht, in punkto Eifersuchtsmotiv? Gab es da Probleme unter den Frauen? War Winterstein eigentlich verheiratet?«

»Also das Verhältnis der Kolleginnen untereinander … hm, da gab es schon hie und da etwas Neid. Aber ich glaube kaum, dass eine … na ja ihren Chef deswegen umbringen würde. Nee, das glaube ich nun wirklich nicht. Dazu ist keine fähig. Die sind ja noch so jung. Und, um die letzte Frage zu beantworten, ja er war verheiratet.«

»Und … wusste seine Frau von der möglichen Beziehung mit der Sekretärin?«

»Das weiß ich nicht. Darüber habe ich nie mit ihm und schon gar nicht mit ihr, die ich ja nicht sehr gut kenne, gesprochen. Und überhaupt ging es mich erstens nichts an, und zweitens hätte ich es niemals gewagt, diesbezüglich etwas verlauten zu lassen, nur weil ich etwas vermutete. Ja, mehr als eine Vermutung war es nicht. Der Winterstein ist … ähm … war schon ein Fuchs … der konnte sehr diskret sein. Da bemerkte man nicht so leicht, wenn wirklich etwas im Busch war. Man musste schon genau hinsehen und -hören, und man brauchte vor allen Dingen auch ein Gespür für Menschen.«

»Nun interessiert mich natürlich auch, warum Ihnen gekündigt wurde«, schließt Friedhelm seine letzte Frage an.

»Ich soll einen Großauftrag verschlampt haben.«

»Ja, und haben Sie das nicht?«

»Nein … nicht, dass ich wüsste.«

»Und wie kommt Ihr Chef dann darauf?«

»Er fischte aus meinem Papierstapel einen Auftrag, den er mir gegeben haben will. Ich habe diesen Auftrag nie zuvor gesehen. Ja, ich gebe zu, ich bin ein Chaot. Hatte noch nie einen ordentlichen Schreibtisch. Aber ich bin ein organisierter Chaot. Ich kenne jeden meiner Stapel und ich habe praktisch ein fotografisches Gedächtnis. Ich wüsste, wenn ich den Fackel, also den persönlich erteilen Auftrag, schon mal gesehen hätte. Komischerweise suchte Winterstein genau im richtigen Stapel, um fündig zu werden. Er hatte mir schon zuvor ein paar Mal kleinere Fischchen serviert, die ich angeblich verschlampt haben soll. Aber, warum gerade jetzt? Ich bin schon seit zwölf Jahren in der Firma, war in Bezug auf ›ordentlicher Schreibtisch‹ noch nie ein Vorbild und nie ist es in dieser Zeit vorgekommen, dass ich einen Auftrag verludert hätte. Warum also ausgerechnet jetzt? Das stinkt doch zum Himmel. Der wollte mich nur loswerden. Ich traute dem alles zu.«

Friedhelm muss schmunzeln. Doch nach den Schilderungen fällt seine Menschenkenntnis ein positives Urteil über diesen Siebert. Der ist in Ordnung. Das spürt er schon jetzt.

Noch gleichentags erhält Celine per Email Friedhelms Bericht.

4

Wie geplant, um zehn Uhr, parkt Celine ihr Auto in Holzen im Rebacker. Nach einer kurzen Verschnaufpause von eineinhalb Tagen, regnet es nun schon wieder ausdauernd, die Luft ist ungemütlich frisch. Es will gar nicht so richtig hell werden bei diesem trüben Wetter. Celine stellt den Kragen ihres Mantels hoch … es schaudert sie. ›*Wenn das so weitergeht mit diesem miesen Wetter, dann werde ich wohl auswandern müssen*‹ denkt sie missmutig, ziemlich genervt über den buchstäblich ins Wasser gefallenen Beginn des Sommermonats Juni. Es ist zu nass, zu kalt und zu ungemütlich.

Sie muss nicht lange vor der Haustüre stehen, denn Helga beeilt sich, sie zu öffnen, kaum dass Celine geklingelt hatte. Die beiden Frauen begrüßen sich freundschaftlich mit Küsschen links und rechts auf die Wangen. Durch die Ehe mit Friedhelm (Celine war zu deren Hochzeit natürlich eingeladen), sind sich auch die beiden Frauen näher gekommen, und es hat sich ein freundschaftliches Verhältnis entwickelt.

Celine begrüßt ihren Mandanten, erledigt mit ihm schnell eben das Formelle, das heißt, sie lässt sich die Vollmacht, die sie berechtigt, Siebert zu vertreten und auch in dessen Auftrag Nachforschungen anzustellen, unterschreiben.

Bevor sie mit ihrem Mandanten aufbricht, sitzen sie alle noch im Esszimmer am Tisch und unterhalten sich. »Sag mal Friedhelm, oder Helga«, beginnt Celine plötzlich aus dem Zusammenhang gerissen, »was mich immer schon interessierte: wisst ihr, was aus der jungen Frau geworden ist … ach wie war nochmal ihr Name? Lasst mich überlegen … Sandra Schaffner? … ja, genau Sandra Schaffner, die Geschichte in der Wolfsschlucht. Hatte sie sich von ihrem schlimmen Erlebnis von damals erholen können?«

Helga erklärt, dass diese Geschichte noch gravierende Folgen für die Familie gehabt habe. Die Schaffners haben sich etwa ein Jahr nach der Sache getrennt. Sandra selbst sei sehr lange in einer Klinik gewesen. Heute ist sie eine sehr stille, bedrückt wirkende junge Frau. Sie habe zwar am Abendgymnasium ihr Abitur nachgeholt, so wurde erzählt, was sie aber beruflich mache, habe niemand so richtig eine Ahnung. Sie habe auch nie einen Mann kennengelernt, dem sie sich habe anvertrauen können. Die schlimmen Erlebnisse, die körperlichen und seelischen Verletzungen, die sie davongetragen hatte, säßen wohl zu tief, als dass sie die Nähe eines Mannes hätte zulassen können. »Irgendwie scheint ihr Leben durch diese grausame Geschichte zerstört«, berichtet sie vom tragischen Ausgang aus dem Fall ›Thomasin‹ vor sechs Jahren.

Celine schüttelt nur den Kopf und meint »Traurig. Das tut mir sehr leid, vor allen Dingen, weil ich es nicht verhindern konnte. Ich war ja vor Ort, als sie entführt wurde und konnte doch nichts machen. Nun, es ist, wie es ist. Wir können es nicht mehr ändern, nur hoffen … hoffen, dass vielleicht doch mal ein normales Leben für diese junge Frau möglich sein wird. Widmen wir uns dem neuen Fall. «Sie packt die in einer dunkelblauen Papiermappe verstauten Unterlagen in ihre Aktentasche und richtet sich an ihren Mandanten.»So, Herr Siebert, dann hätten wir ja das Formelle. Wir können also loslegen. Kommen Sie, wir fahren gleich in die Höhle des Löwen. Dank Herrn Kulaus Vorarbeit bin ich gut gebrieft, so dass wir den Fall jetzt nicht mehr hier ausbreiten müssten. Einzelne Fragen, kann ich Ihnen unterwegs stellen.« Sie blickt in das bedrückte Gesicht ihres Mandanten und lächelt: »Kopf hoch, Herr Siebert. Wir machen das schon. Wenn Sie unschuldig sind, bringe ich Sie da auch raus. Vertrauen Sie mir.« Ralph nickt dankbar.

*

Celine und ihr Mandant Ralph Siebert sitzen im Vernehmungsraum den Herren Albrecht und Reiff gegenüber.

Es schlug fast wie eine Bombe ein, als der zur Fahndung Ausgeschriebene ganz selbstverständlich, ohne Zwang, ohne Handschellen bei der Kriminalpolizei auftauchte und das gleich noch mit seiner Verteidigung und zwar eine alte Bekannte. Frau Schäfer, die damals vor sechs Jahren gerade ganz frisch bei der Polizei anfing, bekam ihren staunenden Mund fast nicht mehr zu, und den beiden Kommissaren ging es nicht viel anders.

Siebert hatte wieder seine inzwischen von Helga gereinigten Klamotten - ein zart hellblau kariertes Hemd, darüber ein blauer Pulli und dunkelblaue Jeans - an.

Celine Endress, die Albrecht das letzte Mal vor sechs Jahren sah, hatte ziemlich abgenommen. Sie wirkt mit dieser schlanken Statur noch größer, obwohl Albrecht sie damals schon als sehr groß empfand. Eine etwa zwei Zentimeter lange, schmale Narbe - ein Überbleibsel aus dem Fall Thomasin - die sich etwas heller von ihrem Teint abhebt, ziert ihre Stirn. Ihre inzwischen langen, ehemals blonden Haare sind nun braun und am Hinterkopf zu einer senkrechten Rolle eingedreht. Welche Farbe denn nun die künstliche ist, ist vom Typ her für den Betrachter schlecht auszumachen, denn beide Haarfarben, blond und braun, passen ausgezeichnet zu Celine. In ihrem dunkelblauen Kostüm sieht sie richtig edel aus. Ihre Erscheinung ist selbstbewusst, viel stärker noch als damals. Wohl haben ihre Erfolge sie immer mehr gestärkt.

Nachdem die schon fast lähmende Überraschung sich gelegt hatte, begrüßt Albrecht Frau Endres äußerst freundlich. Man könnte schon sagen, dass es eine herzliche Begrüßung ist, so wie eben zwischen zwei alten Bekannten. Er erkundigt sich, wie lange es wohl schon her sei, dass sie damals gemeinsam am Fall … »wie war nochmal sein Name? …«

»Thomasin.«

»Ja, richtig, Thomasin - nun nicht gerade ein alltäglicher Name - als wir damals an diesem Fall arbeiteten und diesen dank ihrer Hilfe und der ihres Kompagnons zu einem guten Ende führen konnten. Er will auch wissen, wie es Herrn Thomasin heute geht und freut sich, zu hören, dass dieser inzwischen zum Doktor rerum naturalium mit Auszeichnung summa cum laude promoviert habe und nun an der Justus-Liebig-Universität in Gießen arbeite. Er habe sogar wieder geheiratet, und zwar diesmal keine ›Von-und-Zu-Hochwohlgeborene‹, dafür aber, im Vergleich dazu, eine umso Liebenswürdigere, Herzlichere. Er habe inzwischen sogar einen Sohn von eineinhalb Jahren und ein zweites Baby sei jetzt im Moment unterwegs.

Albrecht freut sich sehr über diese positive Entwicklung des damals, wie es zuerst schien, hoffnungslosen Falls, meint aber schließlich, dass, bei aller Freude über den guten Ausgang von Thomasins Geschichte, er ihr im aktuellen Fall nicht sehr viel Hoffnung machen könne, denn dieses Mal sei die Beweislast mehr als erdrückend. Er legt dabei seine flache Hand auf die vor ihm auf dem Tisch liegende Ermittlungsakte. Celine quittiert diese Bemerkung mit einem Lächeln und meint, dass der Fall Thomasin damals ebenso aussichtslos erschienen sei. Auf jeden Fall sei es ihr ein Anliegen, der Gerechtigkeit Genüge zu tun.

»Ja, liebe Frau Endress, so wie wir auch. Dann lasst uns also anfangen. Beginnen wir, gemäß Aktenlage, mit der Befragung des Verdächtigten zu den Vorfällen und Sie können entscheiden, ob Ihre Verteidigung auf Freispruch hinzielen soll oder aber, ob Sie eine Strafmaßverteidigung anstreben wollen. Selbstverständlich überlasse ich Ihnen dann die Akte zum Studium.«

»So in etwa wollen wir es handhaben, außer dass ich Ihnen die Fragen beantworten werde, denn ich bin zum Hergang aus Sicht meines Mandanten eingeweiht«, sagt Celine und lächelt. Sie wirkt dabei sehr selbstsicher, man möchte sogar sagen überlegen.

Albrecht nickt, denkt bei sich ›das ist Frau Endress pur, so wie man sie kennt‹ und schildert kurz den ungefähren Tathergang: »Joachim Winterstein wurde mit einem Brieföffner - insgesamt vier Stiche in Brust- und Bauchraum, sowie in die Genitalien - niedergestreckt. Der Stich, der zum Tod führte, traf die Lunge, knapp am Herzen vorbei. Er starb an dem folgenden Blutverlust und an dem Zusammenfallen der Lunge. Das Opfer hatte den Täter vermutlich gekannt - dessen Augen waren wie in Panik weit aufgerissen - und es gibt keine Kampfspuren. Nur eine Druckstelle am rechten Unterarm. Diese deutet jedoch nicht auf einen Kampf hin. Der Angriff musste für ihn überraschend gekommen sein.«

Zum Täter und Motiv erklärt Albrecht, dass es, unter anderem anhand der Aussagen von Mitarbeitern, für die Polizei ein Leichtes war, alle Details, die das Bild ziemlich schnell vervollständigten, zusammen zu bekommen. Die blaue Wollfaser an den Fingernägeln des Opfers hält er jedoch noch zurück. Er liebt es, noch einen Trumpf in der Hinterhand zu haben. Aufschlussreiche Reaktionen lassen sich dabei sehr gut beobachten.

»Ja, gut, Herr Albrecht. Was Sie hier erzählten, das deckt sich mit den Aussagen meines Mandanten. Ich fasse kurz zusammen. Mein Mandant bestätigt, dass er zur eruierten Tatzeit im Büro des Opfers war. Er wollte nochmals das Gespräch suchen, wegen der, wie er meinte, ungerechtfertigten Entlassung. Er kam ohne Waffe, oder nennen wir es mal beim Namen: er trug keinen Brieföffner bei sich. Wie sich ja jetzt im Nachhinein herausstellte, war die Tatwaffe ein Brieföffner. Davon hatte mein Mandant bis jetzt keine Ahnung.

Er hatte also das Büro betreten, und da lag das Opfer schon tot am Boden, oder besser gesagt ›fast tot‹. Er starb in dem Moment, als mein Mandant bei ihm war. Wie unter Schock habe Herr Siebert gestanden, denn er habe gewusst, dass der Verdacht auf ihn fallen würde, zumal er zwei Tage zuvor leichtfertig eine Drohung ausgesprochen habe. Deswegen habe er den Tatort auch fluchtartig verlassen, was zugegebenermaßen natürlich falsch war.«

»Ja, das sind die Geschichten, die wir immer wieder zu hören bekommen. Das Opfer war schon tot, die Tatwaffe wurde dem Verdächtigen von Unbekannt untergeschoben.« Albrecht öffnet eine zweite Mappe, die vor ihm auf dem Tisch liegt, und holt eine durchsichtige Plastiktüte hervor, in der sich ein Brieföffner, befindet. Er schiebt ihn Siebert zu: »Dieses edle Teil haben wir gefunden. An ihm war verwischtes Blut des Opfers. Kennen Sie den Brieföffner, Herr Siebert?«, fragt er.

Siebert braucht das Corpus Delicti nicht lange anzuschauen. Die Form eines Schwertes (es war ein Geschenk seiner damaligen Frau Renate, weil er ein großer Fan von ›Herr der Ringe‹ ist) ist unverkennbar. Und ebenso die auf dem Griff eingravierten Initialen ›RS‹ sprechen für sich. »Ja, ich kenne den. Das ist meiner. Ich habe ihn vermisst, glaubte ihn verlegt zu haben. Wo haben Sie ihn gefunden?«

»Das müssten Sie selbst doch am besten wissen, oder? Tja… und es sind Ihre Fingerabdrücke drauf.«

»Ich sagte doch, dass ich ihn vermisste«, wiederholt Siebert seine Aussage.

»Ich würde aber schon gerne wissen, wo Sie ihn gefunden haben«, besteht nun Celine auf die Beantwortung der von Siebert gestellten Frage.

»Sie lag unweit der Firma am Wieseufer im Gebüsch. Und wie gesagt, es sind nur Sieberts Fingerabdrücke drauf.«

»Nun, Herr Albrecht, wenn es der Brieföffner meines Mandanten ist, dann sind ja auch zwangsläufig seine Fingerabdrücke drauf. Das lässt sich ja wohl nicht vermeiden.«

»Auch wenn es die einzigen sind, die drauf sind?«, mischt sich nun auch Reiff mit süffisantem, gar leicht abfälligem Tonfall, der den Klang seiner Stimme nicht gerade sympathischer erscheinen lässt, ins Gespräch mit ein.

Celine lächelt ihn freundlich an und sagt »auch wenn es die einzigen sind, ja.« Sie denkt so bei sich ›aha, musst Du Dir noch Deine Sporen verdienen‹, und in freundlichem Ton erklärt sie weiter, ohne abfällig zu wirken, »das kennen wir ja schon. Ich denke da zwangsläufig wieder an den Fall Thomasin. Auch damals waren auf der Tatwaffe ausschließlich seine Fingerabdrücke, zwar verwischt, aber es waren seine, denn ein Täter wäre nie so dumm, seine eigenen Spuren zu hinterlassen. Sind die Abdrücke auf dem Brieföffner wie damals vielleicht - auch - zufällig - verwischt?« Die letzten drei Worte sprach sie in Richtung des Kommissars Reiff bewusst staccato, um ihnen eine besondere Wirkung zu verleihen.

»Ja, sie sind wie damals zufällig - auch - etwas - verwischt«, erklärt Reiff mit arrogantem Ton und ebenso, wie Celine es tat, im Staccato. »Aber auch das kennen wir, dass Rechtsanwälte es immer verstehen, mit allen möglichen Argumenten einen Mord schön zu reden. Plötzlich ist ein Mord kein Mord mehr.«

Reiff erntet für seine gehässige Bemerkung von seinem Chef einen scharfen Blick, bevor Albrecht mit seinen Ausführungen weiterfährt. »Nun Frau Endress, um nochmals auf den von Ihnen angesprochenen Fall Thomasin zurückzukommen. Was sich vom damaligen Fall zu heute unterscheidet, das ist, dass sich unter den Fingernägeln des Opfers Fasern eines blauen Pullovers, vermutlich das Kleidungsstück des Täters, befanden«, mit Blick auf Sieberts Outfit ergänzt er, »in etwa so wie Ihr Pullover, Herr Siebert. Hatten Sie diesen Pullover letzten Donnerstag, als Sie zu Ihrem Chef gingen, vielleicht zufällig auch an … Herr Siebert?«

Sieberts Gesichtszüge erstarren und die von Reiff entgleisen in ein hämisches Grinsen. Während Siebert jede Farbe im Gesicht verliert und ziemlich betroffen nickt, sieht Celine ihn fragend an. Dann richtet sie das Wort an die Beamten, dass sie kurz mit ihrem Mandanten alleine sprechen wolle, dem stattgegeben wird.

»Wir nehmen vom Pullover mal eben eine Faser, und in der Zwischenzeit, während Sie mit Ihrem Mandanten sprechen, wird das Labor vergleichen, ob die beim Mordopfer unter den Nägeln gefundene Faser von diesem Pullover stammt. Vielleicht hatte der ominöse Unbekannte ja auch eine blaue Textilie an«, spöttelt Reiff siegesgewiss, während er unerschütterlich an seinem provokativen, hämischen Grinsen, was sich in einem Hochziehen des rechten Mundwinkels äußert, festhält. Celine ignoriert diese arrogante Art des jungen Kommissars.

Nach dem Gespräch unter vier Augen und der gleichzeitigen Untersuchung der Faser im Polizeilabor, sitzt die Gruppe wieder im Vernehmungsraum, diesmal ohne Reiff, sondern nur mit einem Uniformierten. Wahrscheinlich hatte Albrecht ihn zurückgepfiffen. Albrecht eröffnet das Gespräch. »Ja, es handelt sich beim Beweisstück ganz klar um diesen Pullover«, er zeigt mit einer Kopfbewegung in Sieberts Richtung.

»Nun, es wundert mich nicht. Das Gespräch mit meinem Mandanten hat nämlich ergeben, dass sich auch das plausibel erklären lässt … das zu erwähnen er bei der Schilderung der Geschehnisse übersehen hatte. Wie wir ja schon erklärten, war das Opfer noch nicht tot, als Herr Siebert zu ihm kam. Er sagte, dass Herr Winterstein im Sterben gelegen sei. Dass es wichtig war, zu erklären, dass der Sterbende ihn am Pullover packte, war ihm nicht bewusst. So erklärte er eben, dass er panisch aus dem Büro stürzte, als der Mann gestorben war. Ausführlicher geschildert, verhielt es sich folgendermaßen: Mein Mandant stand im Büro und sah, dass sein Chef blutend am Boden lag. Er beugte sich zu ihm hinunter. Der Sterbende ergriff Herrn Sieberts Pullover, krallte sich förmlich daran fest. Siebert wollte sich aus diesem Griff befreien und versuchte die festgekrallte Hand mit Gewalt von sich wegzuzerren … «

»Ja, das könnten die Druckstellen am Unterarm sein, die der Pathologe festgestellt hatte«, unterbricht Albrecht Celines Ausführungen und richtet dann direkt seine Frage an Siebert: »Sagen Sie Herr Siebert, wurde der Pulli seit letztem Donnerstag gewaschen?«

Celine gibt Siebert ein Zeichen, nichts zu sagen und stellt an Albrecht die Gegenfrage: »Wieso meinen Sie, Herr Albrecht?«

»Nun, die Hand des Getöteten, die Herrn Sieberts Pulli ergriff, war blutig. Er hatte sich vermutlich an die Stichwunde gefasst, ja und ich meine, man müsse einen Blutfleck … wenn vielleicht auch nur einen kleinen … aber eben einen Blutfleck am Pullover sehen.«

Nun sieht Celine ihren Mandanten fragend an. »Wurde er gewaschen?«

Siebert nickt, seine Gesichtsmuskeln zucken nervös.

»Sie müssen mir Recht geben, Frau Endress, wenn ich annehme, dass das sehr nach Spurenverwischen aussieht, oder nicht?«

Dann beginnt Siebert mit zittriger Stimme zu erklären. Zur Untermalung seiner Ausführungen streckt er seine linke Hand mit dem Pflaster vor und sagt, dass er sich auf dem Weg zu seinen Freunden unterwegs verletzt habe und mit Überzeugung davon ausgegangen sei, dass sich auf seinem Pullover sein eigenes Blut befunden habe. Die Frau des befreundeten Ehepaars …

Celine unterbricht dessen Rede, um erklärend hinzuzufügen, dass das Ehepaar, von dem ihr Mandant gerade spreche, Herrn Albrecht bekannt sei, denn es handle sich um ihren Mitarbeiter Friedhelm Kulau und dessen Frau, deren Sohn im Fall Thomasin vor sechs Jahren eine wichtige Rolle gespielt habe. Albrecht nickt und Celine fordert Siebert auf, weiterzureden. Siebert erklärt, dass dem eigentlich nicht mehr viel hinzuzufügen sei, außer eben, dass Frau Kulau seine beschmutzte Kleidung freundlicherweise gewaschen habe.

Nach dieser Unterbrechung in Bezug auf den gewaschenen Pulli, fährt Celine mit ihrer begonnenen Rede, das der Unterredung unter vier Augen folgte, weiter: »Damit sei diese Frage geklärt. Was mir aber noch sehr wichtig erscheint, das ist eine weitere Aussage meines Mandanten. Er sagte mir nämlich auch, dass das Opfer noch versucht habe, etwas zu sagen … es war aber nur ein Keuchen: ›Se… Se… Se…‹ dann starb er. Vielleicht wollte er noch erklären, wer sein Mörder war. Ja, und den Rest kennen Sie. Mein Mandant rannte kopflos davon, natürlich in dieser Situation eine ganz natürliche reflexartige Reaktion.«

»Da stellt sich mir auch gleich die nächste Frage. War das Opfer wirklich schon tot, als sich Ihr Mandant kopflos entfernte? Wenn nämlich nicht, käme nach § 323c zumindest unterlassene Hilfeleistung als Straftat in Betracht, weil Herr Winterstein vielleicht noch hätte gerettet werden können, auch wenn Ihr Mandant, wie er behauptet, selbst nicht zugestochen hat. Ja und schließlich drängt sich mir als nächstes folgendes auf: war es vielleicht gar nicht ›Se… Se… Se…‹, was der Sterbende keuchte, sondern ›Sie… Sie… Sie…‹ so wie Sie-bert.«

»Nun, jetzt machen Sie aber Witze, Herr Albrecht, um beim zweiten Teil Ihrer Bemerkung zu beginnen«, kommentiert Celine nüchtern das Gesagte. »Wenn Herr Siebert, der Mörder gewesen wäre, dann hätte der Mann nicht mehr versucht, qualvoll zu sprechen, um dessen Namen zu nennen. Wenn er beim Blick in die Augen seines Mörders noch gesprochen hätte, dann hätten die Fragmente wohl eher ›wa… wa … wa …‹ gelautet, oder es hätten nur noch die Augen gesprochen, und zwar indem sie die Frage nach dem ›Wa-rum?‹ ausgedrückt hätten. Ja und zu Ihrer ersten Frage: auch das habe ich meinen Mandanten natürlich gefragt, ob sein Chef vielleicht noch gelebt haben könnte, als er davonrannte, was er aber ganz klar verneinte. Dessen Augen seien gebrochen gewesen und es gab auch keine Atmung mehr. So, wie Sie aus den Akten geschildert hatten, fand man das Opfer mit offenen Augen, so dass man annehmen könnte, dass sich dieses Bild auch meinem Mandanten bot.«

Sie macht eine Pause, während sie einen Moment lang schweigend verharrt.

Albrecht, ebenso schweigend, trommelt mit den Fingern auf den Tisch. Dann schließlich sagt er »Ob tot oder nicht tot, lässt sich so ad hoc nicht klären. Lassen wir es mal so stehen. Aber zur anderen Frage. Ich bin soeben gedanklich die Namen der näheren Mitarbeiter durchgegangen und zu niemandes Namen passt ›Se… Se… Se…‹. Nun sei es, wie es will, vielleicht hatte der Sterbende auch gar nichts gesagt und Herr Siebert möchte mit dieser Aussage nur von sich ablenken. Ich sehe es eher so, dass Sie, Herr Siebert, Ihren Chef bewusst nach Feierabend besuchten, weil niemand sonst noch im Haus war. Sie wussten, dass Ihr Chef oft länger bleibt. Ja, möglicherweise wollten Sie tatsächlich mit ihm nochmals sprechen, doch dann entgleiste die Aussprache und Sie stachen zu, mehrfach, auch wenn Sie das ursprünglich gar nicht vorhatten. Dann würde das Ganze nämlich auf Totschlag hinauslaufen … also Tötung im Affekt. Auf jeden Fall, Herr Siebert, es sieht schlecht aus für Sie.«

In Anspielung auf Albrechts Äußerung, dass es schlecht aussehe, kontert Celine in ruhigem Ton, dass, wie die Praxis immer wieder zeige, sich viele Dinge am Schluss ganz anders verhielten, als sie zuerst ausgesehen hatten. »Zum Beispiel, halte ich dagegen, wenn Herr Siebert eine Aussprache wünschte, dann erwartete er ja nicht, dass das Gespräch ausufern würde, sondern er erwartete, eine Änderung zum Positiven herbeiführen zu können. Mit Ihrem Argument, also dass Sie davon ausgehen, mein Mandant habe die Stichwaffe prophylaktisch schon mal mitgeführt, unterstellen Sie ihm ja reine Mordabsicht von Vorneherein, noch bevor das Gespräch zustande kam, also weit entfernt von Auseinandersetzung mit Todesfolge oder, juristisch formuliert, Tötung im Affekt. Das scheint in meinen Augen nicht logisch. Ähm … übrigens, können Sie mir sagen, ob der Pförtner gesehen hatte, dass der Flüchtende eine Waffe bei sich trug oder gar wie er diese weggeworfen hatte?«

»Nein, nichts dergleichen. Aber das hat ja nichts zu sagen. Der Flüchtende wird die Waffe ja nicht für alle sichtbar in der Hand gehalten haben. Und ob er etwas weggeworfen hatte, das konnte der Portier natürlich auch nicht sehen, denn die Stelle, wo die Stichwaffe gefunden wurde, befindet sich außerhalb seines Sichtbereichs, auf der gegenüberliegenden Straßenseite.« Auf Celines Statement über Mordabsicht oder Auseinandersetzung mit Todesfolge oder Tötung im Affekt, geht Albrecht nicht ein. Für ihn war der Fall von Vorneherein schon klar. Vielleicht würde er noch darüber nachdenken, sollten sich Fragen oder Unklarheiten ergeben. Aber genaugenommen, erwartet er keine Unklarheiten mehr.

»Mich wundert nur, dass die Fingerabdrücke verwischt waren. Ein Flüchtender hat es schließlich eilig. Der hat nicht noch lange Zeit, ganz schnell und schlampig seine Fingerabdrücke abzuwischen. Eine Verwischung kann also jederzeit durch Handschuhtragen verursacht worden sein. Warum aber Handschuhe tragen, wenn die eigenen Fingerabdrücke sowieso als einzige zu sehen sind und nicht richtig abgewischt wurden. Wenn ein Täter nämlich bewusst wischt, macht er es gründlich und zwar noch am Tatort, so dass man wirklich nichts mehr hätte sehen können. Was mich auch noch stört, dass es ausgerechnet eine Tatwaffe ist, die die Initialen meines Mandanten trägt. Das ist doch zu offensichtlich, finden Sie nicht auch? Da hätte Herr Siebert ja gleich seinen Pass dazulegen können.«

»Ach, was weiß ich. In der panischen Hektik, ein Mord ist ja schließlich keine Kleinigkeit, macht man halt manchmal Dinge, die man in rationalem Zustand ganz anders tun würde. Vielleicht rechnete er ja nicht damit, dass der Brieföffner überhaupt gefunden würde. Er lag ja schon etwas versteckt.«

»Unterhalb des Fundortes fließt die Wiese. Sie führt wegen des ergiebigen Regens im Moment viel Wasser. Ein kräftiger Wurf, und das Teil wäre im Wasser verschwunden gewesen und irgendwann an der Mündung auf Nimmer-Wiedersehen in den Rhein geschwommen. Herr Siebert ist ein guter Sportler, also durchaus in der Lage, einen Gegenstand weit zu werfen. Also, warum sollte er ihn so platziert haben, dass man ihn auch wirklich mit Sicherheit findet?«

»Das sind Dinge, die wir nicht beantworten können. Wir wissen nur, dass ein Täter in der Aufregung nicht immer intelligent reagiert. Lassen Sie uns doch einfach noch die weiteren, detaillierteren Zeugenvernehmungen abwarten, Frau Endress. Wir haben heute nochmals den Pförtner, Manfred Kellermann, herbestellt. Außerdem werden weitere Mitarbeiter ein weiteres Mal detailliert befragt. Wir stehen ja gerade mal am Anfang … na ja, auch wir möchten natürlich sichergehen.« Er sagte dies, obwohl er von Sieberts Schuld jetzt schon hundertprozentig überzeugt ist.

»Ja, und ich gebe mich in der Zwischenzeit mal dem Aktenstudium hin und … ach ja … und dann formuliere ich schon mal meinen Antrag, auf Haftverschonung.« Celine steht auf, reicht ihrem Mandanten zum Abschied die Hand und blinzelt ihm Mut machend zu. »Sie hören von mir Herr Siebert.«

Siebert wird abgeführt und Albrecht begleitet Frau Endress charmant plaudernd zu einem anderen Raum, wo sie in Ruhe die Akte Siebert studieren kann.

Zurück im Büro, hält Albrecht seinem Mitarbeiter Reiff erst mal eine Standpauke. Er legt im nahe, künftig weder süffisante oder gehässige Bemerkungen zu machen, noch hämisch zu grinsen. Er schätze diese äußerst fähige Rechtsanwältin sehr und möchte, dass ihr gebührender Respekt entgegengebracht würde, auch wenn er selbst diesmal von der Schuld des Verdächtigten absolut überzeugt sei. Das habe mit der Rechtsanwältin aber nichts zu tun. Sie mache ihren Job und vor allen Dingen mache sie einen guten Job.

5

Dass wir hier im Kreis Lörrach nochmals miteinander zu tun haben würden, hätte ich nicht gedacht, und dass du hier in Holzen nun dein Büro hast, erleichtert die Arbeit ungemein, obwohl ...«, Celine wiegt mit dem Kopf und lächelt, »... in den Kreiterhof ginge ich schon gerne mal wieder.« Mit genießerischer Miene schwelgt Celine in der Erinnerung an die gemeinsamen auf dem Kreiterhof verbrachten Stunden, als sie zusammen am Fall Thomasin arbeiteten und gerne an einem herrlichen Markgräfler Wein schlürften.

»Nun Celine, ich denke, das ließe sich schon mal einrichten. Aber, wenn's um den Wein geht, da kann auch ich dir ein gutes Tröpfchen kredenzen. Es ist ja nicht wie bei armen Leuten«, lacht Friedhelm, während er Celine die mit einem dunklen Spätburgunder gefüllte Flasche, das Etikett gut sichtbar, zur Begutachtung hinhält.

Celine schmunzelt und während Friedhelm die Gläser füllt, beginnt Celine mit dem Bericht aus der Ermittlungsakte der Polizei. Friedhelm sieht Sieberts Aussage bestätigt, als er erfährt, dass der verheiratete 47jährige Winterstein ein großer Frauenverehrer gewesen sei und sich vornehmlich mit jungen Frauen umgeben habe. Konkret, so erklärt Celine, wisse die Polizei von einer intimen Beziehung mit einer sehr jugendlich wirkenden 20jährigen Frau namens Carola Hauser. Als man dessen Sekretärin, Nicole Renner, 23jährig, wegen ihrer burschikosen Statur vom Aussehen her eigentlich jünger, eher 17- oder 18jährig, auf eine nähere Beziehung mit ihrem Chef ansprach, sei diese nur rot angelaufen und habe die Augen beschämt gesenkt. Sie habe sich jedoch nicht näher dazu geäußert. Die Ehefrau, 43jährig, habe von der Beziehung mit Carola Hauser gewusst und erklärte, dass diese Beziehung in gegenseitigem Einvernehmen unterhalten wurde. So, wie es aussehe, wisse Frau Winterstein aber nur von dieser einen Beziehung. Doch auch sie hielt sich bei der Befragung bedeckt. Die Kommissare hätten ihr jede Auskunft aus der Nase ziehen müssen.

»Nun, diese Tatsache ist nicht zu sehr auf die Waageschale zu legen. Ich kann mir vorstellen, dass Frau Winterstein diese Befragung oberpeinlich war. Es ging schließlich um eine ungewöhnlich praktizierte Ehe. Sie ist ihre eigene intime Angelegenheit. Darüber spricht man nicht gerne«, erklärt sich Celine das Gebaren der Ehefrau.

Was Celine aber eher beschäftigt, ist der Zwischenfall beim heutigen ersten Vorführtermin. Es sei nämlich erschwerend hinzugekommen, dass sich unter den Fingernägeln des Toten Fasern vom Pullover des Tatverdächtigen befunden haben. »Solche Überraschungen schätze ich natürlich gar nicht«, erklärt sie Friedhelm. »Dennoch, Siebert hatte auch dafür eine plausible Erklärung, die wirklich einleuchtete, nämlich dass sich der Sterbende an seinem Pullover festkrallte. Was ich davon halten soll, weiß ich im Moment natürlich noch nicht. Ich frage mich nur, warum er uns das nicht gleich sagte. Ich möchte Offenheit von meinen Mandanten, keine Geheimnistuerei.«

»Ich meine, es könnte doch möglich sein, dass er es tatsächlich nur vergessen hatte oder es einfach nicht so als wichtig empfand. Winterstein lag im Sterben, basta. Das hatte er ja auch erklärt. Wie er gestorben war, fand er vielleicht nicht so erklärungsbedürftig«, versucht Friedhelm Verständnis für Siebert zu wecken.

»Ja, so hat er es mir auch erklärt. Ich nehme es mal als gegeben.«

»Eigentlich hat er, nach meiner Menschenkenntnis zu urteilen, einen integren Eindruck gemacht«, nimmt Friedhelm ihn erneut und nachdrücklicher in Schutz.

»Ja natürlich. Nun, lass uns das weitere Vorgehen besprechen.«

Celine schlägt vor, sich mit allen Personen nochmals zu unterhalten, denn sie wolle noch mehr Details. Als erstes sei Frau Winterstein vorzunehmen, das übernehme sie selbst, aufgrund der peinlichen Ehesituation. Wenn eine Frau sich mit ihr unterhielte, könnte sie eventuell etwas gesprächiger sein. Und dann natürlich sollten alle Leute innerhalb der Firma, zum Beispiel Wintersteins Sekretärin, Nicole Renner, der stellvertretende Geschäftsführer, Stephan Förster, der Portier Manfred Kellermann und eventuell noch weitere, die möglicherweise mit Winterstein zu tun hatten, befragt werden.

»Das machst dann du, Friedhelm. Ja, und in einem weiteren Schritt sollte seine Geliebte, Carola Hauser, nochmals näher interviewt werden.« Celine blickt gedankenverloren auf das Papier vor sich, es ist eher wie ein Hindurchblicken. Dann erklärt sie: »Weißt du, ich will einfach ein vollständiges Bild und dazu gehört auch die Tiefe der einzelnen Personen.«

»Die Tiefe?«, fragt Friedhelm und zieht eine Augenbraue hoch.

»Ich meine damit den Background eines jeden mit dem Ermordeten in irgendeiner Weise verflochtenen, zumal wenn, wie es im vorliegenden Fall erscheint, die Indizien keine Indizien mehr sind, sondern schon als Beweise herhalten. Es wird schwierig werden … sehr schwierig.«

»Schwierig?«, wirft Friedhelm mit einem schelmischen Schmunzeln ein. »Schwierigkeiten spornen dich doch erst richtig an.«

Celine quittiert diese Feststellung mit einem dankbaren Lächeln.

Helga klopft an die Türe und streckt nur ihren Kopf hindurch. »Essen ist fertig. Kommt ihr?«

*

Jeden Morgen, seit dem Mord an ihrem Mann, wacht Charlotte missmutig auf. Die Nächte sind seither nicht mehr erholsam. Sie fühlt sich gerädert. Immer wieder diese schrecklichen Träume von Joachim. Mord. Es war Mord. Immer kreisen die Traumbilder um dieselben Fragen. Man hat ihn erstochen! Warum? Gibt es solchen Hass? Dieser verdammte Siebert. Warum konnte er das nur tun? Warum konnte er nicht die Konsequenzen tragen, die seine Schlamperei nach sich zog? Er war doch selbst schuld an seiner Lage. Und dann erschlägt sie ihn in ihrer blinden Wut … wacht dann schweißgebadet auf, wälzt sich lange im Bett herum und grübelt. Für sie ist es die Hölle … sie kann es nicht begreifen.

Die Bilder ihrer Träume wechseln sich regelmäßig ab. Bruchstückhafte Szenen tauchen auf, zum Beispiel wie ihr Mann sich im Bett mit der anderen Frau vergnügt, wie er Zärtlichkeiten mit ihr austauscht, wie er mit ihr lacht und auch rumalbert. Warum stört sie diese Vorstellung plötzlich? Ist es deswegen, weil die andere ihren Mann zuletzt vor dem Tod sah? War es mittlerweile so, dass diese Carola über ihren Mann mehr wusste, als sie selbst, die Ehefrau? Sie merkt, wie sehr Joachim ihr fehlt. ›Ist es nicht seltsam‹, fragt sie sich, ›dass ich jetzt, da er tot ist, merke, wie sehr ich an ihm hänge? Mehr als ich mir je zugestanden habe?‹

Diesen unruhigen Nächten folgt eine Müdigkeit durch den ganzen Tag. Wenigstens kann sie tagsüber schlafen, besser als nachts. Sie nimmt sich daher auch die Zeit, sich jeden Mittag hinzulegen.

Die Türglocke holt sie abrupt aus ihrem mittäglichen Tiefschlaf.

Wer mag das sein? Es ist halb drei. Sie setzt sich auf, fühlt sich benommen. Dann wuschelt sie sich ihre Haare etwas zurecht und geht dann wacklig zur Tür.

›Ja, so kann's gehen, wenn man ungemeldet auftaucht … zu schön wäre es gewesen, jetzt, da ich gerade in Lörrach bin‹, denkt Celine und ist gerade dabei, wieder zu gehen. Da öffnet sich plötzlich die Tür und eine bedrückt klingende Stimme fragt: »Was wollen Sie?«

Celine dreht sich wieder um in die Richtung, woher die Stimme kam. Sie hält einen Moment in der Bewegung inne, als sie der Herrin dieses fantastischen Anwesens in der Tür gewahr wird. Sie räuspert sich, versucht ihre Verwunderung über deren Aussehen zu verbergen. ›*Die Frau sieht ja aus, wie durch den Wolf gedreht*‹, denkt sie.

Kein Wunder Charlotte wirkt müde, ihr Gesicht unnatürlich blass. Dunkle Schatten liegen wie kleine Halbmonde unter ihren Augen.

»Mein Name ist Celine Endress, Rechtsanwältin. Bitte verzeihen Sie, dass ich Sie so unangemeldet überfalle, aber ich war gerade in Lörrach …«, bringt Celine erst einmal ihre Entschuldigung vor. »… ja, ich hätte angesichts der tragischen Umstände vielleicht doch vorher anrufen sollen. Wenn es Ihnen ungelegen ist, kann ich auch später nochmals kommen.«

»Nein, nein, ist schon okay.« Charlotte wiederholt ihre Frage, diesmal etwas freundlicher: »Was kann ich für Sie tun?«

Celine erklärt, sie komme im Auftrag ihres Mandanten, der verdächtigt werde, Herrn Winterstein umgebracht zu haben. Sie wolle sich gerne ein genaues Bild machen können und möchte deshalb alle Leute, die mit dem Opfer in Verbindung standen, befragen.

»Ich habe der Polizei doch alles gesagt. Mehr weiß ich nicht. Außerdem war ich gar nicht da, als mein Mann umgebracht wurde. Ja, und den Mörder hat man ja auch gleich überführt. Es war doch der Mitarbeiter, der sich rächen wollte, und den Sie jetzt vertreten.«

»Natürlich, Frau Winterstein. Ich hatte die Ermittlungsakte gelesen und weiß, dass Sie über Pfingsten eine Woche in Hamburg waren und erst am Freitagmorgen um ein Uhr zurückkamen. Es geht mir einfach um das Leben Ihres Mannes … seine Umgebung, Gewohnheiten et cetera«, sucht Celine um Frau Wintersteins Verständnis. »Ja und Sie haben recht, es ist in der

Tat so, dass man einen Tatverdächtigen festgenommen hat, aber solange er noch nicht verurteilt ist, gilt immer noch die Unschuldsvermutung.«

Nolens volens bittet Charlotte Celine dann doch herein. Sie setzen sich ins Wohnzimmer, genau dort, wo Charlotte ein paar Tage zuvor mit den Kommissaren gesessen und die Nachricht über Joachims Tod erhalten hatte.

»Wer soll's denn sonst gewesen sein? Dieser Siebert war der einzige, der ein Motiv hatte und der letzte, der meinen Mann in dessen Büro besuchte. Ich kann mich nicht dafür erwärmen, dass man einen Mörder mit strafmildernden Argumenten, wie vielleicht Unzurechnungsfähigkeit oder so, versucht rauszuhauen. Für mich hat er die Höchststrafe verdient.«

»Ich verstehe Ihre Wut Frau Winterstein. Aber darum geht es nicht, dass ich einen Mörder ›raushauen‹ möchte. Ich kann nur nochmals wiederholen: Jeder Mensch, der einer strafbaren Handlung beschuldigt wird, ist solange als unschuldig anzusehen, bis seine Schuld in einem öffentlichen Verfahren, in dem alle für seine Verteidigung nötigen Voraussetzungen gewährleistet waren, gemäß dem Gesetz nachgewiesen ist. Und deswegen sammle ich alle möglichen Informationen, die für die Verteidigung notwendig sind.«

Im weiteren Gespräch erfährt Celine jedoch nichts Bahnbrechendes von Frau Winterstein.

Deren Ehe war, wie schon bekannt, eine offene Beziehung mit vielen Freiräumen für die beiden Partner. Was sie dennoch erkennt, Frau Winterstein hing irgendwie sehr an ihrem Mann. Sie hatten ihre festen Tage für ihre gemeinsamen Unternehmungen festgelegt und daran hielten sich beide. Sie schienen diese gemeinsamen Zeiten auch genossen zu haben. Ebenso hätten sie auch gelegentlich Sex miteinander gehabt, und ihr Mann soll auch bestätigt haben, dass richtiger, ›romantischer‹ Sex nur mit ihr so richtig auszuleben gewesen sei (er war halt ein charmanter Schmeichler, der gerne wohltuende Komplimente verteilte, die jeder Frau gut taten). Ja, und fürs Knistern habe er halt die junge Carola gebraucht. Dennoch oder gerade deswegen habe ihre Ehe irgendwie funktioniert. Von weiteren Geliebten habe Frau Winterstein jedoch nichts gewusst, auch wenn sie es sich jetzt im Nachhinein gut vorstellen könne, dass es sie gab. Von Geschehnissen innerhalb der Firma habe sie ebenfalls absolut keine Ahnung gehabt. Sie habe auch nie danach gefragt und er habe kaum etwas erzählt. Ihr Eheleben und die Firma waren, so wie es scheint, zwei total verschiedene, voneinander unabhängige Welten.

Ob sie gemeinsame Kinder hätten, verneint Frau Winterstein. Zwei Fehlgeburten hätten den Wunsch auf Familienvergrößerung vereitelt. Rückblickend meint sie, dass es halt nicht habe sein sollen.

*

»Ja, wir wissen über jeden Besucher Bescheid. Gäste oder Geschäftskunden melden sich hier bei mir an, und ich trage sie in der Besucherliste ein und wieder aus, wenn sie dann gehen«, gibt Herr Kellermann Auskunft auf Friedhelms Frage. »Die Angestellten müssen sich nicht eintragen, die werden durch die Stempeluhr registriert.«

Auf die Frage, ob am Donnerstag, also am Mordtag, Fremde in der Firma gewesen seien, antwortet Herr Kellermann, dass niemand Fremder im Haus war, dass er dies aber der Polizei schon mitgeteilt habe. Die Pfingstwoche sei halt eine ruhige Zeit im Geschäft … eigentlich ist es immer so bei gesetzlichen Feiertagen, die auch gleichzeitig mit Schulferien einhergehen.

Der Wunsch, ob er dennoch Einblick in die Liste haben dürfe, wird Friedhelm nicht verwehrt.

»Sie haben hier einen Eintrag, S. Förster. Sie sagten mir doch, dass Mitarbeiter hier nicht eingetragen werden, weil diese ein- und ausstempeln.«

»Die Geschäftsführer, also auch Stephan Förster, als stellvertretender Geschäftsleiter, stempeln natürlich nicht. Dieser S. Förster hier, das ist der Sebastian, der Sohn vom Förster. Wissen Sie, manchmal kommen auch Schüler zu uns, meist Söhne und Töchter der Mitarbeiter, besonders, wenn es etwas zum Einpacken gibt, oder wenn das Archiv mal wieder gründlich geräumt werden muss. Auf diese Art bessern die Jugendlichen ein bisschen ihr Taschengeld auf. Ja, das sind zwei ganz Patente, die beiden Förster-Kinder. Carmen, dessen Tochter, war zwar jetzt schon längere Zeit nicht mehr hier, aber Sebastian, der kommt regelmäßig. Die Jugendlichen tragen wir natürlich auch in die Liste ein und aus, weil anhand meiner Einträge hier deren Lohn berechnet wird.«

»Ich gehe davon aus, dass die Pforte immer besetzt ist.«

»Natürlich. Hansjörg Streich und ich wechseln den Platz an der Pforte ab. Wir haben zusammen ein Büro neben dem Sekretariatspool. Übrigens, wenn einer von uns krank oder in Urlaub ist, greifen wir auf die Sekretärinnen im Pool zurück«, erklärt Kellermann und lächelt, »na ja, wissen Sie, wir müssen schließlich auch mal auf'n Pott.«

Friedhelm lächelt zurück und nickt und möchte dann noch wissen, wie viele Mitarbeiter die Firma insgesamt beschäftige, also Verwaltung und Produktion zusammengenommen.

»In der Verwaltung sind es 25, in der Produktion 80 und in der Entwicklungstechnik arbeiten 8 Ingenieure inklusive dem technischen Direktor, also insgesamt 113 Mitarbeiter.«

»Und von diesen, neben Siebert, weiteren 112 Leuten hatte keiner einen Brass auf den Direktor … also, ist das total auszuschließen?«

»Nun, ausschließen lässt sich gar nichts. Ich kann nur sagen, dass ich den Siebert an der Pforte vorbeirennen sah, er hatte auch nicht ausgestempelt. Er und der Direktor waren zu diesem Zeitpunkt noch die einzigen im Verwaltungsgebäude.«

»Der stellvertretende Direktor stempelt ja nicht aus. Wissen Sie, ob der schon weg war?«

»Klar, er verließ das Gebäude mit seinem Sohn. Den Sohn, mit Uhrzeit, habe ich ja auf meiner Liste ausgetragen.«

Friedhelm überlegt. Es scheint ja alles sehr kontrolliert abzulaufen hier, fast unmöglich, dass jemand unbemerkt das Werk betreten oder verlassen kann. Ihm wird bewusst, dass es für Siebert schwierig werden würde. »Kommen die Leute von der Produktion eigentlich auch durch Ihre Pforte?«, will er wissen, um eine eventuelle Kontrolllücke aufzudecken, denn alle Gesichter eines Tages - immerhin sind es über hundert - könne sich doch kein Pförtner merken.

»Schauen Sie, Herr … ähm … Kulau … das ist ein riesiges Areal …«, Kellermann hält einen Moment inne, als wenn er über etwas nachdenkt. Dann sagt er: »Kommen Sie mal mit.«

Er geht ein Stückchen nach rechts, so dass er die Pforte immer noch im Blick und dennoch einen guten Überblick über das Gelände und das riesige Produktionsgebäude hat. »Sehen Sie Herr Kulau, unsere Mitarbeiter der Produktion, gehen dort hinten durch das Haupttor des Produktionsgebäudes. Und sie haben auch dort ihre eigene Zeiterfassung. Es gibt zwar innen eine Verbindungtüre zum Verwaltungsgebäude, aber diese Tür ist nur mit einem Schlüssel passierbar, das heißt, wenn jemand von der Produktion ins Verwaltungsgebäude möchte, weil er vielleicht ins Personalbüro muss, dann öffnet ein Vorarbeiter die Türe mit seinem Schlüssel. Der besagte Mitarbeiter betätigt bei seiner Rückkehr den Türöffner. Von der anderen Seite ist die Türe nämlich ohne Schlüssel passierbar. Das Betätigen des Türöffners lässt einen Signalton erklingen, so dass der Vorarbeiter über die Rückkehr des Mitarbeiters informiert ist. Sollte einmal kein Vorarbeiter mit Schlüssel verfügbar sein, was höchst selten vorkommt, dann kommt der Mitarbeiter hier durch meine Pforte. Er muss dann natürlich auch hier wieder zurück und nicht durch die Verbindungstür. Das ist Vorschrift. Und es funktioniert … aber wie gesagt, es kommt höchst selten vor.«

»Aha, höchst selten …«, wiederholt Friedhelm, »… aber, es kann vorkommen?«

»Natürlich, kann es vorkommen. Wir haben fünf Vorarbeiter; drei waren letzte Woche gerade in Urlaub, wie schon gesagt, Pfingsturlaub, denn die haben schulpflichtige Kinder, und einer war krank. Wenn der einzige verfügbare Vorarbeiter sich dann für eine Besprechung gerade im Ingenieurbüro aufhielte, dann könnte dieser Fall mal eintreten.«

Er macht eine kleine Pause und betont dann nochmals, dass es während der Pfingstwoche, wegen der Ferien, nur eine minimale, überschaubare Personalbesetzung gab. Er bekomme immer vom Personalbüro die Meldung, über Ferien- oder Krankheitsabsenzen.

»Sagen Sie, Herr Kellermann, mir scheint, dass der Betrieb ein sehr strenges Sicherheitssystem entwickelt hat - wobei, Überwachungskameras würden da ja zusätzlich auch einen guten Dienst leisten. Hat es denn einen triftigen Grund gegeben für diese enormen Vorsichtsmaßnahmen, besonders die innerhalb der Firma?«

»Klar. Vor drei Jahren gab es hier im Hause mal einen Diebstahl. Es wurde auch einiges zerstört. Der angerichtete Schaden war beträchtlich, und es gab keine Einbruchsspuren. Es hätte also jederzeit auch jemand vom Haus gewesen sein können. Ebenso könnte sich aufgrund der damals fehlenden Kontrolle ein Fremder eingeschlichen haben, der gewartet hatte, bis niemand mehr im Haus war und dann erst zuschlug. Nach dem Vorfall ist die Geschäftsleitung, sprich Herr Winterstein, dann tätig geworden und hat dieses Sicherheitssystem eingeführt. Es könnte schon sein, dass irgendwann noch zusätzlich Kameras eingebaut werden … im Gespräch war dieses Thema auf jeden Fall schon. Nun, wer weiß, wann das nun sein wird, jetzt da Herr Winterstein ja nicht mehr da ist?«

»Ja, wer weiß das schon? … aber ich würde sagen, jetzt erst recht müsste man darüber nachdenken, nach diesem schrecklichen Mord.«, Friedhelm reibt sich nachdenklich das Kinn. Plötzlich scheint ihm doch noch etwas eingefallen zu sein: »Ach ja, was mich noch interessiert: wie sieht es eigentlich aus mit der Putzkolonne? Kommt die, nachdem Sie weg sind?«

»Wir haben einen Wachmann, der seinen Dienst nach mir antritt. Die Putzleute tragen sich aber nicht hier in unserer Liste ein, sondern in der firmeneigenen … der Berger & Berger Gebäudereinigung GmbH«, schließt Kellermann auch diese Wissenslücke.

»Dann frage ich mich, warum niemand von der Putzfirma die Leiche noch am gleichen Abend entdeckte? Stattdessen findet sie die Sekretärin erst am nächsten Morgen«, stellt sich für Friedhelm die logische Frage. Doch auch diese kann der Portier kompetent und sehr einfach beantworten.

»Die Putzleute kommen dreimal die Woche und zwar immer montags, mittwochs und freitags. Der Mord geschah am Donnerstag.«

Friedhelm bedankt sich für die Auskunft und lässt von Herrn Kellermann bei Frau Klein im Personalbüro seinen Besuch anmelden. Dann erfolgt der Eintrag in die Besucherliste.

Im Personalbüro erfährt Friedhelm, dass von den 113 weiblichen und männlichen Mitarbeitern vergangene Woche etwa dreißig in Urlaub weilten, und vier sich im Krankenstand befanden. Die Stempeldaten der Verwaltungsmitarbeiter beweisen, dass sich alle anwesenden Angestellten am Abend des 4. Juni ausgestempelt hatten, außer einem, das war der Siebert. Der Direktor stempelt ja nicht aus, abgesehen davon, dass er an besagtem Abend ja schon tot war. Wieder reibt sich Friedhelm nachdenklich das Kinn … seine bevorzugte Geste, wenn er sehr konzentriert überlegt … »Sagen Sie, Frau Klein, wie sieht es aus, wenn ein Mitarbeiter während der Arbeitszeit das Gebäude verlassen muss … zum Beispiel ein externer Termin? Dann muss er sich doch sicher nicht ausstempeln, oder?«

»Doch, die Leute müssen sich immer aus- und wieder einstempeln. Sie haben aber ein Protokoll, das ist ein vorgegebenes virtuelles Formular, das sie im Laufe des Monats ausfüllen. Dieses Formular ist mit dem Zeiterfassungssystem des einzelnen Mitarbeiters verbunden.«

»Gut organisiert … doch … ja.« Friedhelm ist sichtlich beeindruckt vom ganzen demonstrierten Sicherheitssystem. Für einen Moment schaut er wie abwesend in die Ferne. Dann blickt er wieder zu Frau Klein und meldet bei ihr den Wunsch an, sich mit Herrn Wintersteins persönlicher Sekretärin, Nicole Renner, zu unterhalten und erfährt, dass diese eine der jetzt fünf krank gemeldeten Mitarbeiter sei. Sie habe wohl den Mord an ihrem Chef nicht so einfach wegstecken können. Die beiden hätten ja wirklich eng zusammengearbeitet. Frau Renner kenne und wisse alles.

Seine Frage, ob er daraus schließen dürfe, dass demzufolge die Sekretärin eine sehr gute Mitarbeiterin sei, kommentiert Frau Klein fast schwärmerisch mit »Oh, ja, sie ist sogar eine hervorragende Mitarbeiterin. Wie ich schon sagte, sie kennt das Geschäft in- und auswendig, war im wahrsten Sinne des Wortes die rechte Hand von Winterstein. Gewisse Dinge musste selbst der Chef bei ihr erfragen. Man könnte sagen, sie war sein wandelndes Gehirn. Und nicht nur im kaufmännischen, sondern auch im technischen Bereich ist sie eine herausragende Kraft. Herr Vogt, der technische Direktor, ist immer wieder verblüfft von der Auffassungsgabe dieser jungen Frau, die jederzeit auch auf diesem komplexen Gebiet mitreden kann. Eigentlich hatte sie die SteV-Funktion inne … inoffiziell versteht sich, denn sie ist ja noch so jung. Sie ist schnell im Denken und Kombinieren, äußerst begabt, kurz sie ist ein Phänomen, eine Ausnahmeerscheinung … bei *der* Begabung ist es auch kein Wunder, dass die Renner ein hervorragendes Wirtschaftsabitur hingelegt hatte. Sie war, obwohl sie die jüngste war, die Beste ihres Abschlussjahrgangs … mit einer glatten ›*eins*‹ schloss sie ab. Diese hochintelligente junge Frau und Winterstein waren das ideale Gespann … er hätte sich keine bessere Mitarbeiterin wünschen können.«

Friedhelm legt seinen Kopf leicht zur Seite und zieht eine Augenbraue hoch, wohl als Ausdruck seiner Bewunderung für eine so junge - wie er von Celine erfahren hatte, fast noch kindlich wirkende Frau. Die Laudatio der Personalchefin war ja fast überschäumend.

»Ja, das klingt schon phänomenal. Ich hätte so etwas nicht erwartet, zumal Frau Renner, nach Aussagen der Polizei, jünger wirkt als sie in Wirklichkeit ist; eher wie ein Teenager. Bei so jungen Leuten geht man immer davon aus, dass eher ›*let's party*‹ im Vordergrund stehen würde, als beruflicher Ehrgeiz. Wie man sieht, gleich zwei Fehleinschätzungen. Erstens das wirkliche

Alter und zweitens das Vorurteil gegenüber jungen Leuten.«

Er lächelt. Dann folgt kurzes Schweigen, denn er weiß nicht, wie er beginnen soll. Ein bisschen fällt es ihm schwer. Er räuspert sich, als er zu sprechen beginnt und sich schließlich nach weiteren weiblichen Mitarbeitern, die mit dem Direktor zu tun hatten erkundigt. Er hat ja keine Ahnung, ob es sich in der Firma allgemein herumgesprochen hatte, dass der Chef ein ausgesprochener Frauenliebhaber war und er möchte dessen Ruf im Nachhinein schließlich nicht bekleckern.

Doch Frau Klein scheint nicht sehr überrascht, dass er sie nach weiblichen Mitarbeitern befragt. Sie lächelt sogar subtil, während sie ihm erklärt, dass die Damen in der Buchhaltung dazu gehörten, insbesondere die Leiterin, Uschi Kaiser, und dann noch die Damen von der Marketing- und PR-Abteilung, mit der Leiterin Ines Humboldt. Letztere sei aber seit Anfang letzter Woche in Urlaub und habe vom Mord nichts mitbekommen. Friedhelm bedankt sich bei Frau Klein und macht sich auf zur Buchhaltung.

Die Leiterin der Buchhaltung, Uschi Kaiser, ist eine unscheinbare, unattraktive junge Rothaarige, mit fliehender Stirn und fliehendem Kinn, was dem Gesicht im Profil die Form eines Halbmondes verleiht, dazu passend blasse Sommersprossen, die das Gesicht übersäen. Mit ihrem Aussehen ist sie eigentlich eine Ausnahme in der internen, geschäftlichen Umgebung von Winterstein. Sie ist auf Frau Renner nicht besonders gut zu sprechen. Ihre grünen Augen funkeln, als sie sich über das ›billige Nüttle‹, wie sie die Sekretärin abfällig nennt, auslässt.

Wie sie denn auf diese nicht gerade rühmliche Titulierung komme, will Friedhelm wissen, und er erhält die Antwort prompt. Die habe ihren Chef doch ganz offensichtlich angemacht mit ihrem kindlichen Engelsgesicht.

Auf die Frage, ob sie nicht auch meine, dass es zu einem erotischen Techtelmechtel zwei Beteiligte brauche, kommt die nächste Schimpftirade über ihre Lippen. Der Winterstein sei doch ein ausgemachter Casanova gewesen. »Der schaute doch jedem Rock hinterher. Warum glauben Sie, haben wir hier einen so hohen Anteil an Frauen … vornehmlich junger, hübscher Frauen? Haben Sie meine Damen in der Buchhaltung gesehen? Alle vier, junge hübsche Hühnchen. Eine davon taugt gerade mal zum Kaffeekochen. Alles andere muss man ihr dreimal erklären. Aaaaaber sie ist schön, das reicht doch, zumindest für einen Casanova, der immer auf Augenschmaus aus ist. Es ist doch völlig ausreichend, wenn die Leiterin etwas kann, und die Hühnchen gut im Griff hat.«

Friedhelm zieht die Augenbrauen hoch, nicht weil er sich eben ein Urteil über das Aussehen seiner Gesprächspartnerin gebildet hatte, sondern eher, weil er ähnliche Aussagen von Siebert schon kannte. Frau Kaiser schien dieses Brauenhochziehen jedoch auf sich bezogen zu haben, denn sie sagt mit sarkastischem Unterton: »Es gibt außer Schönheit noch andere Qualitäten. Ich bin Bilanzbuchhalterin und mache einen guten Job.«

Hinter dieser Entschuldigung erkennt er klar den Minderwertigkeitskomplex dieser jungen Frau und er ist überzeugt, würde sie besser aussehen, sie sich vom Firmenchef gerne hätte verführen lassen.

Um eine klare Vorstellung zu haben, hakt Friedhelm explizit nochmals nach, ob nach ihren Äußerungen zu urteilen, er annehmen dürfe, dass zwischen den beiden, also Chef und Sekretärin, definitiv eine Beziehung bestanden habe. Sie bestätigt ihre Behauptung ganz klar und meint genervt, dass sie dies mit ihren Erklärungen doch deutlich herausgestellt habe. Das sei nicht nur eine an den Haaren herbeigezogene Mutmaßung gewesen, sondern für sie ganz klare Fakts. Auch wenn der Winterstein sehr um Diskretion bemüht gewesen sei, sei es offensichtlich gewesen, dass die beiden intim waren.

Ob sie den Chef eigentlich hasste, verneint Frau Kaiser. Ob sie die Sekretärin im Innersten nicht doch etwas um deren Nähe mit dem Chef beneide, lässt sie rot anlaufen. Immerhin scheint es offensichtlich, dass Frau Renner, neben ihrem guten Aussehen, eben halt doch auch die hervorragenden Qualitäten besitzt, wie sie sich Frau Kaiser selbst zuschreibt und auch besonders hervorhebt.

Nun wird ihr die Situation doch langsam peinlich, vor allen Dingen, weil sie merkt, dass Friedhelm ein guter Beobachter ist und aus Menschen wie in einem Buch zu lesen scheint. Sie möchte das Gespräch schnellstens beenden, was auch Friedhelm spürt. Deswegen kommt er zielgerade zum Schluss. Mit den Worten »Ich danke Ihnen Frau Kaiser für die Auskünfte«, verabschiedet er sich und erkundigt sich noch nach dem Weg zum stellvertretenden Direktor.

Er spürt den Blick der Damen in seinem Rücken, als er durch deren Büro zum Ausgang geht.

Stephan Förster empfängt Friedhelm nicht gerade freundlich. Seine braungrünen Augen funkeln als er sagt: »Haben Sie eine Ahnung, was hier los ist, seit dieser traurigen Mordgeschichte? Alles hängt nun an mir. Ich schwimme orientierungslos in tiefen Gewässern und Frau Renner, die mich unterstützen sollte, ist krank. Ich muss mich nun alleine durchwursteln durch Terminkalender, Telefon- und sonstige Notizen. Ich erhalte Telefonate über Geschäfte, Absprachen, worüber ich nichts weiß. Sie werden verstehen, dass ich keine Zeit habe, mich jetzt mit Ihnen zu befassen. Außerdem frage ich mich, wozu auch? Der Mörder sitzt in Untersuchungshaft, also, was wollen wir noch diskutieren? Ich halte sowieso nichts von euch Paragraphenverbiegern«, beendet er mit abweisendem Ton.

Friedhelm bleibt ganz gelassen. Er ist nicht einer, der sich von Unfreundlichkeit provozieren lässt. Automatisch denkt er an Sieberts Satz ›Förster ist ein Mitarbeiter, der nicht unbedingt Autorität besitzt‹. Ja, für Friedhelm ist gleich offensichtlich, dass vor ihm ein Mann steht, dem es gehörig an Souveränität und überlegener Gelassenheit mangelt; einer, der selbst zugibt, dass er orientierungslos in tiefen Gewässern schwimmt, ist alles andere als ein überzeugender Chef. Damit bekundet er klar, dass er von der ganzen Situation überfordert ist.

Dieser kurze unfreundliche Empfang erlaubt Friedhelm, sich selbst ein klares Bild über Försters Charakter zu machen. Aber er weiß auch, dass er vielleicht um jede kleine Information froh sein könnte, die manch einer wie Förster, sei es bewusst oder unbewusst, von sich gibt.

Deswegen richtet er, Verständnis für seine Lage zeigend, sachlich die Worte an ihn. »Ja, Herr Förster, ich kann es mir gut vorstellen, dass auf Sie jetzt eine große Mehrbelastung zukommt. Ich möchte Sie auch gar nicht unnötig behelligen. Darf ich Sie vielleicht nach Feierabend einmal kurz besuchen kommen? Es geht auch ganz bestimmt nicht darum, dass wir Paragraphen verbiegen wollen. Aber Sie wissen ja, dass, solange jemand noch nicht verurteilt ist, die Unschuldsvermutung gilt. Eine Schuld sollte lückenlos nachgewiesen sein. Wenn auch nur ein Zweifel besteht, und sei er noch so winzig klein, dass jemand schuldig ist, dann sind Sie, Herr Förster, sicherlich der Letzte, der möchte, dass dieser verurteilt würde ... verurteilt für eine Tat, die er womöglich nicht begangen hatte.«

Förster antwortet nun etwas ruhiger, fast ein bisschen kleinlaut. »Wenn dem so wäre, ja, da haben Sie recht. Aber in diesem Fall stimmen Motiv, Tatzeit, Tatwaffe, eigentlich alles, was die Schuld beweist.«

»Dennoch haben wir in der Praxis die Erfahrung gemacht, dass manches sich doch nicht so verhält wie es zu Beginn schien«, widerspricht Friedhelm höflich.

Stephan Förster kann angesichts Friedhelms Konzilianz gar nicht mehr anders, als das Gespräch freundlicher fortzusetzen. Ihm ist bewusst, dass er mit seinem eben gezeigten Verhalten eigentlich Unfähigkeit des Jobinhabers, der kein Land mehr sieht, demonstriert hatte. Einer der sich nur behaupten kann, wenn er die Unterstützung der jungen Sekretärin hat. Dabei müsse ein Chef eigentlich souverän darüber stehen ... also über der Situation, die eine Mehrbelastung mit sich bringt. Er streicht sich mit beiden Händen über das schon etwas schüttere graue Haar. »Okay, Herr Kulau, wenn es Ihnen nichts ausmacht, dann kommen Sie doch morgen Abend, sagen wir mal … hm, ich möchte mal sagen … um sieben Uhr zu einem Gläschen Wein zu mir nach Hause. Essen Sie mal nichts, ich meine, bringen Sie Hunger mit, denn, wie ich meine Frau kenne, wird sie Sie gleich zum Abendessen einladen«, versucht er seinen Fauxpas wieder gutzumachen. »Sie ist Italienerin müssen Sie wissen und nicht nur eine hervorragende Köchin, sondern auch eine exzellente Gastgeberin. Italienisches Blut halt.«

Mit dieser Einladung will Förster Coolness beweisen und er hofft damit, seinen Ruf wieder hergestellt zu haben.

Friedhelm indessen ist nach Försters anfänglicher Abfuhr einigermaßen überrascht, gleich eine Einladung zum Essen zu erhalten, nimmt sie aber gerne an und verabschiedet sich freundlich, nachdem er von Förster die genaue Adresse erhielt.

*

Gegen sechs Uhr am Abend sitzt Friedhelm nochmals kurz mit Celine im Restaurant Kranz in Lörrach zusammen, um ihre Interviewdaten zusammenzubringen.

Celine ist nicht gerade glücklich über die Ausbeute des Tages. Frau Winterstein scheint in diesem ganzen Fall wohl das einzige blinde Huhn zu sein, das nichts, aber auch gar nichts weiß, außer dass ihr Mann eine auf gegenseitiges Übereinkommen basierende Liebschaft außerhalb des ehelichen Schlafzimmers pflegte.

Wie aus dem Gespräch herauszuhören war, hatte sie ihren Mann dennoch geliebt und die Trauer wirkte für Celine echt. »Ja, und was hast Du herausbekommen?«, will sie von Friedhelm wissen und erfährt, dass die Stimmung, die ihm in der Firma entgegenschlug teilweise eine indignierte gewesen sei. Dass er aber trotzdem nicht das Gefühl habe, diese Stimmung könnte mit dem Mord als solches in Verbindung gebracht werden. Er habe wenig Trauer gespürt, dafür seien aber die von ihm wahrnehmbaren Gefühle gemischt gewesen mit Empörung, Enttäuschung, Minderwertigkeitsgefühlen, Rivalitäten et cetera, et cetera.

Förster, der stellvertretende Direktor, oder SteV, wie es in der Firma heißt, wird bei seinem Schaffen sehr auf die anderen angewiesen sein. Das habe er ganz besonders aus Försters Reaktion lesen können. Die junge Sekretärin, Nicole Renner, die sich krank gemeldet hatte und deswegen nicht interviewt werden konnte, scheint wohl den wirklichen Durchblick bei der Geschäftsführung zu haben, da sie, neben der vermuteten Affäre, ziemlich nah mit Winterstein zusammenarbeitete. Sie kennt vermutlich alle geschäftlichen Aktivitäten und Zusammenhänge, was von der Personalleiterin besonders pointiert wurde.

Die einzigen, die beim Interview wirklich souverän gewirkt hatten, seien der Pförtner gewesen, ja und eben Frau Klein, die Dame vom Personalbüro.

»Nun, dann werde ich jetzt also nach Freiburg zurückfahren und unsere Errungenschaften in einen überschaubaren logischen Zusammenhang bringen. Ja, und so wie es aussieht, kann ich einen beschleunigten

Haftprüfungstermin erwirken, da Siebert sich ja freiwillig stellte und somit keine Fluchtgefahr besteht.«

»Und ich werde morgen Försters Einladung folgen und das Interview bei ihm zu Hause durchführen« Friedhelm schmunzelt, als er belustigt erklärt, dass der Förster wegen seines Benehmens wohl ein so schlechtes Gewissen hatte, dass das Ganze gleich in eine Einladung zum Abendessen mündete. »Auf jeden Fall, werde ich gleich mal ein Bild, von dessen privater Atmosphäre erhalten. Warum nicht das Angenehme mit dem Nützlichen verbinden.«

6

Die Försters bewohnen ein schmuckes Häuschen in Lörrach-Stetten am Badstubenweg. Es ist umgeben von herrlichem Grün … so richtig idyllisch, zum Wohlfühlen. Auf Friedhelms Klingeln, öffnet sich sofort die Tür - Friedhelm kommt es vor, als habe man schon auf ihn gewartet - und es erscheint eine kleine, rundliche Frau mit freundlichem Gesicht, das von kurzen, leicht grau durchwirkten dunklen Locken eingerahmt ist. Ihre dunkelbraunen Augen strahlen feurige Fröhlichkeit aus. Friedhelm schätzt sie auf Ende vierzig/Anfang fünfzig.

»Guten Tag Herr Kulau. Mein Name ist Cecilia Förster«, begrüßt die Dame des Hauses den Gast mit wohlklingender Stimme. Der feine, im ersten Moment nur schwach wahrnehmbare italienische Akzent ihrer Sprache, verrät neben ihrem Aussehen ganz subtil ihre Herkunft. »Bitte treten Sie ein.«

»Sie haben ein hübsches Haus«, stellt Friedhelm bewundernd fest.

Frau Försters Augen leuchten, als sie erklärt, dass sie seit etwas mehr als einem Jahr hier wohnen. Sie seien in der glücklichen Lage gewesen, nach der Beförderung ihres Mannes, dieses Haus zu kaufen. Ja und es sei so ruhig hier, im Gegensatz zu der Wohnung, die sie an der Zeppelinstraße bewohnten.

Es war eine Wohltat, dem sanften Klang dieser Stimme zu lauschen und je mehr sie sprach, desto stärker kam ihr Akzent durch.

Friedhelm ist überrascht, denn er hatte sich die Ehefrau von Förster ganz anders vorgestellt. Sie führt den Gast nun ins Esszimmer. »Bitte nehmen Sie Platz«, weist sie Friedhelm einen Stuhl am gedeckten Tisch zu und mit etwas lauterer Stimme ruft sie: »Carmen, Sebastiano, bitte runterkommen, wir essen.«

Herrlich, wie sie das ›r‹ rollt, findet Friedhelm. Er könnte dieser Frau stundenlang zuhören. Dann erscheinen die Förster Kinder. Zuerst Sebastian, ein kräftiger, dennoch schlanker sportlicher Junge, und dann die zierliche Carmen. Beide Kinder haben das typisch Italienische der Mutter geerbt, wie dunkle Haare, Teint und Augen, und Carmen ist geradezu ein Bild von einem Mädchen. Allerdings wirkt sie etwas bedrückt, ihre schönen dunkelbraunen Augen schauen traurig. Carmen blickt ihn nur kurz an, nickt grüßend und senkt dann ihre Lider gleich wieder schüchtern. Außer diesem kurzen Gruß beim Eintreten sprechen die beiden Jugendlichen nichts. Carmen sitzt zusammengefallen auf ihrem Stuhl, was ihre zierliche Gestalt noch unterstreicht. Sie wirkt blass, ja, Friedhelm kommt es vor als sei sie krank. Und sie blickt stumm auf ihren Teller.

Dann kommt Stephan Förster, dessen Stimme in diesem stillen Haus fast unangenehm laut wirkt. Obwohl er mit seinen eins-achtzig nicht übermäßig groß ist, wirkt er in seiner kräftigen Statur neben seiner Frau wie ein Riese.

Während des Essens versucht Förster krampfhaft Konversation zu machen. Es ist aber nur belangloses Gerede. Die einzige natürliche in dieser vierköpfigen Familienrunde ist Mama Cecilia - oder auch Cilly, wie Förster seine Frau liebevoll zu nennen pflegt - mit ihrer schönen Sprache und wohlklingenden Stimme. Friedhelm beginnt diese freundliche Frau zu mögen.

Das Abendessen dauerte so etwa eine dreiviertel Stunde … es war hervorragend und Friedhelm war voll des Lobes für die Köchin. Carmen hatte sich nach dem Essen sofort daran gemacht, die Küche aufzuräumen, während Herr Förster den Gast einlud, ihm ins Büro zu folgen.

Friedhelm sitzt in einem niedrigen gemütlichen Sessel, während Förster eine Brandyflasche aus dem Schubfach seines Schreibtischs nimmt und sie mit dem Etikett in Richtung seines Gastes hält. »Trinken Sie einen mit? Es unterhält sich besser bei einem Schlückchen«, meint er, schenkt jedem einen Kleinen in einen bauchigen Schwenker ein und nimmt dann Friedhelm gegenüber Platz. »Also, Herr Kulau, was möchten Sie von mir wissen?«, leitet Förster das Gespräch ein.

»Zuerst einmal bedanke ich mich für die Einladung zum Essen heute Abend. Sie haben wirklich nicht zu viel versprochen. Ihre Frau ist eine perfekte Gastgeberin.«

Förster schwellt stolz die Brust, als er den Daumen seiner rechten Hand nach oben zeigend feststellt »klein aber fein! Sie ist ein Goldschatz meine Cilly.«

Friedhelm schmunzelt. In der Tat, Cecilia Förster ist eine sehr kleine Frau, die man wie einen Goldschatz behüten möchte. Dann wechselt er übergangslos ins Interview.

»Am Tag des Mordes, also letzten Donnerstag, ist Ihnen da etwas aufgefallen? War an dem Tag etwas anders, als sonst?«

»Nein, nein, es war alles wie immer. Nichts Außergewöhnliches.«

»Trauen Sie Herrn Siebert eine solche Tat zu?«

»Nun, was soll ich sagen? Also bis zu dem Tag, als er die Drohung aussprach, hätte ich es ihm niemals zugetraut. Aber diese Drohung war schon eindeutig. Und zwei Tage später war der Winterstein ja tot. Man steckt halt nicht in den Leuten drinnen und man weiß auch nicht, wozu sie fähig sind.«

Friedhelm schwenkt vom Thema ab. »Sie sind stellvertretender Geschäftsführer. Ich habe gehört, dass Sie vor zwei Jahren überraschend zu diesem Posten befördert wurden … also zumindest überraschend für die Belegschaft. Kam für Sie die Beförderung ebenso überraschend oder haben Sie damit gerechnet?«

Förster fühlt sich überrumpelt und … ja … diese Frage macht ihn etwas verlegen, denn damit hatte er nicht gerechnet. Zuerst einmal schluckt er kräftig und antwortet dann, nicht gerade vor Selbstsicherheit und Stolz strotzend, also in der Weise, wie er es tut, wenn er von seiner fantastischen Frau spricht. »Ich habe keine Ahnung, was das mit dem Mord zu tun haben soll. Warum diese Frage?«

»Nun, das ist ganz einfach. Ich möchte ein Gesamtbild von der Firma erhalten, vor allen Dingen von der nächsten Umgebung um den Direktor. Ich denke, wenn die Beförderung für alle so überraschend kam …«, er stützt sich jetzt mal ganz alleine auf Sieberts Aussage, »… dann musste der Winterstein zu Ihnen eine besondere Beziehung gehabt haben.«

Wieder schluckt Förster verlegen. Er räuspert sich und mit belegter Stimme stellt er die Gegenfrage: »Wie wär's mit der Annahme, dass ich mich durch Leistung verdient gemacht habe?«

»Ja, Herr Förster, das wäre im Normalfall mein erster Gedanke gewesen … aber eben gerade, weil die Beförderung für alle überraschend kam, kann ich mir nicht vorstellen, dass Sie von Anfang an aufgrund guter Leistungen für diese Vakanz vorgesehen waren. Beurteilungen, die für Beförderungen relevant sind, werden doch im Laufe der Zeit getroffen und der Anwärter auf eine neue Position wächst doch erst allmählich in diese hinein. So wie ich aber hörte, gab es eine Stellenausschreibung und das Auswahlverfahren war bereits abgeschlossen. Es gab einen Aspiranten, der kurz vor der Zusage stand, und dann kam überraschend Ihre Beförderung mit entsprechender Gehaltsanpassung … und die war nach einem solchen gewaltigen Karrieresprung sicherlich nicht schlecht, wie ich vermute. Da stellt sich bei mir halt die Frage nach dem Warum? Aber vielleicht können Sie diese ganz einfach beantworten.«

»Ich sehe zwar immer noch keine Verbindung zum Fall … aber gut … mehr zwar, als Vermutungen äußern, kann ich nicht, denn fragen können wir Herrn Winterstein ja nicht mehr … vielleicht hatte er ganz einfach daran gedacht, dass man die in der Firma vorhandenen Ressourcen ausschöpfen sollte. Ich brauchte zum Beispiel keine Einarbeitung mehr, weil ich alles schon kannte. Ich besaß also den Vorteil, dass ich gleich von Anfang an vollwertig einsetzbar war. Ich selbst war auch überrascht, dass er ganz plötzlich mich für diesen Posten bestimmte. Aber wie gesagt, ich war immer ein guter, verantwortungsvoller Mitarbeiter. Da können Sie jeden fragen.« Er weiß, dass er jetzt mit seinem Eigenlob ziemlich hochgestapelt hat, besonders, was die Funktion Geschäftsführer anbelangt.

Doch Friedhelm unterstützt dessen Selbstwertgefühl indem er sagt: »Ja, sicher, so wurde es mir auch von anderer Seite bestätigt.«

Ganz sachte hatte Förster wieder mal Grund seine Brust schwellen zu lassen. Doch bevor er sich ausgiebig und genüsslich in diesem Lob aalen konnte, wechselt Friedhelm wieder das Thema. »Sie haben zwei ganz reizende Kinder … natürlich neben einer ganz reizenden Ehefrau. Wie alt sind sie denn?«

Das ist wieder ein Thema, über das Förster lieber spricht als über seine unerwartete Beförderung. »Sie sind fünfzehn und sechzehn. Sebastian ist der ältere. Ja, ich kann mich in der Tat glücklich schätzen. Unsere Kinder sind, glaube ich, ganz gut geraten. Sie machen uns keine Sorgen, sind gut in der Schule … beide besuchen das Hans-Thoma-Gymnasium … sie sind anständig, höflich, korrekt … was man nicht von allen Jugendlichen behaupten kann. Na ja, bei *der* Mutter konnte nur was Gutes draus werden. Von ihr haben sie nicht nur das Aussehen, sondern auch viele gute Eigenschaften geerbt.«

Friedhelm pflichtet ihm bei: »Ja, in der Tat; hübsche, gut geratende Kinder. Carmen ist ja ein Bild von einem Mädchen. Da müssen Sie schon gut auf sie achtgeben«, scherzt er. »Allerdings wirkt sie ein bisschen bedrückt, ja traurig … zu traurig für ein so junges Mädchen. Sie müsste eigentlich vor Lebens- und Unternehmungsfreude überschäumen.«

»Ja, stimmt. In letzter Zeit ist Carmen so seltsam ruhig … oder wie Sie richtig bemerkt haben, sie wirkt traurig. Wir haben sie nach dem Grund ihrer Traurigkeit gefragt, aber sie sagt nur, dass nichts sei. Na ja, vielleicht macht sie gerade eine … ähm … eine …», Förster weiß nicht wie er es nennen soll, was so junge Mädchen beim Erwachsenwerden durchmachen und so kommt Friedhelm ihm zu Hilfe. »Sie meinen, dass Carmen wohl eine Pubertätskrise durchmacht?«

»Ja genau. Sie kennen sich gut aus, Herr Kulau. Haben Sie Kinder?«

»Eigene Kinder habe ich keine, aber einen ganz tollen 22jährigen Sohn von meiner Gattin. Ich liebe ihn wie einen eigenen.«

Sie leeren beide ihre Gläser. Friedhelm überlegt einen Moment, dann stellt er noch eine abschließende Frage: »Sagen Sie Herr Förster, der Pförtner sagte mir, dass Ihre Kinder immer wieder mal in der Firma jobben.«

»Ja sicher. Es gibt bei uns immer etwas zu tun und die Jugendlichen können ja ein Zusatztaschengeld für die Erfüllung besonderer Wünsche immer gut gebrauchen.« Friedhelm nickt während er nachdenklich auf seine Unterlippe beißt. »Carmen sei jetzt schon längere Zeit nicht mehr da gewesen, hatte man mir erzählt. Hängt das wohl mit ihrer, sagen wir mal, Pubertätskrise zusammen?«

»Ich vermute schon, ja.«

Friedhelm blickt auf die Uhr. »Oh mein Gott, schon neun Uhr. Ich habe Sie schon viel zu lange mit meinen Fragen belästigt.«

»Keine Ursache, Herr Kulau. Nun, ich hoffe ich konnte Ihnen mit meinen Antworten weiterhelfen … obwohl … viel war es ja nicht. Mit dem Mord hatte das, worüber wir heute gesprochen haben, eigentlich nichts zu tun.«

»Nun, ich habe ein bisschen ein Gesamtbild gewonnen und für dieses Gesamtbild war's doch sehr brauchbar. Ich danke Ihnen, dass Sie sich die Zeit für mich genommen haben. Auf Wiedersehen.«

Nachdem Friedhelm sich im Wohnzimmer von der Gastgeberin verabschiedet und bei ihr für das phantastische Essen sein großes Lob angebracht hatte, bringt Förster ihn zur Türe.

*

Am nächsten Tag fährt Friedhelm gegen Mittag zum Hans-Thoma-Gymnasium. Er möchte sich gerne mit Sebastian unterhalten. Er ist rechtzeitig da, um das Unterrichtsende nicht zu verpassen. Automatisch kommen ihm die Erinnerungen an den Fall Thomasin vor sechs Jahren. Hier an diesem Gymnasium hatte für den damaligen Physik- und Mathematik-Lehrer die ganze Tragödie begonnen, und es war Celines und sein Verdienst, dass die Tragödie am Schluss ein gutes Ende nahm … zumindest für Thomasin.

Der Schulgong ertönt und Friedhelm stellt sich nahe der großen doppelflügeligen Eingangstüre auf, um Sebastian nicht zu verpassen. Als erstes sieht er Carmen aus dem Schulgebäude kommen. Friedhelm dreht sich leicht weg, denn er will nicht erkannt werden. Carmen holt ihr Fahrrad, grüßt noch ein paar Freundinnen zum Abschied und schwingt sich schließlich auf den Sattel.

›*Gut*‹, denkt Friedhelm, ›*sie muss ja nicht gleich sehen, dass ich ihren Bruder abpasse.*‹

Er muss noch eine ganze Weile warten, bis Sebastian endlich am Ausgang erscheint. Er ist in Begleitung von ein paar Kumpeln, mit denen er sich unterhält. Im Vergleich zu den anderen, wirkt auch er ernster. Wenn er spricht, spricht er leise, so dass man ihn durch die Umgebungsgeräusche kaum hören, geschweige denn verstehen kann, wenn man nicht in unmittelbarer Nähe steht. Endlich verabschiedet er sich von den anderen durch kurzes Anheben der Hand. Auf dem Weg zu seinem Fahrrad, tritt Friedhelm zu ihm.

»Hallo Sebastian«, spricht er den Jungen freundlich an.

Sebastian hebt seinen Kopf und sieht Friedhelm direkt in die Augen. »Ach Sie sind es? Ist es … ähm … Zufall, dass Sie hier sind, oder haben Sie auf mich gewartet?«

Friedhelm lächelt und gibt zu, ihn abgepasst zu haben.

»Na, dann nehme ich an, dass Sie wohl ein paar Fragen an mich haben wegen dieser Mordgeschichte in der Hi-Tec. Ich werde Ihnen dazu aber nicht viel sagen können, denn ich bin ja nicht immer dort.«

Friedhelm nickt und meint ergänzend »Es geht mir nicht alleine um die Mordsache, ich möchte mir ein Bild von der Atmosphäre innerhalb der Firma machen.«

»Aha! Ob ich *da* der Richtige bin? Ich weiß nicht. Wie gesagt, arbeite ich ja nur zeitweise dort … und eigentlich gehöre ich nicht zum Mitarbeiterstab. Mein

Vater konnte Ihnen gestern sicher mehr erzählen, als ich es kann.«

»Jeder, der dort arbeitet, und sei es auch nur zeitweise, und jeder Blickwinkel sind für mich interessant.«

Sebastian lächelt und meint »Na dann schießen Sie mal los. Ich möchte gerne nach Hause, hab' nämlich einen Mordshunger. Sie kennen ja nun auch die Kochkünste meiner Mutter, und da kann man nicht früh genug nach Hause kommen. Wir können ja schon mal in meine Richtung zusammen gehen.«

Friedhelm gefällt diese ungenierte Art dieses Jungen, die zumindest jetzt unbeschwerter scheint als am Abend zuvor. Förster hatte auf jeden Fall nicht übertrieben bei der Beschreibung seiner Kinder. Davon kann er sich soeben bei dessen Sohn selbst überzeugen.

»Waren Sie …« Bevor Friedhelm jedoch seine Frage stellen kann, wird er von Sebastian unterbrochen. »Sie können das mit der förmlichen Anrede lassen. Ich bin Sebastian«, lächelt er.

Friedhelm schmunzelt und beginnt erneut: »Warst du an dem Tag, als Siebert die Drohung ausgesprochen hatte, auch in der Firma und hast sie womöglich gehört?«

Sebastian scheint durch die Frage etwas überrumpelt, fängt sich aber gleich wieder und antwortet: »Nein, aber mein Vater hat es am Abend zu Hause erzählt.«

»Hast du den Siebert letzten Donnerstag gesehen, und wenn ja, war er anders als sonst?«

»Nein, ich habe ihn nicht gesehen. Ich habe im Archiv gearbeitet. Dort gab es einiges zu ordnen, also war ich den ganzen Tag nicht oben im Büro.«

»Deine Schwester hatte früher auch immer in der Firma gejobbt. Jetzt plötzlich nicht mehr. Seit wann hat sie aufgehört zu jobben und hast du eine Ahnung, warum sie nicht mehr will.«

»Ich glaube, so etwa vor drei oder vier Wochen hat sie damit aufgehört. Ich denke sie hat einfach keine Lust mehr. Wissen Sie, meine Schwester ist ein sehr gescheites Mädchen. Wahrscheinlich hat sie die stereotype Arbeit gelangweilt. Für mich ist das egal, ob stereotyp oder nicht. Hauptsache ich kann mir Sonderwünsche erfüllen mit dem dazuverdienten Geld.«

»Deine Schwester wirkt sehr ernst, ich möchte fast sagen, traurig, oder eher noch depressiv. War das schon immer so?« Sebastian zögert einen Moment, bevor er antwortet. Die Antwort kommt auch nicht so flüssig, wie die Erklärungen zuvor. »Nein ... nein ... früher war sie es nicht. Ähm ... sie wirkt bedrückt ... ja, das ist uns allen aufgefallen. Warum? Ja, das können wir nicht sagen. Sie erzählt ja nichts. Ähm ... vielleicht hat sie ja auch nur Liebeskummer ... na ja, dann könnte sich das hoffentlich irgendwann wieder von alleine ... wieder ... ähm ... geben. Aber am besten, Sie fragen sie selbst.« Sebastian überlegt einen Moment, ist gar nicht so glücklich über den eben gemachten Vorschlag. Dann fügt er hinzu »ach Quatsch, natürlich fragen Sie sie nicht. Sie wird ... ähm ... Ihnen keine Antwort darauf geben, wenn sie uns schon nichts erzählt. Es ist ... ähm ... sowieso besser, wenn man nicht zu sehr auf sie ein- ... ähm ... redet. Man sollte sie in Ruhe lassen. Sie ist wirklich sehr sensibel ... eigentlich verletzlich.«

Friedhelm hat das Gefühl, dass es in dieser Rede eine ganze Menge ›Ähms‹ gab. Meist bedienen sich Leute dieses Füllwortes, wenn sie etwas Kompliziertes oder eben halt auch etwas Unangenehmes oder Peinliches erzählen. Er geht aber nicht darauf ein, sondern sagt lächelnd: »Wahrscheinlich hast du recht.«

Sebastian lächelt charmant zurück und - froh darüber, dass er sich zu diesem Thema nicht mehr äußern muss - bekräftigt er, jetzt wieder etwas selbstsicherer und wortgewandter, dass er mit an Sicherheit grenzender Wahrscheinlichkeit recht habe.

»Traust du dem Siebert eigentlich einen Mord zu?«, kommt Friedhelm endgültig vom Thema ›Carmen‹ ab.

»Jetzt fragen Sie mich aber was. Ich kenne ihn ja kaum. Und jemandem von vorneherein einen Mord zuzutrauen? … Das ist nicht so mein Ding. Nur, wenn dann mal eine solche Drohung ausgesprochen wird, fragt man sich schon, ob man sich denn so sehr in jemandem getäuscht haben kann. Noch fällt es mir schwer, daran zu glauben.«

»Ja, der Siebert sagt nämlich, dass er es nicht war. Man habe ihm seinen Brieföffner entwendet und alle Spuren zu ihm gelegt. Der Brieföffner ist übrigens ein sehr auffallendes, wertvolles Stück … vielleicht hast du ihn sogar schon mal gesehen. Es ist eine Nachbildung eines Schwertes aus dem bekannten Film ›The Lord of the Rings‹.«

Diese Erklärung der Spurlegung scheint den Jugendlichen doch sehr zu berühren. Er schweigt einen kurzen Moment betroffen und sagt dann: »Nein ich kenne den Brieföffner nicht. Schlimm, wenn das so war, wie Herr Siebert behauptet.« Friedhelm spürt Sebastians Betroffenheit und geht vorsichtig darauf ein, indem er fragt, ob ihm diese Sache denn so sehr nahe gehe.

Sebastian zuckt nur mit den Schultern und schließlich fragt er, wer es denn sonst gewesen sein könnte? Doch er gibt sich selbst gleich die Antwort: »Na ja, wenn Sie das wüssten, würden wir uns jetzt nicht hier unterhalten.« Er überlegt einen Moment und sagt dann: »ich frage mich nur, wenn doch nur der geringste Zweifel besteht, dass er, also der Siebert, es war, sollte man ihn dann nicht laufen lassen, ob man nun einen Ersatzverdächtigen gefunden hat oder nicht. Oder was meinen Sie?«

»Für mich gilt natürlich ›in dubio pro reo‹, und wenn dieser Zweifel besteht, sei er noch so klitzeklein, müsste man diesen Mann wieder auf freien Fuß setzen …ja«, und lächelnd fügt Friedhelm hinzu: »… auch wenn bis anhin kein Ersatzverdächtiger gefunden wurde.«

»Ich wünsche es dem Siebert. Kann ich jetzt nach Hause?«, drängt Sebastian auf ein Ende der Diskussion.

»Sicher Sebastian. Ich möchte ja nicht, dass du mir vom Fleisch fällst.« Er reicht Sebastian die Hand und fragt ihn, ob er, wenn er Bedarf haben sollte, ihn nochmals interviewen dürfe.

Sebastian nickt und betont zum Schluss noch einmal, dass er sich nicht vorstellen könne, Siebert oder sonst jemand in der Firma habe die Tat begangen, aber auf seine Meinung käme es ja schließlich nicht an. Und außerdem wiesen letztendlich ja doch alle Spuren zu einer einzigen Person.

Als Friedhelm nach Hause kommt, steht das Essen bereits auf dem Tisch und Helga erwartet ihn schon ungeduldig und gleich wartet sie auch mit einer Neuigkeit auf, nämlich dass Celine angerufen habe, um zu berichten, dass der Haftprüfungstermin schon auf den Montag halb elf angesetzt wurde. Er, Friedhelm, solle seinen Bericht möglichst bald mailen.

7

Celine ist pünktlich um zehn Uhr in Lörrach. Sie hat vor dem Haftprüfungstermin noch etwas Zeit, um sich kurz mit Friedhelm telefonisch auszutauschen. »Hallo Celine, wie geht es dir bei diesem miesen Wetter?«, fragt Friedhelm schelmisch, denn er kennt seine Auftraggeberin so gut, um zu wissen, wie Celine unter dieser im Moment herrschenden Kälte leidet.

»Sag nichts. Vorgezogene Schafskälte haben sie gesagt … jetzt haben wir Mitte Juni. Seit Anfang Monat haben wir nichts als Regen und Kälte. Und der Mai war auch nicht gerade berauschend, zumindest war er nicht so, dass er den Namen Wonnemonat verdient hätte. Wenn auch nicht so sibirisch kalt, so war er doch sehr wechselhaft, dass wir geplagten Menschen jetzt endlich mal etwas Sommer verdient hätten.«

Friedhelm muss lachen und tröstet sie damit, dass es ja jetzt nur noch besser werden könne. Auf jeden Fall habe das lausige Wetter zumindest den Vorteil, dass man beim Arbeiten nicht vor Hitze schmachten müsse.

Jetzt ist es Celine, die laut lachen muss. Sie meint, dass es wohl das Dümmste sei, sich über das Wetter zu ärgern und vor allen Dingen es zu einem gewichtigen Gesprächsthema zu machen. Es könne sich fast zu wichtig fühlen. »Diesen Ruhm gönnen wir ihm nicht«, kommentiert sie das Thema Wetter, als handle es sich bei der aktuellen meteorologischen Kapriole um eine hinterhältige Person. »Deshalb lass uns von unserem Fall sprechen. Also zuerst danke für deinen Bericht. Für den Termin nachher kann ich ihn zwar nicht verwenden, aber er rundet mein Firmenbild immer mehr ab. Hast du für heute noch Interviews vereinbart?«

»Ja, ich habe am Nachmittag einen Termin mit Ines Humboldt, weißt du, die Leiterin Marketing. Sie ist aus den Ferien zurück. Vielleicht ist inzwischen auch die Sekretärin wieder da. Sie war ja die ganze Woche krank. Und dann möchte ich mal sehen, ob ich Wintersteins Geliebte auch noch erreiche. Das wäre natürlich schön. Da könnte ich alles wieder in einem Aufwasch erledigen«

»Gut, du gibst mir Bericht, ja.«

»Klar mach ich, und dir viel Erfolg beim Haftprüfungstermin. Bin ja gespannt.«

*

Albrecht begrüßt Celine freundlich. Er lacht, als er sie mit Mantel und Schal sieht und will gerade einen Kommentar übers Wetter loslassen, als Celine ihre Hand hochhält, um ein eventuelles Wetterthema gleich im Keim zu ersticken. »Sagen Sie nichts übers Wetter, Herr Albrecht«, sagt sie beschwörend, »ich habe beschlossen, dass das Wetter zu unwichtig ist, um es zum Thema zu machen.« Beide lachen laut.

»Na, dieser Kommentar zeigt mir zumindest, dass Sie bis jetzt so gefrustet waren, zu beschließen, den Phänomenen Kälte und Nässe weiterhin keine Macht mehr über Ihre Stimmung zu geben«, stellt er fest, fast ein bisschen stolz über sich selbst, dass er psychologisch richtig gut argumentiert hatte. Gerade bei Celine, von der er weiß, dass sie auf diesem Gebiet ziemlich versiert ist, stellt er seine psychologischen Fähigkeiten gerne unter Beweis.

Celine wünscht, vor dem Haftprüfungstermin kurz ihren Mandanten zu sprechen. Ein uniformierter Beamter führt sie zu ihm.

Unter vier Augen erklärt sie Siebert, wie eine solche Verhandlung abläuft, wer teilnimmt und vor allen Dingen, wer sprechen wird. »Wenn Sie möchten, erhalten Sie zu Beginn die Gelegenheit, sich zu der Ihnen vorgeworfenen Straftat zu äußern. Sie können aber auch schweigen. Dazu haben Sie das Recht, ohne dass Ihr Schweigen Ihnen zum Nachteil gereicht. In diesem Falle, dass Sie schweigen, rede ich für Sie.« Celine hält einen Moment inne und sieht Siebert an, der zusammengesunken vor ihr sitzt. Sie tätschelt ihm Mut machend die Hand.

»Und? Wie wollen wir es halten?«, fragt sie herausfordernd, »Möchten Sie sich zu Beginn selbst äußern?«

Siebert schüttelt nur den Kopf. Auf gar keinen Fall will er das. Er spürt schon jetzt sein Herz bis zum Hals schlagen. Er würde kein Wort herausbringen.

»Gut, ich habe es nicht anders erwartet. Es empfiehlt sich sowieso, dass ich für Sie spreche. Haben Sie mir zum Fall noch etwas hinzuzufügen? Ich könnte das dann einfließen lassen. «

Wieder schüttelt Siebert den Kopf. Er spürt, dass es ein schwerer Gang für ihn werden wird.

Kurz vor halb elf werden Celine und ihr Mandant in den Verhandlungsraum geführt. Kaum, dass sie auf den ihnen zugewiesenen zwei Stühlen Platz genommen hatten, betreten schon der Staatsanwalt Andreas Faber und der Ermittlungsrichter Herbert Bürgelin, beide gesetzte, schon etwas ältere grauhaarige Eminenzen, den Raum. Celine und Siebert stehen auf und begrüßen die beiden Eingetretenen. Siebert wirkt blass, sein Herz rast. Er spürt es bis zum Hals schlagen, und er schwitzt und zittert gleichzeitig, alles eine Folge des plötzlichen Adrenalinausstoßes, der auch die Oberfläche seiner Haut prickeln lässt.

Nachdem alle vier Platz genommen hatten, eröffnet der Staatsanwalt die Sitzung. Mit fester, sicherer Stimme bezieht er sich in kurzen Sätzen auf die Inhalte der Ermittlungsakte. Eher in Richtung zu Siebert als zu den anderen Anwesenden, erklärt er dann, dass seit gestern auch die Untersuchungsergebnisse von dessen Pullover und auch von dessen Jeans vorlägen. Die Technik habe dank der heute verfügbaren fortschrittlichen Untersuchungsmethoden von den mit bloßem Auge nicht sichtbaren verwaschenen Blutflecken DNA-Profile erstellen können. Beim größeren Fleck handle es sich eindeutig um das Blut des Getöteten, während zwei weitere Flecken dem Blut des Beklagten zugeschrieben werden können. Siebert senkt seinen Blick auf seine vor sich gefalteten Hände.

Dann erteilt Staatsanwalt Faber der Verteidigerin das Wort. Celine nimmt kurz Stellung zum identifizierten Blut, das, aufgrund des Festklammerns, von den Händen des Opfers auf die Kleidung ihres Mandanten habe gelangen können und daher nicht über zu bewerten sei. Des Weiteren zeigt sie in ihrer Stellungnahme an diversen Beispielen Widersinnigkeiten auf, die ihrer Meinung nach nicht einmal einem Nichtprofi unterlaufen würden. Für sie sehe es eher so aus, als seien die allzu offensichtlichen Spuren, die in Richtung ihres Mandanten führten, bewusst gelegt worden. Man sehe es auch ganz deutlich daran, dass sich ihr Mandant schließlich selbst gestellt habe, weil er den Rest seines Lebens nicht als gesuchter Mörder, für eine Sache, die er nicht begangen habe, auf der Flucht befinden wolle. Somit bestehe auch keine Flucht-, Wiederholungs- oder Verdunkelungsgefahr und sie, Celine Endress, beantrage die Haftverschonung ihres Mandanten.

Während der Ermittlungsrichter mit über der Brust verschränkten Armen schweigsam lauscht und die Parteien akribisch beobachtet - zur Freude von Celine mit vielversprechendem, wohlwollendem Blick, der sie hoffen lässt - erklärt Faber in seinem Plädoyer, in dem er sich chronologisch an die ihm vorliegenden Fakten hält, dass, trotz aller Erklärungen von Frau Endress, die Beweislage, die gegen den Verhafteten spreche, ausreichend sei, um eine weitere Inhaftierung zu rechtfertigen. Es handle sich hier schließlich nicht um bloße Verdächtigungen, sondern um nicht widerlegbare Fakten.

Es klopft und Albrecht streckt seinen Kopf durch die Tür.

»Bitte entschuldigen Sie die Störung, aber ich erachte es als wichtig, Ihnen diese Information zukommen zu lassen. Wir erhielten zum vorliegenden Fall den Anruf einer Zeugin, der etwas eingefallen war, das zu erwähnen sie vergessen hatte.«

Faber macht mit der Hand eine einladende Bewegung. »Treten Sie ein, Herr Albrecht.«

Albrecht geht direkt zu Faber und legt ihm eine Telefonnotiz hin, die dieser aufmerksam liest. Dann blickt er auf, bedankt sich bei Albrecht, der den Raum anschießend wieder verlässt.

»Ja, Frau Endress«, sagt er mit hochgezogenen Augenbrauen, »hier gibt es eine Aussage …«, er wirft nur einen kurzen Blick zu Siebert, »… die für Ihren Mandanten nicht gerade günstig aussieht.« Er macht eine kurze Pause, eine Situation, die sich für Siebert ins Unerträgliche steigert.

»Eine Zeugin, die Sekretärin des Ermordeten, hatte angerufen und ausgesagt, dass zwischen ihrem Chef und dem Beschuldigten noch eine weitere Differenz bestanden haben musste. Sie sagte, sie wisse nicht, worum genau es ging, sie habe nur zufällig ein Gespräch gehört … also sie gebe zu, dass sie gelauscht habe. Es sei ein Gespräch noch vor der Drohung gewesen, und zwar als Herr Siebert zum ersten Mal erfuhr, dass Winterstein sich von ihm trennen wollte. Sie gibt den ungefähren Wortlaut folgendermaßen wieder:

›*Siebert: Das kannst du nicht tun, nach allem, was ich für dich getan habe;*

Winterstein: Was hast du denn für mich getan?

Siebert: Du weißt es genau, ich habe für dich geschwiegen.

Winterstein: So, hast du das? Okay, gut, danke. Na dann, das war's denn auch schon; ich glaube, dass ich dich dafür genug entschädigt habe, meinst du nicht auch? Ich habe dir nicht lebenslangen Dank versprochen.

Siebert: Nein das hast du nicht. Aber gleich bestrafen musst du mich auch nicht. Der Kündigungsgrund, den du anführst, ist doch bloß ein Vorwand.

Winterstein: Aha, das musst du mir aber erst noch beweisen. Für mich ist er auf jeden Fall ganz klar.‹

Herr Siebert habe das Büro dann wütend verlassen.

Nun Herr Siebert, können Sie uns sagen, worum es bei dieser Sache ging?«

Wieder, wie schon bei der ersten Vorführung, als sie erfuhr, dass Siebert ihr ein wichtiges Detail verschwiegen hatte, schaut Celine ihren Mandanten mit hochgezogenen Augenbrauen überrascht an, während dieser alles, was nur annähernd nach Farbe aussah, aus dem Gesicht verliert. Er blickt hilflos und gleichzeitig flehend zu Celine.

»Wir sind hier im Haftprüfungstermin, wir können uns jetzt nicht so einfach zu einem Tête-à-Tête zurückziehen«, sagt sie in ruhigem Ton. »Es ist nun an Ihnen, sich zu äußern. Sie haben aber auch das Recht zu schweigen, was ich Ihnen im Moment auch anraten würde. Diese Sache sollten wir hinterher erst einmal unter vier Augen miteinander besprechen.«

Alle Blicke sind auf Siebert gerichtet, der den erwartungsvollen Blicken ausweicht und beharrlich schweigt. Er kann nicht sprechen, es schnürt ihm förmlich den Hals zu.

»Na? Herr Siebert, wie sieht es aus. Möchten Sie sich zur Sache äußern?«, wirft Faber ein.

Siebert schüttelt ohne aufzusehen den Kopf.

Nach einer Pause, während der der Ermittlungsrichter in der Akte blättert, um sich die Details nochmals zu vergegenwärtigen, hebt er den Blick und verkündet mit einer tiefen, nicht unsympathisch wirkenden Stimme, dass er im vorliegenden Fall keine Haftverschonung anordnen könne. Der Tonfall seiner Rede ähnelt dem eines Predigers.

Siebert erstarrt bei den Worten. Dann macht der Ermittlungsrichter einen Vorschlag, nämlich dass er dem Beklagten anrate, ein Geständnis abzulegen. »In diesem Falle wäre ich bereit, so quasi als Gegenleistung, eine Haftverschonung anzuordnen, das heißt, Sie würden bis zur Hauptverhandlung freigelassen, natürlich mit der Verpflichtung, die Ausweispapiere bei der Staatsanwaltschaft zu hinterlegen und unter der Bedingung einer strengen Meldeauflage, das heißt, dass Sie sich dreimal wöchentlich bei der Polizei zu melden hätten. Die Leistung einer Barkaution von 50'000 Euro sähe ich als angemessen und auch ausreichend. Eine solche Haftverschonung könnte ich verantworten, da aufgrund der geschilderten Sachlage, eine Wiederholungstat und im vorliegenden Fall eine Mordabsicht auszuschließen ist.«

»Aber ich habe den Winterstein nicht umgebracht. Ich kann doch nicht etwas gestehen, das ich nicht getan habe.« Siebert hat Tränen in den Augen bei diesen Worten.

Bürgelin schweigt einen Moment, dann verkündet er seine Entscheidung. »Der des Totschlags verdächtigte Ralph Siebert verbleibt bis zur Hauptverhandlung in Untersuchungshaft …«, und zu Celine gewandt, »… es sei denn, Frau Endress, es ergibt sich aufgrund von Recherchen eine geänderte Beweislage zugunsten Ihres Mandanten. Dann können Sie einen erneuten Haftprüfungstermin beantragen.«

Er erhebt sich, was auch für die anderen Zeichen ist, es ihm gleich zu tun.

*

115

»So, Herr Siebert …«, beginnt Celine, als sie mit ihrem Mandanten wieder alleine ist, »dann schießen Sie mal los. Ich bin ja gespannt, was Sie noch alles in petto haben, das Sie mir bis jetzt vorenthalten hatten.«

Siebert möchte vor Peinlichkeit am liebsten in den Boden versinken. Er hätte doch nie gedacht, dass alles irgendwann einmal wichtig werden könnte. Zögernd beginnt er mit der Geschichte, die vor mehr als zwölf Jahren ihren Anfang nahm.

»Also, der Joachim … ähm der Winterstein … und ich wir waren früher schon Arbeitskollegen … wir arbeiteten in der Schweiz und wir waren nicht gerade glücklich mit unserem Arbeitgeber. Für Joachim, der eine höhere Ausbildung genossen hatte, war es natürlich ein Leichtes, gleich eine tolle Stelle zu finden und das in gehobener Position. Ich hatte da schon mehr Probleme. Nur gut zu sein, reicht heute nicht mehr aus. Man braucht möglichst viele Papiere. Eines Tages machte ich eine zufällige Beobachtung. Ich war im Archiv, das sich im Keller befand, um eine Akte zu holen. Da sah ich einen dünnen Lichtschein unter einer Tür, die sonst immer verschlossen war, hervorscheinen. Ich wunderte mich und drückte die Klinke. Die Tür war tatsächlich offen. Ich ging hinein und sah abgelegen an einer Wand - durch eine alte Stellwand halb verdeckt - einen Tisch, worauf sich eine Stehlampe und ein mir unbekanntes Gerät befanden. Niemand war da und doch brannte Licht, das von einer schwachen Glühbirne, die von der Decke herunterhing, stammte. Ich trat näher und fand auf dem Tisch ein Dokument … ein Echtheitszertifikat. Es war ausgestellt auf ein Gemälde. Von welchem Künstler das Bild war, kann ich nicht mehr sagen. Dann fiel mein Blick auf eine Mappe, etwas hinter der komischen Maschine. Tja und in dieser Mappe befanden sich noch weitere Dokumente, Zertifikate, Bestätigungen, Ausweispapiere und mir war klar, dass es sich hier nur um Dokumentfälschungen handeln musste. Während ich mich über die Schriftstücke beugte, um sie näher zu betrachten, spürte ich plötzlich, dass ich nicht mehr alleine war. Ich hatte zwar niemanden kommen hören, dennoch fühlte ich die Anwesenheit einer Person. Ich drehte mich erschrocken um und sah mich Joachim gegenüber. Zuerst konnte ich vor Schreck nicht sprechen. Aber dann, nachdem ich mich erholt hatte, fragte ich ihn, ob das nun sein einträglicher Nebenjob sei, von dem er mir erzählt hatte.

Joachim hatte nämlich plötzlich eine Menge Geld, und als ich mich wunderte, erklärte er mir, dass er nebenher ein kleines aber einträgliches Geschäft betreibe.

Jo gab mir keine Antwort. Als ich ihm dann sagte, dass das schwerer Betrug sei, zuckte er nur mit den Schultern und sagte ›Na und? *Werden wir nicht immer und überall betrogen? Angefangen von den Politikern, die uns im wahrsten Sinne des Wortes regelmäßig verarschen, über die Kirchen, die doch auch Geld scheffeln, das ihnen nicht gehört und nicht zuletzt auch von Arbeitgebern. Du erlebst es hier ja selbst.*‹ Das könne man doch nicht vergleichen, hab ich ihm gesagt. Das, was er hier mache, sei Betrug und wenn das rauskäme, käme er sicher nicht unter fünf Jahren davon. Darauf antwortete er nur ›*so sprach's der Gutmensch und aalte sich in seiner Anständigkeit*‹. Es ging eine Weile, bis er mich dann fragte, ob ich ihn jetzt verpfeifen würde. Soweit hatte ich eigentlich gar nicht gedacht. Ich dachte eher, dass er irgendwann einmal ohne fremdes Zutun auffliegen könnte. Ich stand da, wusste nicht, was ich sagen sollte, dann bot er mir an, mich zum Geheimnisträger zu machen. Ich würde es nicht bereuen müssen. Er versprach mir 10'000 DM Schweigegeld und versicherte mir, dass er, sobald er in der neuen Firma, die Hi-Tec, angefangen habe, dafür sorgen würde, dass auch ich einen gutbezahlten Job dort erhielte. Er sagte sogar, dass ich gleich künden solle, damit die Wartezeit für mich nicht mehr so lange dauern würde. Wir hatten ja drei Monate Kündigungsfrist. Jo, hatte noch einen Monat zu arbeiten und ich eben drei. Dieses Angebot war natürlich verlockend, denn erstens wollte ich dringend weg von der Firma in der Schweiz und zweitens hatte auch ich Sonderwünsche, die ich mir mit dem Schweigegeld sehr gut erfüllen konnte. So versprach ich, dieses Geheimnis bei mir zu behalten.«

Celine lauschte Sieberts Ausführungen schweigsam, während sie immer wieder stumm nickte. Wie abwesend stellt sie am Schluss ganz lapidar fest: »Na ja, Pecunia non olet.«

»Bitte?«. Celines Äußerung erzeugte ein riesiges Fragezeichen bei Siebert. »Was für OLET? Ich verstehe nicht.«

Erst da merkt Celine, dass sie einfach nur laut gedacht hatte. Sie lächelt und übersetzt: »Geld stinkt nicht. Sie sind den lukrativen Deal einfach eingegangen.«

Pause. Celine wiegt nachdenklich mit dem Kopf. Am Ende fragt sie Siebert, ob er und Winterstein denn Freunde waren.

Siebert erklärt, dass man ihr Verhältnis nicht freundschaftlich nennen könne. Sie seien Kollegen gewesen, sie hätten auch mal zusammengesessen, ein Bier getrunken, aber eben eher als Kollegen, nicht als Freunde. »Wir waren da viel zu verschieden.«

»Nun, da Sie dann Geheimnisträger waren, hat sich das doch sicher geändert, oder nicht?«

»Hm … nein … Freunde waren wir nie. Ich glaube ich war ihm nie wirklich sympathisch, und wenn ich es mir genau überlege, er mir eigentlich auch nicht. Er war mir zu sehr ein Frauenheld. Wie der den Mädchen und Frauen hinterhergesehen hatte …«, Siebert schüttelt leicht angewidert den Kopf, »… nein … nein … das ist nicht und war auch noch nie mein Stil.«

Celine schmunzelt. »Tja, eng verbunden und dennoch nicht befreundet. Und … wann sagten Sie, ist diese Geschichte passiert?«

»Ich bin jetzt etwa zwölf Jahre in der Firma, ja und gut drei Monate bevor ich hier begann, kam es zu diesem Deal.«

»Hatte er dann noch mit seinem betrügerischen Geschäft weitergemacht, oder hatte er damit aufgehört.«

»Er hatte aufgehört … sagte er zumindest. Na ja, er hatte ja genug Geld zusammen und genau genommen hatte er gar nicht mehr so viel Zeit. Außerdem verdiente er in der neuen Firma reichlich. Wozu also betrügerische Machenschaften, die ihm gefährlich werden konnten?«

Celine stützt ihre Ellbogen auf den Tisch und faltet ihre Hände, während die ausgestreckten, gegeneinander gelegten Zeigefinger an ihrem Kinn ruhen. »Klar …«, sagt sie dann, »… klar, dass er Sie jetzt loswerden wollte. Die Sache von damals ist verjährt, das heißt, Sie konnten ihm nicht mehr gefährlich werden. Da sich die Sympathien bis heute nicht entwickelt hatten, gab's nur eine Lösung: die Nase, die ihm nicht gefiel, einfach wieder loszuwerden.« Wieder schweigt Celine nachdenklich. »Nun, Herr Siebert, diese ganze Geschichte macht Ihre Lage nicht einfacher … im Gegenteil … die Staatsanwaltschaft wird damit einen weiteren Beweis dafür sehen, dass Sie den Winterstein auf den Tod gehasst haben mussten. Gut, dass Sie sich da drinnen bei der Verhandlung nicht geäußert hatten. Sie werden auch weiterhin nichts aussagen … Sie kennen ja sicher aus dem Fernsehen den Spruch: ›*ohne meinen Anwalt sage ich nichts.*‹ Daran sollten Sie sich halten. Bevor Sie etwas sagen, reden Sie erst mit mir darüber. Für uns, also Herrn Kulau und mich, eröffnet diese neue Kenntnis weitere Richtungsmöglichkeiten, in die wir forschen können. Nur eines, Herr Siebert, möchte ich hier und jetzt klarstellen: ich mag keine Überraschungen mehr erleben. Wenn das, was Sie mir jetzt erklärten, immer noch nicht alles ist, das Sie als Leiche im Keller haben, dann sagen Sie es bitte jetzt.« Sie muss im Nachhinein schmunzeln über den makabren Vergleich mit der Leiche im Keller.

Siebert schüttelt den Kopf. »Es gibt nichts, was ich noch aus meiner Erinnerungskiste zaubern könnte. Wenn ich gewusst oder überhaupt daran gedacht hätte, dass diese Sache in den Mordfall hineinspielen könnte, hätte ich Ihnen das doch erzählt, glauben Sie mir. Ich will doch nichts verheimlichen. Ich will doch irgendwann hier als freier Mann wieder hinausspazieren können.« Celine nickt und zwinkert ihm Mut machend zu, nach dem Motto, dass das schon werde. Sie habe schon viele harte, aussichtslos erscheinende Fälle durchgebracht, erklärt sie ihm, und zwar positiv durchgebracht. Dann verabschiedet sie sich von Siebert. Beim Hinausgehen schmunzelt sie noch immer vor sich hin: ›*Leiche im Keller … tzzz … aus der Erinnerungskiste zaubern … ja, hört sich besser an*‹, befindet sie bei ihrer gedanklichen Nachbearbeitung.

*

Friedhelm war etwas früh dran, deshalb hatte er versucht, kurz mit Wintersteins Sekretärin, Frau Renner, zu sprechen. Diese hatte sich aber geweigert, für weitere Auskünfte zur Verfügung zu stehen. Sie habe heute Vormittag mit der Polizei schon gesprochen und Zusatzinformationen gegeben, etwas, das ihr nachträglich noch eingefallen sei, und wenn er, Kulau, noch etwas wissen wolle, könne er sich ja bei der Polizei die Informationen holen, hatte sie ihn am Telefon abgewimmelt. Diese Nachricht gefiel Friedhelm gar nicht, denn er ahnte schon, dass der Zeitpunkt, gerade während des Haftprüfungstermins, nicht gerade günstig gewählt war. Außerdem weiß er, wie wenig Celine Überraschungen liebt.

Nun damit muss er leben, dass sich auch mal jemand verweigert. Jetzt hat er ja noch den Termin mit Frau Humboldt, die Dame vom Marketing, auf den er sehr gespannt ist.

Frau Humboldt empfängt ihn sehr freundlich. Friedhelm hätte sich gewundert, wenn sie nicht gut ausgesehen hätte. Außer Frau Kaiser, die Leiterin der

Buchhaltung, sehen alle Damen hier ausgesprochen gut aus. Erstaunlich, dass der Winterstein bei Frau Kaiser diese Ausnahme zuließ. Nun, vermutlich war sie einfach eine außergewöhnlich gute, unverzichtbare Mitarbeiterin. Das Rechnungswesen ist immerhin eine sehr wichtige Angelegenheit in einer Firma ... sozusagen der Nabel des Betriebs. Da konnte man schon mal über eine äußerliche Unzulänglichkeit hinwegsehen. Außerdem hatte er ja genug Damen, die seinen Augen schmeichelten.

»Frau Humboldt, ich danke Ihnen, dass Sie mich gleich am ersten Tag nach Ihrer Rückkehr aus den Ferien empfangen. Für Sie muss es ja ein Schock gewesen sein, zu erfahren, was während Ihrer Abwesenheit geschehen ist.«

»Nun Herr Kulau, so überrascht war ich heute nicht mehr. Ich habe letzten Freitag meine Mitarbeiterin angerufen, einfach um mich mal zu erkundigen, was mich erwartet. Und die erzählte mir von dem Mord an Herrn Winterstein. Schrecklich die ganze Sache. Ja und für Herrn Förster wird's jetzt erst richtig schlimm werden. Er musste ja ins kalte Wasser springen. Gott-sei-Dank hat er die Frau Renner. Ohne die wäre er total aufgeschmissen. Diese junge Frau hat nämlich ziemlich was auf dem Kasten. Die ist wirklich gut und überaus intelligent.«

›Aha‹, denkt er, ›gleich beim ersten Satz wiederholt sich die Geschichte.‹ »Wie meinen Sie? Er ist doch der stellvertretende Direktor, er wird das Business schon kennen, oder meinen Sie nicht?«, tut Friedhelm ahnungslos.

»Na ja, man wird sehen.«

Friedhelm wird bei solchen Aussagen stets sehr hellhörig, auch wenn er bis jetzt immer wieder die gleichen Äußerungen hört. Er erwartet einfach, doch noch mehr zu erfahren, das ihn weiterbringt. »Ja, trauen Sie es ihm nicht zu, dass er den Chef adäquat vertreten kann?«, hakt er nach.

»Also, sind wir mal ehrlich. Der Förster ist zwar ein hervorragender Sachbearbeiter, macht einen wirklich guten Job. Doch hat sich an seinem Arbeitsgebiet, seinen Aufgaben seit der Beförderung nichts geändert. Er hat keine andere Rolle übernommen, und wenn Sie mich fragen, ist er jetzt mit dem Job des Direktors völlig überfordert. Ich sagte ja, wenn er Frau Renner nicht hätte … hm … nun, wenn Sie bleibt, fällt's vielleicht nicht auf. Aber, wenn sie, jetzt nachdem es ihren Chef nicht mehr gibt, die Firma verlassen sollte, wird's eng für unseren Herrn Förster. Der Konzern mischt sich zwar in der Regel nicht ein, lässt den Managern freie Hand … sofern bei den Halbjahres- und Jahresberichten die Filialen gut dastehen. Doch wird er bei der ersten Unsicherheit, die auftritt, ein Auge auf unsere Filiale haben. Wir hier in Lörrach sind das Flaggschiff. Da muss es laufen … was es bis jetzt ja auch tat, denn Winterstein war ein herausragender Businessman.« Frau Humboldt unterbricht das Thema ruckartig. »Aber Sie wollten ja sicher nicht mit mir über Herrn Förster diskutieren. Was möchten Sie von mir denn wissen, wie kann ich Ihnen helfen?«

»Nein, nein, so unwichtig ist das gar nicht. Ich erwarte eigentlich immer noch, das I-Tüpfelchen im Zusammenhang mit Försters Quick-Beförderung zu erhalten. Der Tenor über die Personen Förster und Renner deckt sich auffallend bei allen bisher Befragten.«

»Nun, mehr dazu, als das, was ich Ihnen schon erzählte, und was Sie vermutlich von den anderen auch schon erfahren hatten, kann ich wirklich nicht sagen«, sagt Frau Humboldt entschuldigend.

»Na ja, nicht so schlimm. Gehen wir noch zu einem anderen Thema. Sie wissen ja sicher, Frau Humboldt, dass Herr Siebert in Untersuchungshaft sitzt! Er steht unter Mordverdacht, weil er auch der Letzte war, der Herrn Winterstein im Büro aufsuchte. Laut Aussage des Portiers, soll Herr Siebert die Firma fluchtartig verlassen haben.«

»Der Siebert? ... Ralph Siebert? ... ein Mörder?« Sie schüttelt den Kopf. »Der kann doch keiner Fliege etwas zu Leide tun. Für den würde ich nun wirklich die Hand ins Feuer legen.«

Friedhelm zieht die Augenbrauen hoch und hält seinen Kopf leicht schräg. »Für wen in der Firma würden Sie denn die Hand nicht ins Feuer legen? Denn, so wie es aussieht, war es jemand aus der Firma.«

Frau Humboldt überlegt und zieht die Schultern hoch. »Ehrlich gesagt, ich kann mir innerhalb der Firma niemanden vorstellen, der so etwas getan haben sollte. Abgesehen davon, dass ich ja nicht alle kenne. Es hatten aber auch nicht alle mit dem Chef zu tun gehabt. Ist möglicherweise doch jemand von außerhalb dagewesen und hat Herrn Winterstein umgebracht? Vielleicht ein eifersüchtiger Liebhaber einer Mitarbeiterin unseres Hauses, der gemerkt hat, dass der Winterstein die jungen Mädels anzieht, wie das Licht die Motten.«

Friedhelm muss lachen. »Hat er Sie auch angezogen?«

»Um Himmels willen, nein. Gut, er war ein Charmeur, das musste man ihm schon lassen. Er hatte es verstanden, mit Frauen umzugehen. Man fühlte sich geschmeichelt … ich natürlich auch … und man hatte kokettiert, klar. Doch für mich blieb es beim Kokettieren. Mehr wollte ich nicht, zumal ich … «, sie stockt.

»Zumal Sie …?«, hakt Friedhelm nach.

»Naja, zumal er ja offensichtlich ein Verhältnis mit Frau Renner hatte, und ich tauge nicht zur zweiten Geige … äh … zur dritten Geige … er ist … äh … war ja verheiratet.«

»Und dass er ein Verhältnis mit Frau Renner hatte, davon sind Sie überzeugt?«

»Ja, absolut! Das bin ich.«

»Haben das alle gewusst?«

»Das kann man so nicht sagen, dass die Leute es gewusst hätten. Um es zu wissen, müsste man schon dabei gewesen sein. Aber die beiden haben es ja schließlich nicht vor den Augen anderer miteinander getrieben. Nein, nein, Winterstein war immer diskret. Aber jeder hier drinnen kann eins und eins zusammenzählen. Also, zumindest für mich war's klar. Ja, und ich könnte mir vorstellen, dass die anderen ebenso so etwas in der Art ahnten. Doch selbst habe ich nie mit jemandem darüber gesprochen, geht mich ja auch gar nichts an und die anderen auch nicht. Über den Winterstein als Chef gab's schließlich nichts zu klagen.«

»Hatte Frau Renner einen Freund? Ich meine, wegen Ihrer Andeutung betreffend eifersüchtigem Liebhaber.«

»Da müssen Sie sie schon selbst fragen. Ich habe mich bisher nicht um das Privatleben unserer Mitarbeiter gekümmert und ich habe auch in Zukunft nicht vor, es zu tun.«

»Gab es noch andere junge Damen, denen Herr Winterstein übers Kokettieren hinaus näher kam?«

»Jetzt fragen Sie mich aber was. Keine Ahnung. Wirklich nicht. Ich habe nur seine Blicke gesehen, wie er den jungen Damen hinterher sah. Wir hatten mal eine Schülerin, die hier gejobbt hatte. Ein Bild von einem Mädchen. Ich glaube, die hatte die Blicke nicht mehr ertragen. Sie ist dann irgendwann auch nicht mehr gekommen. Verständlich bei so jungen Dingern.«

»Sie sprechen von Carmen Förster?«, hakt Friedhelm nach.

Frau Humboldt ist überrascht. »Sie kennen das Mädchen?«

»Nun, mir wurde erzählt, dass sie und ihr Bruder hin und wieder hier jobbten.«

»Ja, wir haben immer wieder Töchter und Söhne von unseren Mitarbeitern, die an verschiedenen Stellen hier jobben. Und jetzt, in den Pfingstferien, da wir eh nur spärlich besetzt waren, dann erst recht.«

Frau Humboldt würde jetzt eigentlich gerne zum Ende kommen. »Gibt es noch etwas, das Sie von mir wissen möchten«, fragt sie, um dies zu demonstrieren.

»Eine letzte Frage noch. Wir hatten zwar schon andeutungsweise darüber gesprochen, aber dennoch komme ich noch einmal auf dieses Thema zurück. Immer wieder, auch von Ihnen heute, höre ich heraus, dass der Förster als stellvertretender Geschäftsleiter überfordert sei. Man sagte mir auch, dass er überra-

schend befördert wurde … also vom einfachen Sachbearbeiter zum SteV. War denn diese Stelle zuvor nicht
besetzt?«

»Doch, doch, es gab einen Stellvertreter, aber der
hatte die Firma, wenn ich mich recht erinnere, zwei
Monate zuvor verlassen. Es waren dann noch einige
Bewerber zu Gesprächen eingeladen und dann war
plötzlich der Förster auf dieser Stelle. Weiß der Teufel,
wie das zuging.«

»Ich danke Ihnen Frau Humboldt, Sie haben mir
sehr geholfen.«

Friedhelm verabschiedet sich freundlich und verlässt das Hauptgebäude, nachdem er sich beim Portier
von der Liste ausgetragen hatte. Er geht aber noch nicht
weg, sondern wirft nochmals einen Blick um die Ecke
des Firmenanwesens. Ihn interessieren der Eingang zur
Produktion und die Umgebung. Gab es eventuell doch
eine Möglichkeit, ungesehen ins Verwaltungsgebäude
zu gelangen? Zumindest stellt er fest, dass sich niemand für ihn interessiert, als er sich hier auf dem Gelände aufhält.

*

Albrecht hatte, nachdem Siebert bei erneutem Verhör beharrlich schwieg, Carola Hauser für eine weitere
Befragung in die Polizeidirektion bestellt. Er hatte bei
der ersten Befragung nämlich das Gefühl, dass diese
junge Frau mehr wusste, als sie zugab. Für seinen Geschmack zögerte sie zu lange, als er sie nach möglichen
Feinden befragt hatte. Und da sie ja die offizielle Gespielin von Winterstein war, könnte es schon sein, dass
sie von ihm mehr wusste, als sie von sich gab.

Carola Hauser sitzt seit zehn Minuten im Empfangsbereich der Polizeidirektion, als sie von der Assistentin Rebecca Schäfer abgeholt wird. Diese führt die junge Frau in Albrechts Büro, wo sie an einem kleinen Tischchen Platz nimmt. Eine kleine Wasserflasche und ein Trinkglas stehen vor ihr auf dem Tisch und die Assistentin erklärt ihr, dass sie sich bedienen solle.

Carola ist unbehaglich zumute. Sie kommt sich vor, wie jemand, der etwas angestellt hatte und jetzt gleich von der Polizei auseinandergenommen wird. Ihre Hände zittern leicht, als sie die kleine Wasserflasche öffnet und das Trinkglas bis gut zur Hälfte füllt. Unsicher blickt sie sich um. Ihr Blick wandert zur Zimmerdecke, so als befürchte sie von kleinen Spionen beobachtet zu werden. Doch nichts Verräterisches ist zu sehen. Ein ganz normales Büro.

Gerade als sie das Glas zum Munde führt, öffnet sich die Türe und der Hauptkommissar Albrecht betritt das Büro. Sie erschrickt und zuckt so sehr zusammen, dass sie von ihrem Wasser etwas verschüttet. Albrecht begrüßt Carola freundlich lächelnd und entschuldigt sich, dass er sie so lange habe warten lassen, weil ein wichtiges Telefongespräch dazwischengekommen sei.

Carola nickt nur. Sie wirkt irgendwie eingeschüchtert, so zumindest empfindet es Albrecht, weshalb er sie zu beruhigen versucht. »Keine Sorge Frau Hauser. Sie haben nichts zu befürchten, es passiert Ihnen nichts. Wir hatten Sie nur herbestellt, weil ich bei der letzten Befragung das Gefühl hatte … nun wie soll ich sagen … Sie hatten bei der Beantwortung einen Moment gezögert, zu lange gezögert, und die Antwort kam dann ziemlich schleppend. Ich hatte das Gefühl, dass Sie mehr wussten, als Sie zu sagen bereit waren. Vielleicht wollten Sie ja nur nicht indiskret sein, was ja im Normalfall eigentlich lobenswert ist. Nur wir haben hier keinen Normalfall und inzwischen gibt es nämlich eine Aussage von Wintersteins Sekretärin, die in diesem Fall sehr wichtig sein könnte. Ja deswegen, und nur deswegen haben wir Sie hierherbestellt, weil wir vermuten, dass Sie dazu vielleicht mehr sagen könnten.«

Carola schaut den Kommissar immer noch skeptisch an. Irgendwie hat sie eine ungefähre Ahnung, um welche Aussage es sich hier handeln könnte. Es war die Aussage, die sie machte, als sie nach Feinden von Winterstein befragt wurde. Da hatte sie gezögert, das ist ihr sehr wohl bewusst. Sie wollte in der Tat Joachims Ruf nicht beschmutzen.

Albrecht macht eine kurze Pause, schaut sein Gegenüber aufmerksam an, dann lächelt er und sagt: »Sind Sie bereit Frau Hauser? Wollen wir beginnen?«

Carola nickt nur und im nächsten Moment erfährt sie, dass sie mit ihrer Vermutung richtig lag. Der Kommissar fragt sie nochmals nach möglichen Feinden, die Winterstein gehabt haben könnte. Sie beantwortet diese Frage, diesmal nicht so zögerlich. Sie gibt zu, dass es sich bei besagter Person um den Mitarbeiter, der gekündet wurde, gehandelt, dessen Name sie von Herrn Winterstein aber nie erfahren habe. Sie sagt auch, dass diese Person eine Wut gehabt habe, aber ihn deshalb als Todfeind zu bezeichnen, wäre ihrer Meinung nach, also als Unbeteiligte befragt, in diesem Zusammenhang etwas übertrieben. Winterstein habe nur erklärt, dass es mal vor einigen Jahren eine Unregelmäßigkeit gegeben habe, und die beiden, Winterstein und der Gekündigte, damals einen Pakt, einen sogenannten Schweigepakt, eingegangen seien.

»Sie können mir wirklich glauben, Herr Albrecht,« beteuert sie, »mehr weiß ich nicht. Joachim hatte nie nähere Details dazu erwähnt. Weder, dass er mir einen Namen genannt hätte, noch dass er gesagt hätte, worum es sich bei dieser Unrechtmäßigkeit explizit gehandelt habe. Er hatte nur erwähnt, dass der damalige Pakt-Kompagnon, also dieser gekündigte Mitarbeiter, wohl ewige Dankbarkeit von ihm erwartet habe, denn er habe nach der Kündigung diese Geschichte wieder mit einer Warnung aufgewärmt. Joachim erzählte mir aber, dass er diesbezüglich nichts mehr zu befürchten gehabt hätte, denn die Sache sei verjährt gewesen und es sei in der Zwischenzeit nie mehr zu … wie nannte er es nochmal? …ich glaube ungefähr so … es sei nie mehr zu ›unlauteren Geschäften‹ dieser Art gekommen.«

Albrecht hörte während der Erzählung aufmerksam zu und am Schluss hat er das Gefühl, dass die Inhalte der eben gemachten Aussagen von Frau Hauser in etwa zu denen von Frau Renner, die heute während des Haftprüfungstermins angerufen hatte, passen. Aber leider fehlen ihm noch die näheren Details, die zu erfahren er heute erhofft hatte. »Und Sie sind sicher, dass er nie erwähnt hatte, wenn vielleicht auch nur vage, um welche Geschäfte es sich damals gehandelt haben könnte?«, hakt Albrecht deshalb nochmals nach.

»Ja, ich bin mir sicher. Er ist nie konkret geworden. Ich denke Joachim wollte nicht, dass die Leute zu viel von ihm wussten, zumal diese Geschäfte schon längst nicht mehr von Belang sind … äh … waren.«

»Hm …«, sagt Albrecht und reibt sich nachdenklich die Nase. Er betrachtet Frau Hauser, die verlegen ihren Blick senkt.

Es vergehen einige Sekunden, eine Zeitspanne, die wie eine Ewigkeit erscheint, wenn in einer solchen Situation plötzliche Stille einkehrt, bevor Albrecht wieder zu sprechen beginnt. »Mal etwas ganz Persönliches Frau Hauser«, jetzt ist er es, der verdruckst spricht, denn diese Frage bewegte ihn, seit er die junge Frau kennengelernt hatte: »Sie sind sehr wortgewandt. Ja, Sie bedienen sich einer gewählten Sprache. Ich frage mich, wie jemand wie Sie, die so jung und zudem intelligent ist und jetzt schon gewisse Klasse besitzt, als Zugehfrau bei den Wintersteins und an der Kasse bei Aldi arbeitet. Irgendwie passt das nicht zusammen.«

Carola schmunzelt verlegen. Sie fühlt sich schon etwas geschmeichelt bei dieser Feststellung des Kommissars und erklärt ihm ihre momentane Lebenssituation. »Ich hatte vor zwei Jahren Abitur gemacht und nun jobbe ich, um Geld zu verdienen. Joachim hat mich finanziell sehr unterstützt, so dass ich viel auf die Seite legen konnte. Dafür bin ich ihm sehr dankbar. Ich möchte nämlich nächstes Jahr gerne mit meinem Jurastudium beginnen.« Sie zögert einen Moment und setzt ihre Rede fort. »Um keine Missverständnisse aufkommen zu lassen … denn es werden allzu schnell falsche Schlüsse gezogen … er hat mich nicht für Liebesdienste bezahlt. Er wollte mich einfach nur unterstützen, weil er meine Pläne kannte und er diese für gut befand … und … ja, weil er mich auch mochte.«

Albrecht nickt verständnisvoll und bedankt sich schließlich bei Frau Hauser für die gemachten Aussagen. Er verabschiedet sich von ihr, jedoch nicht ohne zuvor auch seine besten Wünsche für ihr Vorhaben in der Zukunft ausgesprochen zu haben.

Friedhelm indessen hatte diesen Nachmittag vergeblich versucht, Frau Hauser zu erreichen. Irgendwann hatte er es dann aufgegeben. Warum nicht gemütlich zu Hause sitzen und mit Helga bei einem Gläschen guten Weins den Nachmittag ruhig ausklingen lassen. Er lächelt bei diesem Gedanken zufrieden. Seit er mit Helga verheiratet ist, empfindet er immer wieder diese Glücksmomente. Ja, Helga ist eine wunderbare Frau und sie hat einen wunderbaren Sohn. Er schätzt sich unendlich glücklich. Und, wenn man bedenkt, dass er beide nur dank dieser Mordgeschichte von vor sechs Jahren kennenlernen durfte! Wie das Leben doch manchmal so spielt! Es zeigt sich immer wieder, ›*des einen Leid, des anderen Freud.*‹

Friedhelm parkt gerade sein Auto in Holzen vor dem Haus, da klingelt sein Handy. Es ist Carola Hauser, die die auf ihrem Handy hinterlassene Nummer eines ihr unbekannten Anrufers zurückruft.

»Ah, guten Tag Frau Hauser. Schön, dass Sie zurückrufen«, begrüßt Friedhelm Carola freundlich. »Mein Name ist Kulau, Privatdetektiv. Ich habe Sie angerufen, weil ich ein paar Fragen im Mordfall Winterstein beantwortet haben möchte. Ich arbeite in einer Partnerschaft mit der Rechtsanwältin des im Moment des Mordes Verdächtigten. Darf ich Sie dazu morgen einmal aufsuchen?«

»Oh, bitte Herr Kulau, bitte nicht. Ich bin eben auf dem Weg nach Hause, nachdem ich von der Polizei nochmals eindringlich befragt wurde. Alles, was ich weiß, und das ist nicht sehr viel, das habe ich gesagt. Ich glaube kaum, dass ich Ihnen noch weiter behilflich sein kann. Das einzige, das ich heute noch zu Protokoll geben konnte, war, dass es in Herrn Wintersteins Vergangenheit einmal ein … sagen wir mal … ein krummes Geschäft gegeben habe, von dem ein Mitarbeiter, der Mordverdächtige, gewusst haben soll. Das ist aber schon alles. All das können Sie als Vertreter des Beklagten bei der Polizei ja einsehen. Dazu brauchen Sie mich nicht mehr. Sie müssen verstehen, dass es für mich nicht einfach ist. Ich beklage den Tod eines guten Freundes. Ich möchte trauern dürfen, ohne immer und immer wieder befragt zu werden … zumal … glauben Sie mir Herr Kulau … zumal ich wirklich nichts weiß … sicher nicht mehr, als Sie selbst mittlerweile wahrscheinlich schon herausgefunden haben.«

»Ich verstehe Sie natürlich, Frau Hauser. Klar, ich werde die nötigen Informationen zu beschaffen wissen und Sie nicht weiter belästigen. Ich danke dennoch für den Rückruf.«

Friedhelm steigt aus dem Wagen. Es hatte aufgehört zu regnen, und er zieht die frische Luft, die nicht wirklich nach Sommer riecht, tief ein.

Im Haus ist er überrascht, Celine anzutreffen. »Celine, du bist da? Ich habe Deinen Wagen gar nicht gesehen.«

Celine winkt mit einer Hand ab und berichtet von ihrem kleinen Missgeschick. »Ich wollte vor meiner Rückfahrt nach Freiburg noch bei dir vorbeischauen, um die aktuellsten Neuigkeiten zu besprechen, da merkte ich schon bei der Autobahnausfahrt in Binzen, dass mein Auto plötzlich anfing so komisch zu stottern.

In Hammerstein, kurz vor der Abbiegung nach Holzen blieb es dann stehen … machte keinen Mucks mehr.«

»Dann hattest du ja Glück im Unglück, dass es gerade in der Nähe der Autowerkstatt passierte«, kommentiert Friedhelm lächelnd.

»Ja, das kannst du laut sagen … und noch glücklicher ist der Umstand, dass ich in der Nähe von Euch war. Helga hatte mich auf meinen Hilferuf gleich bei der Autowerkstatt abgeholt. Jetzt habt Ihr für zwei/drei Nächte einen Gast, denn so wie der Automechaniker sagte, ist es die Benzinpumpe. Die müssen sie erst bestellen.«

»Na, meinetwegen kannst du so lange bleiben, wie du willst. Mich störst du nicht, und …«, mit einem kurzen Blick zu Helga, »… und … Helga auch nicht.« Helga lächelt, nickt zustimmend und macht sich dann auf in die Küche.

»Aber sag, Celine, ich dachte, dass du dir ein neues Auto kaufen wolltest. Dein Golf ist ja nun schon ziemlich alt und hat schon einige Kilometer auf dem Buckel … wenn man das bei Autos so sagen kann.«

»Das ist ja die Krux. Der neue Wagen, diesmal übrigens ein schickes Cabriolet, ein Audi A5 … «, bei diesen Worten zieht sie mit Kennermiene beide Augenbrauen hoch, während ihre Augen leuchten, »… ist bestellt und nächste Woche soll ich ihn bekommen … etwas verspätet, leider, denn die hatten Lieferschwierigkeiten. Tja, und jetzt musste mein kleiner treuer Freund noch vorher schnell den Geist aufgeben.«

Friedhelm lacht und meint: »Na ja, bis jetzt hättest du dein Cabrio nicht so richtig ›cabriomäßig‹ nutzen können. Dieser Sommer, wie er sich bis jetzt präsentierte, hätte dir jede Freude auf ›oben ohne‹ vermiest.«

Celine verzieht erst einmal missmutig ihr Gesicht, um dann gleich darauf wieder spitzbübisch zu grinsen.

»Wart's ab. Du wirst schon sehen, der Sommer wartet nur darauf, dass ich mein Auto bekomme, um endlich loszulegen. Er wird seinem Namen schon noch gerecht werden. Und dann wird es mit dem Fahrgenuss ›oben ohne‹ auf jeden Fall etwas werden.«

»Doch zuvor wollen wir noch einen brisanten Fall lösen. Ralph Siebert zählt auf uns.«

»Ja, der Fall Winterstein«, seufzt Celine. Man merkt, dass ihr dieser Fall Kopfzerbrechen bereitet.

»So, Ihr beiden. Bevor Ihr Euch ins Arbeitszimmer verzieht … ich habe uns ein Vesper vorbereitet … mit selbstgebackenem Brot«, lädt Helga ein. Das lassen sich die beiden nicht zweimal sagen und folgen Helga ins Esszimmer.

Nach dem Abendbrot ziehen sich Detektiv und Rechtsanwältin ins Arbeitszimmer zurück. Friedhelm erfährt von der Geschichte, mit der Celine während des Haftprüfungstermins konfrontiert wurde … die Geschichte, die die Haftverschonung verhinderte. Die genaue Schilderung, des schon gut zwölf Jahre zurückliegenden Falles, und von dem bis jetzt nur Celine detaillierte Kenntnis hat, sonst niemand, bringen seine Gehirnwindungen gleich in Bewegung. Ihm ist gleich klar, dass es sich um die Sache, die Frau Hauser kurz ›ein krummes Geschäft‹ nannte, handeln muss und die näheren Umstände der Geschichte, werfen gleich mal Fragen auf.

»Ich sehe schon Friedhelm, hinter deiner Stirn arbeitet es kräftig. Du hast sicher eben dasselbe gedacht, wie ich, als ich die Geschichte hörte«, stellt Celine mit Genugtuung fest.

»Ja, wenn du dir über die Umstände, wie Ralph Siebert zu seinem Job kam, Gedanken gemacht und gleichzeitig nach Parallelen gesucht, und diese in der Beförderung von Stephan Förster gefunden hattest, dann würde ich sagen, wie beide dachten dasselbe«, kommentiert Friedhelm lachend. Es war keine Frage, sondern wirklich eine Feststellung, denn die beiden arbeiten schon so lange zusammen und immer wieder kam es währenddessen vor, dass sie dieselben Schlüsse gezogen hatten.

»Also, lass uns mal Struktur in die Sache bringen«, schlägt Celine vor.

Friedhelm geht zum Flipchart, um alle Punkte zu notieren. Als erstes zieht er einen senkrechten Strich durchs Blatt. Links notiert er die beiden Namen der Kollegen Winterstein (Dokumentenfälscher) und Siebert (Mitwisser), beginnend vor gut zwölf Jahren. Verbindung mit gegenseitiger Abhängigkeit. Belohnung für Mitwisser: 10'000 DM Schweigegeld und ein neuer Job in der heutigen Firma Hi-Tec. Dem gegenüber, also auf der rechten Seite des Striches steht als Parallele der neueren Zeit der Name Förster mit seiner überraschenden Beförderung. Fähigkeit als Führungsperson wird allgemein bezweifelt.

»So, hier kommt die große Unbekannte X. Wofür wurde Förster belohnt? Waren Wintersteins illegale Geschäfte gar noch nicht beendet, oder gibt es neue kriminelle Aktivitäten und Förster ist neuer Mitwisser?«, fragt Celine.

Friedhelm setzt ein großes Fragezeichen auf die rechte Seite. »Und, wie lässt sich daraus ein Mordmotiv formulieren?«

»Ja, Friedhelm, das wäre das nächste Fragezeichen. Doch, vielleicht war es gar kein vorsätzlicher Mord, sondern die beiden hatten Zoff miteinander und der uferte aus. Oder, möglicherweise hat einer dem anderen gedroht und es kam dann zum tödlichen Stich. Das einzige, was mich an dieser Theorie stört, ist, dass es Sieberts Brieföffner war.« Celine überlegt einen Moment. »Wie sagte Siebert. Er habe den Brieföffner vermisst, glaubte ihn verlegt zu haben. Hm … vielleicht hatte er den noch in der Hand, als er zwei Tage vor dem Mord zu Winterstein ging, um ihm zu drohen und hatte den Öffner dort schließlich vergessen. Und wer zustechen will, der nimmt, was ihm vor die Hände kommt. Ja, das wäre eine Variante. Der Brieföffner lag womöglich in Wintersteins Büro. Wäre doch eine Option, oder?«

»Da stört mich aber, dass der Täter dann offensichtlich Handschuhe getragen haben musste, denn es sind ja nur Sieberts verwischte Fingerabdrücke drauf. Dies wiederrum riecht nach vorsätzlichem Mord«, hält Friedhelm dagegen. Er versucht aus dieser Konstellation eine andere Variante zu konstruieren. »Vermutlich gab es da eher jemanden, der eine tödliche Wut auf Winterstein hatte, der auch von Sieberts Drohung wusste und damit ein ideal konstruiertes Mordmotiv zur Verfügung hatte. Er brauchte dafür nur noch bei Siebert den Brieföffner zu entwenden, um den Verdacht auf diesen zu lenken … ja, vielleicht, weil er auf Siebert auch noch eine Wut hatte. Das wären zwei Fliegen mit einer Klappe erschlagen«, spielt Friedhelm diese neue abenteuerliche Variante durch.

»Okay, das hört sich nicht schlecht an. Aber es hat nichts mehr mit Förster zu tun. Ich muss halt wieder an ihn denken. Ich glaube, Albrecht müsste den Förster mal zur Brust nehmen. Ich werde ihn morgen anrufen. Vielleicht kann ich ihn für dieses Verhör gewinnen. Gut, dann lass uns zum nächsten Punkt gehen.«

Friedhelm notiert einen weiteren Baustein auf der linken Seite: übersteigertes, unstillbares sexuelles Verlangen bei Joachim Winterstein.

Auf der rechten Seite schreibt er die Namen der bis heute bekannten Frauen:

1. Charlotte Winterstein, Ehefrau;

2. Carola Hauser, Hausangestellte, Geliebte;

3. Nicole Renner, Sekretärin, Geliebte;

1 weiß von 2 (gegenseitiges Übereinkommen);

1 und 2 wissen gemäß Aussage nichts von 3;

3 weiß offensichtlich nichts von 2

»So, und wie heißt die Fragestellung einer möglichen Unbekannten?«, fragt Friedhelm.

»Nun, es könnte zum Beispiel Eifersucht sein«, beginnt Celine mit der ersten sich anbietenden Möglichkeit, wobei sie diese gleich selbst wieder in Zweifel zieht. »Fragt sich nur, wer war auf wen eifersüchtig, wenn keine von der anderen wusste - also zwischen den Damen 2 und 3 - und die Ehefrau mit einer Nebenbuhlerin einverstanden war?«

»Es gibt ja einige andere hübsche Frauen in der Firma, die eifersüchtig gewesen sein könnten«, schlägt

Friedhelm vor, ist aber auch nicht zufrieden mit seinem Vorschlag. Welche dieser Damen könnte einen Mord begehen. »Vor allem die jungen Dinger, die haben doch die Kraft nicht … «

»Moment«, unterbricht Celine, »natürlich sprechen wir von Eifersucht, und zwar bei einem möglichen Freund einer Winterstein-Geliebten. Überleg doch mal. Stiche in die Genitalien sind immer Zeichen von Wut. Jemand der seinem Opfer in die Genitalien sticht, möchte es für sexuelle Handlungen bestrafen. Also heißt die Unbekannte hier auf der rechten Seite ›Eifersuchtstat eines Freundes‹, jetzt einfach einmal davon ausgehend, dass eine Fremdperson sich im Gebäude aufgehalten hatte.« Friedhelm malt ein großes Fragezeichen mit einem zweiten Fragezeichen.

»Wofür steht das zweite Fragezeichen?«, will Celine wissen.

»Für die Firma natürlich. Wie wir nämlich erfahren haben, kann ein Fremder nicht so ohne weiteres unbemerkt ins Innere der Firma gelangen. Besucher müssen immer beim Portier vorbei und sie müssen sich dabei in einer Liste ein- und austragen. Ich bin aber das Firmengelände abgelaufen und zwar außerhalb des Blickfelds des Portiers. Ins Produktionsgebäude kommt nach Feierabend kein Fremder ohne Schlüssel, das steht fest. Außerdem vom Produktions- zum Verwaltungsgebäude gibt es ebenfalls eine verschlossene Türe. Also wäre hier ein unbemerktes Eindringen nicht möglich. Wenn jemand unbemerkt ins Haus gelangen wollte, könnte er dies allerhöchstens über irgendein Fenster auf der Seite des Verwaltungsgebäudes bewerkstelligen. Da müsste die Person allerdings sehr vorsichtig vorgegangen sein, so dass sie nicht bemerkt wurde. Und vor allen Dingen, es müsste ein Fenster offenstehen. Ein eingeschlagenes Fenster gab es ja nicht. Außerdem lassen sich diese Fenster nicht so einfach einschlagen.«

»Dann kannst du ja gleich ein drittes Fragezeichen einfügen. Vielleicht gab es eine Beziehung innerhalb der Firma, ein Arbeitskollege, der, sagen wir mal, in Frau Renner verliebt war und sie an Winterstein verloren hatte. Sie ist hübsch, intelligent, also warum nicht?«

Friedhelm malt das dritte Fragezeichen hin, mit der Bemerkung ›firmeninterne Beziehung‹. Er überlegt. »Hm, dann müsste aber einer in der Firma geblieben sein. Gemäß Zeiterfassungssystem haben aber alle, die eingestempelt waren, auch ausgestempelt, außer eben Siebert und natürlich Winterstein.«

»Ja sicher, aber du selbst sagtest doch, jemand könnte durchs Fenster wieder eingestiegen sein. Einer, der die Möglichkeit hatte, das Fenster von innen zu öffnen und offenstehen zu lassen. Eine zweite Option wäre, dass jemand ausgestempelt, das Gebäude aber nicht verlassen hatte, sich also irgendwo versteckt hielt. Für die zweite Option gäbe es nur das Hindernis Portier. Vielleicht besteht aber die Möglichkeit, wenn man es geschickt anstellt; vielleicht währenddessen der Portier gerade mit jemandem beschäftigt ist und nicht mitbekommt, dass hinter ihm ein Mitarbeiter die Zeiterfassung betätigt. Das Piepsen des Zeiterfassungssystems ist ja nicht so laut, dass es ein Gespräch übertönt. Und eine dritte Option ist, dass jemand von der Produktion von innen ins Gebäude gelangte. Vielleicht sogar ein Vorarbeiter, der ja einen Schlüssel besitzt«, bringt Celine weitere Möglichkeiten ins Spiel.

»Okay, lassen wir uns diese Optionen auch mal offen. Ich werde auf jeden Fall als nächstes auf Beobachtungsposten gehen. Ich möchte gerne die Sekretärin im Auge behalten. Es interessiert mich, wo und wie sie lebt, mit wem sie sich trifft, wie sie ihre Freizeit verbringt, gibt es einen gehörnten Liebhaber et cetera. Haben wir noch einen Punkt?«, fragt Friedhelm.

»Ja! Da wären noch Wintersteins letzte Wortfragmente: ›Se… Se… Se…‹. Hier heißt die Unbekannte, rechts außen: Was wollte der Sterbende noch mitteilen? Wollte er etwas erklären oder wollte er einen Namen nennen? Für Letzteres müssten wir alle Namen der Firma durchgehen. Na ja, nicht gerade der tollste Job«, gibt Celine zu.

»Nun, das ist wohl die einfachste Aufgabe von allen. Ich brauche die Namen ja nur alphabetisch aufgelistet … einmal nach Vorname und einmal nach Nachname … dann habe ich das schnell zusammengebröselt.«

»Gut, und ich werde Morgen nochmals Albrecht anrufen, dass er den Förster zu sich einbestellt. Ich denke das ist Sache der Polizei, den Mann zu befragen, was es mit dessen Beförderung auf sich hat. Oder aber ich fahre Morgen nochmals nach Lörrach, um Albrecht unsere Aufzeichnungen zu zeigen … Quatsch … «, Celine klatscht sich mit der flachen Hand gegen die Stirn, »… ich werde ihm alles am Telefon erklären, hab ja gar kein Auto im Moment.«

»Na, das ist ja wohl das kleinste Problem. Du kannst ganz bestimmt Helgas Auto benutzen. Sie braucht es ja nicht ständig.«

Kurze Zeit später sitzen alle drei bei Wein im Wohnzimmer am Kamin, das angesichts der sibirischen Sommertemperaturen munter vor sich hin knistert und wohlige Wärme verbreitet.

8

»Hi-Tec Lörrach AG, Direktion, Nicole Renner, guten Tag. Was kann ich für Sie tun?« Mit diesem abgedroschenen Sprüchlein meldet sich am Telefon die knapp 23jährige, vom Aussehen eher 17jährige, Sekretärin, die trotz ihres jugendlichen Alters im Moment die Fäden der Firma in den Händen zu halten scheint.

»Jetzt musst du das depperte Sprüchlein sicher bald nicht mehr runterleiern«, tönt es vom anderen Ende der Leitung mit leicht süffisantem Humor.

Als Nicole Renner die Stimme am anderen Ende vernimmt, blickt sie verstohlen um sich, um abzuchecken, ob jemand in der Nähe ist, der Zeuge ihres Gesprächs werden könnte. Als sie weiterspricht, nimmt ihre Stimme einen Flüsterton an. Es gleicht schon eher einem zischenden Fauchen, als sie fragt: »Was willst du, Micha? Du weißt doch, dass du hier nicht anrufen sollst.

»Wieso denn? Der Alte ist doch jetzt tot.«

Nicole schnappt bei diesen Worten nach Luft.

Micha fährt dessen ungeachtet erbarmungslos weiter. »Jetzt bist du doch der Boss, oder nicht?. Respekt, in welcher Zeit du es in diesem komplexen Business geschafft hast, dich unentbehrlich zu machen. Bist halt ein gescheites Mädchen, und dass du praktisch veranlagt bist, das wusste ich schon immer. Ein bisschen eifersüchtig war ich zwar schon, als du den Chef so mühelos eingewickelt und ihn ins Bett gelockt hast.«

»Erstens bin ich nicht der Boss, da gibt es nämlich noch einen anderen, und zweitens habe ich niemanden ins Bett gelockt«, flüstert Nicole genervt, »ich habe Joachim geliebt, auch wenn es dir nicht passt. Ja, und er hatte mich auf seine Weise auch geliebt; er war zwar keiner, der schnulzige Liebesschwüre säuselte, aber er hatte mir immer wieder gesagt, wie sehr er mich bewunderte und achtete. Das ist mehr wert, als alle schnulzigen Liebessprüche. Auf jeden Fall, wenn er nicht verheiratet gewesen wäre, hätte er mich irgendwann zur Frau genommen. Doch er fühlte sich seiner Frau irgendwie verpflichtet, weil sie halt schon ziemlich lange miteinander verheiratet waren. Das sprach auf jeden Fall für seinen edlen Charakter. Ich wusste das ja alles, und für mich war die Beziehung so, wie sie war, richtig und gut.«

Der Anrufer lacht hämisch. »Ha, edler Charakter. Dass ich nicht lach'. Glaubst du im Ernst, dass du das einzige Bettgeflüster warst? Der geile Sack hatte doch noch andere, die er mit Freude ge…trallala…t hat. Eine scheint es ja ganz offiziell gewesen zu sein, denn mit der zeigte er sich öffentlich, nicht so heimlich wie mit dir. Die Tusse lud er nämlich noch am Tag seiner Ermordung schick zum Mittagessen ein, während du in der Firma brav seinen Job erledigt hast. Na ja, egal! Jetzt, da der edle Charakter tot ist, können wir uns ja wieder öfter treffen. Das hat mir ganz schön gestunken, dass du für mich nur noch als nette Kameradin zu haben warst.«

»Woher willst du wissen, dass er mit einer anderen zusammen war … und das am Tag, als …?«, Nicole stoppt … bringt das für sie immer noch Unfassbare nicht über die Lippen. »Du musst ihm ja nachspioniert haben.«

»Tja, meine Süße, ich weiß es halt … und du weißt, denn du demonstrierst es immer wieder in aller Perfektion, ›*Wissen ist Macht*‹. Warum sonst, hast du dich in der Firma so unentbehrlich gemacht.«

»Micha, hast du was damit zu tun? Hast du ihn umgebracht? Warum kennst du dich so gut aus … für meinen Geschmack viel zu gut. Und ja, du sprichst von Macht. Meinst du vielleicht die Macht, einen unangenehmen Zeitgenossen aus dem Weg zu räumen«, fragt Nicole unverblümt.

»Leider, leider nein … ich habe diese glorreiche Tat nicht begangen … aber ich hätte es gerne getan, damit du endlich wieder für mich da bist und gleichzeitig andere junge Mädchen, denen die Anmache vielleicht sehr unangenehm war, Ruhe vor ihm haben. Ja, und nun hat es ein anderer für mich und vielleicht für andere getan. So oifach isch des.«

›*So oifach isch des*‹. Oh, wie sie diesen von Micha mit Vorliebe verwendeten Spruch verabscheute.

»Wie bist du unbemerkt ins Büro gekommen? … du Schwein«, zischt Nicole Renner, so als hätte Micha seine Unschuld eben gerade nicht beteuert, »… gib doch wenigstens zu, dass du es warst. Glaubst du vielleicht, dass du mich jetzt zurückgewonnen hast, jetzt nachdem du ihn umgebracht hast?«. Ihre Stimme wirkt ziemlich aufgebracht. Micha hatte es geschafft, sie in kürzester Zeit die Fassung verlieren zu lassen. Im Moment genießt er seine Machtposition, und zwar die Position, mehr zu wissen, als seine geliebte Verflossene, auch wenn er enttäuscht ist, dass sie ihm eine solche

Tat überhaupt zutraut. Er hatte sich eingebildet, dass sie ihn besser kennen würde. Er hätte es ihr gerne vorgeworfen, stattdessen gibt er brav Antwort. »Sag mal, hast du mich nicht verstanden? Ich habe gesagt ich war es ›leider‹ nicht, aber ich wäre es gerne gewesen.«

»Aber du hast auch gesagt, dass es ein anderer für dich getan hat. Hast du einen Mörder gedungen?«

»Du bist doch verrückt, Nicole. Wenn du das glaubst, dann kennst du mich wirklich schlecht. Hast du eine solch widerwärtige Meinung von mir? Ich meinte damit doch, dass dein Kollege, der jetzt in Untersuchungshaft sitzt, dieses Werk für mich freundlicherweise erledigt hat. Und überhaupt, wie sollte ich, oder ein, wie du sagst, gedungener Mörder, unbemerkt in eure Firma gelangen. Du hast doch selbst gesagt, dass das nicht so ohne weiteres möglich ist. Wie soll ich, oder ein anderer das angestellt haben? …«, bei diesen Worten lacht er, aber es ist eher ein gekränktes Lachen und er wiederholt »… wie sollte jemand Fremder das geschafft haben? Des isch doch oifach unsinnig.«

Bei den letzten Worten verzieht Nicole Renner missmutig ihr Gesicht. »Ich weiß nicht, was ich davon halten soll. Du klingst komisch … ich würde dir das nie verzeihen, Micha«, sagt Nicole nun mit bekümmerter Stimme. »Sag, dass du es nicht warst.«

»Mensch Baby, das sage ich doch schon die ganze Zeit. Nur du glaubst mir nicht.« Bei den nächsten Worten wird er sentimental. »Ich wollte dich so gerne heiraten … ja … und ich hatte eine Wut … das stimmt auch … ist doch aber logisch, wenn da so 'n Typ dazwischenfunkte … plötzlich rückte das Unternehmen Heirat in unerreichbare Ferne … das musst du doch verstehen, dass mich der Tod dieses Frauenhelden eher beruhigt, als dass er mir nahe geht.«

Nicole schweigt. Sie schluckt hörbar.

»Nicole?«.

Keine Antwort.

»Nicole, bitte. Lass uns sachlich bleiben. Wollen wir uns heute Abend nach Dienstschluss treffen?«

Er wartet vergeblich auf Antwort.

»Also gut, ich hole dich ab am Tor vor deiner Firma. Okay?«

»Nein«, gibt sie zurück. Diesmal ist ihre Stimme unkontrolliert laut ausgefallen, um dann aber wieder zu einem zischenden Flüstern zurückzukehren. »Nicht am Firmentor.« Sie überlegt einen Moment und schlägt dann vor, sich nach sechs Uhr beim Cubanito zu treffen.

Micha ist zwar kein Freund von abendlichen ›Beizengängen‹, sagt aber dennoch zu, weil er Nicole unbedingt treffen will. »Okay, beim Cubanito. Ich werde da sein.« Er schmatzt einen Kuss in den Hörer und legt auf.

*

Friedhelm, der sich vorgenommen hatte, Nicole Renners Privatleben ein bisschen zu erforschen, hat sich so aufgestellt, dass er das Firmentor gut übersehen kann, selbst aber für die Leute, die die Firma verlassen, nicht gleich entdeckt werden kann. Gegen sechs Uhr verlässt Nicole Renner das Gebäude und macht sich zu Fuß auf den Weg. ›Wunderbar‹, denkt Friedhelm, ›per Pedes ist sie einfacher zu verfolgen.‹ In gebührendem Abstand hängt er sich an die junge Frau dran, die weder nach links, noch nach rechts schaut. Sie scheint es sehr eilig zu haben. Beim Cubanito wartet vor der Türe ein junger, blondhaariger, hochgewachsener schlanker Mann. Er scheint auf Frau Renner gewartet zu haben, denn er geht ihr ein kurzes Stück entgegen. Er will sie umarmen, doch sie weicht zurück, macht eine abwehrende Handbewegung. Er lässt entmachtet die Arme sinken. Dann beginnt er gestenreich auf sie einzureden. Es scheint alles andere zu sein, nur kein Gespräch, das auf Liebesgeplänkel schließen lässt. Es sieht eher aus, als wolle er die junge Frau mit Gewalt von irgendetwas überzeugen, das ihm nur schwer gelingt. Friedhelm pirscht sich etwas näher heran, um vielleicht ein paar Brocken zu erhaschen. Er schafft es schließlich, so nah heranzukommen, wo er im Schutz eines geparkten Lieferwagens sogar gut verstehen kann, was sie sprechen. Schnell schießt er ein paar Fotos.

»Ich möchte von dir erst einmal hören, woher du weißt, dass er noch eine andere Geliebte hatte. Du bist mir bis jetzt immer nur ausgewichen«, stellt Frau Renner ihren Gesprächspartner zur Rede.

»Was heißt hier ›eine‹ andere Geliebte?«, antwortet er abfällig lächelnd.

Nicole reißt die Augen auf. Sie wirkt plötzlich betrübt. »Bitte, Micha, sag mir, woher du das alles weißt«, fleht sie jetzt.

»Okay, ich …«, beginnt der junge Mann und unterbricht im nächsten Moment schon wieder abrupt, »… wollen wir nicht drinnen weiterreden. Hier auf der Straße finde ich es doof.«

»Nein, ich will es hier und jetzt hören, und dann entscheide ich, ob ich mit dir noch essen gehen will oder nicht … oder ob ich überhaupt noch mit dir zu tun haben möchte«, lehnt sie kategorisch ab.

Der junge Mann zuckt mit den Schultern ob der Hartnäckigkeit dieser jungen resoluten Frau. Dann gibt er sich geschlagen und beginnt mit seinem Bericht. »Ich hatte mir zu Pfingsten Kurzurlaub genehmigt, ja und diese Zeit wollte ich nutzen, einmal zu sehen, was für ein Typ dieser Winterstein so ist. Ich wollte mehr über ihn in Erfahrung bringen. Zum Beispiel, was hat er, das ich nicht habe? Ja, er ist stinkereich, aber Geld alleine kann es doch nicht sein, dass die Frauen reihenweise flachliegen, wenn er nur auftaucht. Das Aussehen kann es auch nicht sein. Er ist nicht hässlich, aber auch nicht der absolute Renner«, er muss lachen bei dieser Formulierung, da ja seine Gesprächspartnerin Renner heißt. »Okay, er hat Charme, das muss man ihm lassen. Ich habe ihn beobachtet, wie er mit den jungen Damen umging. Ein Mann der alten Schule. Als er mit der einen Tusse, von der ich dir erzählte, essen ging, ging er natürlich nicht dorthin, wo der Pöbel essen geht … nein … es musste das Wasserschloss in Inzlingen sein. Ich bin selbstverständlich nicht hineingegangen … ich hatte schließlich keinen Sponsor.«

Friedhelm scheint es, als wische Frau Renner sich mit beiden Händen Tränen aus den inneren Augenwinkeln. Der junge Mann streichelt ihre Wange. Dann unternimmt er den vorsichtigen Versuch, seinen Arm um sie zu legen und sie lässt es geschehen, legt gar ihren Kopf an seine Schulter. »Hat er dich auch dahin ausgeführt?«, fragt er mitfühlend und Frau Renner nickt schluchzend.

»Weine nicht um ihn Nicole, er hat es nicht verdient, glaube mir«, sagt er besänftigend. »Der Winterstein war ein unverbesserlicher Weiberheld ... und am liebsten hatte er für seine Eskapaden junge Frauen, nein Mädchen. Je jünger das Mädchen, desto attraktiver für ihn. Ich glaube, er war besessen ... besessen von einem krankhaften Trieb ... So oifach isch des.«

Die junge Frau rollt genervt mit den Augen. Sie entzieht sich wieder der Umarmung und meint, dass er mit dem blöden Spruch ›so oifach isch des‹ endlich aufhören solle, denn er habe sie schon immer damit genervt.

»Okay ... kein Problem ... so oif... «, er kann das letzte gerade noch herunterschlucken und ihm ist dabei wohl bewusst, dass er sich mit ›kein Problem‹ soeben weit aus dem Fenster gelehnt hatte, denn eine sprachliche Marotte sich ›so oifach‹ abzugewöhnen, ist ein schwieriges Unterfangen.

»Also, Micha, du sprichst immer im Plural. Du sprichst von ›den jungen Damen‹. Ist das wahr? Waren es wirklich mehrere?«

Der junge Mann nickt.

Sie überlegt einen Moment. »Aber dann musst du ihn doch schon länger beobachtet haben. Du kannst nicht alles in der einen Pfingstwoche herausbekommen haben. Jo hat ja auch gearbeitet und war meist im Geschäft. Ich habe ihn ja immer gesehen.«, zweifelt Nicole an Michas Aussage.

»Okay, ich beobachtete ihn schon länger. Ich wollte es dir nur nicht sagen. Es war mir peinlich«, gibt er zu und betont nochmals: »Nicole, er war ein Weiberheld ... glaube mir! Er hatte dich nicht verdient. Der brauchte die Frauen nur, um seinen abartigen Trieb zu befriedigen.«

Sie ist erschüttert und lehnt sich wieder an ihn, diesmal herzerweichend schluchzend, und so stehen sie einen Moment schweigend da. Friedhelm nutzt die letzten Szenen nochmals, um sie mit seiner Digitalkamera festzuhalten.

Plötzlich startet der junge Mann einen erneuten Versuch. »Wie sieht es aus? Hast du dich entschieden?«

Die junge Frau blickt zu ihm hoch. »Was meinst du? Entschieden zu was?«, fragt sie neugierig immer noch mit vom Weinen vibrierender Stimme.

»Ob du nun mit mir da hinein gehen willst …«, er zeigt mit dem Daumen über seine Schulter zum Cubanito, »um mit mir hier Abend zu essen?«

Mit glasigen Augen schaut sie ihn an. »Und du hast absolut nichts mit dem Mord zu tun? Ich meine, auch wenn er ein Weiberheld war, der dir die Freundin ausgespannt hatte?«, fragt sie, um einfach nochmals sicherzugehen.

Er schüttelt den Kopf. »Ganz bestimmt nicht«, antwortet er fast beschwörend. Dann fügt er, hinzu: »Ich lasse dir Zeit Liebes, Zeit für die Trauer. Vergiss aber dabei nie, dass er nicht so edel war, wie du ihn wahrgenommen hattest, weil er es verstand, dich mit seinem Charme zu blenden. Er hatte die Leute nur benutzt.«

Sie nickt bestätigend. »Ja, benutzt. Ich glaube, so könnte man es nennen. Es gibt da nämlich eine Sache, die hatte mich auch ein bisschen stutzig gemacht … ich meine jetzt nicht, die Tatsache, dass er wohl noch mit anderen Frauen rummachte. Jeder hatte das schließlich mitbekommen, dass er den Mädels hinterherblickte, und dass er mit mir etwas anfing, hatte mich natürlich mit Stolz erfüllt, weil ich glaubte, die einzige und damit etwas Besonderes zu sein. Nein, es ist die Sache mit der Kündigung. Ich glaube, dass der Winterstein, den Kollegen Siebert loswerden wollte. Er mochte ihn nicht … und das mit dem verpassten Großauftrag war nur ein Vorwand, davon bin ich überzeugt. Ich habe nämlich nichts von einem Großauftrag gewusst. Solche Sachen bekomme ich in der Regel mit. Ich bin mir heute fast sicher, dass er ihm einen Pseudoauftrag untergejubelt hatte, um ihn rausschmeißen zu können. Irgendwann früher, vor der Hi-Tec-Zeit, muss der Kollege ihm mal einen Gefallen getan haben. Ich habe da Gesprächsfetzen mitbekommen. Und ich denke, jetzt, nach so vielen Jahren, konnte er ihm nicht mehr gefährlich werden. Der Kollege tat mir irgendwie schon leid, aber ich konnte ja nicht gegen den Chef aktiv werden und ihm in den Rücken fallen … ja und der Siebert hätte ihn ja nicht gleich umzubringen brauchen. Ich meine der hätte doch sicher gleich wieder einen Job gefunden. Der kann was … ja, er ist wirklich gut; ein Chaot zwar, aber ein liebenswerter und wertvoller Chaot.«

Ihr Blick geht in die Ferne, als ließe sie sich alles nochmals Revue passieren. Dann sagt sie: »Okay, lass uns reingehen und etwas essen.«

Der junge Mann lächelt und drückt ihr einen Kuss auf die Stirn. Während sie ins Restaurant gehen, hat er den Arm um ihre Schultern gelegt. Friedhelm schießt dabei noch zwei letzte Fotos und macht sich auf den Rückweg.

9

Es ist eine große Trauergesellschaft, die sich auf dem Friedhof Lörrach-Stetten versammelt hatte, um dem Verstorbenen die letzte Ehre zu erweisen. Den Großteil der Trauergäste bilden die Mitarbeiter der Hi-Tec Lörrach AG. Celine und Friedhelm halten sich etwas abseits und beobachten vor allen Dingen die Reaktionen bei den Anwesenden. Während der Grabrede liefen bei der Witwe, den jungen Mitarbeiterinnen und ganz speziell bei der offiziellen Geliebten, Carola Hauser, Tränen über deren teils gramvoll verzerrte Gesichter. Schräg gegenüber von Celines und Friedhelms Standort steht ein großer, schlanker, junger Blondhaariger. Friedhelm erkennt ihn sofort, denn es ist der junge Mann, den Frau Renner beim gestrigen Treffen Micha nannte. Friedhelm stößt Celine mit seinem Ellbogen diskret an und flüstert ihr zu: »Das ist er, von dem ich dir gestern erzählte … der blonde Typ dort drüben … das ist der, der sich mit der Renner vor dem Cubanito getroffen hatte.«

Celine hebt mit einer kurzen Bewegung als Zeichen des Verstehens ihren Kopf an, denn sie scheint den jungen Mann von Friedhelms Fotos her soeben auch erkannt zu haben. »Aaah ja«, bemerkt sie nur kurz.

Im nächsten Moment wird ihrer beider Aufmerksamkeit ganz speziell von diesem jungen Mann angezogen. Dieser Micha nämlich nimmt für einen kurzen Augenblick Blickkontakt zu seiner Freundin Nicole Renner auf und es folgt ein stummer Dialog. Mit einer

Kopfbewegung weist er auf die weinende Carola Hauser hin. Ohne irgendwelcher, erläuternder Worte, begreift Nicole Renner sofort und sie nickt. Mit durchbohrendem Blick, der eisige Abneigung versprüht, fixiert sie die junge trauernde Frau. Im nächsten Moment erregt ein anderes Ereignis die beiden auf Beobachtungsposten stehenden. Bei den letzten Worten des Priesters nämlich ›*Die Zeit heilt nicht alle Wunden, sie lehrt uns nur, mit dem Unbegreiflichen zu leben*‹, verlassen Charlotte Winterstein die Kräfte. Es ist als verliere sie den Boden unter ihren Füßen. Sie sackt kraftlos zusammen und wird glücklicherweise von einem neben ihr stehenden kräftigen Trauergast, es ist Stephan Förster, im letzten Moment aufgefangen. Frau Winterstein stützt sich dankbar auf Försters Arm, denn nur so kann sie sich noch auf den Beinen halten.

Langsam entfernt sich das Team Endress/Kulau von der Begräbniszeremonie. »Komm, lass uns noch einen Kaffee im Barcode zu uns nehmen«, schlägt Celine vor. »Für den Rest des Tages nehmen wir es mal gemütlich. Morgen ist übrigens der Termin Förster bei Albrecht. Ich denke, dass ich morgen früh auch mein Auto endlich von der Garage abholen kann. Albrecht hatte mir vorgeschlagen, bei der Zeugenvernehmung anwesend zu sein.« Plötzlich zeigt ein Sound auf Celines Handy an, dass sie soeben eine Nachricht erhielt. Während sie liest, beginnen ihre Augen zu leuchten »Eh, Friedhelm, nächste Woche, Mittwoch, bekomme ich mein neues Auto.«   »Na, wunderbar. Dann können wir uns ja schon mal auf schönes Sommerwetter einstellen … sofern deine Wetterprognose stimmt«, kommentiert Friedhelm spitzbübisch.

10

Förster sitzt zusammengefallen auf seinem Stuhl im Empfangsbereich der Polizeidirektion. Er scheint sich nicht wohl zu fühlen in seiner Haut. Was will, der Kommissar nur von ihm? ›*Ich weiß doch nichts, hab doch alles gesagt*‹, denkt er bei sich.

Albrecht erscheint selbst, um Förster in den Vernehmungsraum abzuholen. Der Raum, den sie soeben betreten, wirkt nüchtern und kahl, nicht gerade die Atmosphäre, die Försters aufgebrachte Gefühlswelt beruhigen könnte. Nun kommt auch noch eine weitere Person hinzu.

›*Was will die denn?*‹, fragt sich Förster beunruhigt. Seine Augen wandern von Albrecht zur Frau und wieder zurück, was Albrecht gleich ermutigt, die Dame neben sich vorzustellen. »Darf ich vorstellen, Herr Förster? Das ist Frau Endress, ihres Zeichens Rechtsanwältin … sie vertritt Ihren Kollegen Ralph Siebert.«

»Aha«, kommentiert Förster nur. An seiner Körperhaltung hatte sich nichts geändert. Mit seinem runden Rücken und den nach vorne fallenden Schultern wirkt er wie ein geschrumpfter Mensch. Celine kann fast nicht glauben, dass dieser eigentlich kräftige Kerl von mindestens eins-achtzig gestern auf dem Friedhof noch der starke Mann war, der Frau Winterstein eine Stütze bot.

Albrecht möchte ihm gerne seine Scheu nehmen und beginnt die Befragung mit einer entspannten Einführung: »Machen Sie sich keine Sorgen, Herr Förster,

Sie sind nicht als Beschuldigter hier, sondern als Zeuge geladen. Wir sprechen in diesem Fall von einer Zeugenvernehmung und nicht von einem Beschuldigtenverhör.« Er nickt Förster freundlich zu, wissend, dass Letzteres für den Befragten eigentlich besser wäre, weil er da die Aussage verweigern könnte. Er fährt mit seinen Ausführungen weiter: »Und meine Belehrung, die allerdings sein muss, ist eine Zeugenbelehrung. Ich belehre Sie also hiermit, dass Sie als Zeuge vollständige und wahrheitsgemäße Angaben machen müssen. Sie dürfen auch nichts Wesentliches weglassen. Ich muss Sie auch darüber belehren, dass Sie natürlich weder sich selbst noch Familienangehörige belasten müssen. Ich belehre Sie auch, dass Sie im Falle einer Falschaussage, das heißt, wenn Sie jemanden zu Unrecht be- oder entlasten, Sie sich selbst in die Gefahr der Strafverfolgung begeben. Dies wiederum heißt, dass unabhängig vom jetzigen Strafverfahren gegen Sie ermittelt werden würde.« Albrecht schaut Förster fragend an. »Ist soweit alles verstanden?« Förster nickt. Seine Körpersprache verrät immer noch Unbehagen. »Möchten Sie gerne etwas trinken?«, fragt Albrecht. Wieder nickt Förster und Albrecht füllt aus der bereitgestellten Wasserflasche die drei ebenso bereitgestellten Gläser. Dann eröffnet er das Gespräch mit den bis dato bekannten Details, als Basis für die Befragung.

Förster erfährt in grober Darstellung, über welchen Weg, der mit kriminellen Handlungen gepflastert war, Ralph Siebert zu seinem Job in der Hi-Tec gekommen war. Siebert, der mit diesen Aktionen selbst nichts zu tun gehabt habe, sei aber per Zufall Mitwisser geworden und somit für sein Schweigen, unter anderem mit einem neuen Job in der Hi-Tec belohnt worden, und dass es nicht schwer zu erraten sei, wer die krummen Dinger gedreht hatte. »Frau Endress ist übrigens der Ansicht, dass der Grund für die Kündigung ihres Mandanten mit dieser früheren Sache, die heute verjährt ist, zusammenhängen könnte. Die beiden Herren, Winterstein und Siebert, seien wohl nur solange Partner gewesen, solange sie an den gemeinsam eingegangen Pakt gebunden waren. Haben Sie etwas von der Vorgeschichte der beiden Herren gewusst?«

Förster wirkt überrascht. Er schüttelt den Kopf. Die Trockenheit im Mund lässt ihn zum Wasserglas greifen.

»Es ist seltsam, Herr Förster, dass Sie als stellvertretender Geschäftsführer nichts wussten, doch die Sekretärin, Frau Renner, offensichtlich eine Ahnung hatte. Sie muss wohl irgendwann einmal etwas mitbekommen haben. Bei einem zufällig mitgehörten Gespräch, das Frau Renner vorgestern mit einem Bekannten führte, gab sie nämlich ihre Vermutung preis.«

Förster ist erstaunt, was er hier zusammenfassend zu hören bekommt. Immer wieder schüttelt er unwissend den Kopf und es kommt für beide, den Kommissar und die Rechtsanwältin, glaubhaft rüber.

Die befürchtete Frage nach seiner für viele Firmenangehörige unerwarteten Beförderung, kommt natürlich prompt und wieder beteuert Förster, dass er selbst überrascht war, und dass er sie als Zeichen der Anerkennung für geleistete gute Arbeit betrachtet habe.

»Und es gab seitens Winterstein keine krummen Geschäfte, von denen Sie wussten, oder zufällig Kenntnis erhielten … ja und schließlich mit Beförderung belohnt wurden?«, fragt Albrecht gerade heraus.

»Nein … nein … wie oft soll ich das noch beteuern. Ich wurde schon von … ähm … von diesem Detektiv befragt … und ich habe auch ihm gesagt, dass ich hier überfragt bin«, beteuert Förster energisch.

»Es ist zwei Jahre her, dass Sie befördert wurden, nicht wahr?«, stellt Albrecht plötzlich unerwartet die Frage.

»Ja, vor zwei Jahren. Das ist doch inzwischen hinlänglich bekannt.«

»Hm«, Albrecht kratzt sich am Kopf. »Und Sie waren zuvor ein ganz normaler Sachbearbeiter?«

»Ja.«

»Etwa in der Art, wie Siebert?«

»Ja, etwa in der Art, wie Siebert.«

»Hm … wissen Sie, wieviel Siebert verdient?«

»Etwas mehr als die Hälfte meines Gehalt.«

Celine gefällt es, wie Albrecht an dieses Thema herangeht.

»Hatten Sie vor der Beförderung in etwa auch so viel verdient wie Siebert?«

»Ja, in etwa.«

»Dann gehe ich richtig in der Annahme, dass die Beförderung Ihren Lohn schlagartig verdoppelte.«

»Ja, ungefähr … nicht ganz das Doppelte … ja.«

»Hat sich Ihr Arbeitsgebiet ebenso gravierend verändert wie Ihre Bezüge?«

»Wie meinen Sie?«. Förster ist verunsichert.

»Na ja, Sie haben eine neue Funktion übernommen. Neue Funktionen beinhalten neue Aufgaben, neue Verantwortung, neue Befugnisse und Kompetenzen. Das alles sind schlussendlich solche Faktoren, die hoch bezahlt werden.« Förster schweigt.

»Es geht mir jetzt nicht darum, Herr Förster, Sie abzuwerten. Das, was ich jetzt sage, entnehme ich den Aussagen von Mitarbeitern. Der Tenor dieser Aussagen ist, dass Sie der Position eines Führungsverantwortlichen nicht gewachsen seien.«

»Ich bin ein guter, zuverlässiger Mitarbeiter. Ich mache einen guten Job und das kann jeder bezeugen. Und gute Arbeit und Zuverlässigkeit sollten für einen Job ausreichen, oder nicht?«

»Ja, das haben wir gehört, dass Sie auf Ihrem Gebiet einen guten Job machen.« Jetzt war Albrecht genau da angelangt, wo er hinkommen wollte. »Doch exakt denselben guten Job hatten Sie zuvor für gut die Hälfte der Bezüge aber auch schon getan. Da stellt sich mir die Frage, wozu eine Beförderung mit exakt denselben Aufgaben, aber dafür mit fast doppelten Bezügen? Wie die Recherchen ergeben haben, gab es einen fähigen Bewerber, der Erfahrung als Führungspersönlichkeit mitbrachte, der auch schon so quasi im Finale stand, also kurz vor der Zusage, und dem dann plötzlich abgesagt wurde. Herr Förster, Sie werden verstehen, dass solche Dinge die Menschen ratlos zurücklassen. Sie werden zwangsläufig denken, dass da irgendetwas gemauschelt wurde. Das konnte nicht mit rechten Dingen zugegangen sein. Deshalb frage ich Sie nochmals. Warum wurden Sie so ratzfatz befördert? Gab es Gründe, die Sie uns verschweigen?«

»Und wenn Sie mich hundertmal danach fragen … nein.«

»Nein?«

»Nein ... ich weiß absolut nichts. Ich würde es Ihnen sagen, wenn ich etwas wüsste ... das müssen Sie mir glauben, Herr Kommissar.«

»Ja nun, dann wird es wohl so sein ...« Albrecht reibt sich an seiner spitzen Nase, »Danke Herr Förster, dass Sie sich nochmals die Zeit genommen haben, unsere Fragen zu beantworten«

»Heißt das, ich kann gehen?«

»Ja, das heißt es. Auf Wiedersehen.«

Der Kommissar und Celine bleiben noch einen Moment sitzen. »Tja, Frau Endress ...«, beginnt Albrecht, »jetzt sind wir keinen Schritt weiter.« Celine nickt bestätigend. Diese Befragung führte absolut zu nichts. Sie grübelt vor sich hin, um abschließend festzustellen, dass ihr die Sache dennoch nicht ganz koscher erscheine: »Irgendetwas stimmt hier nicht. Aber was?«, sinniert sie laut. »Ich werde das Gefühl nicht los, dass hier ein Zusammenhang mit dem Mord besteht ... wenn auch ... hm ... vermutlich nur über Ecken.«

»Um ehrlich zu sein, ich hatte bei Förster von vorneherein nie ein Mordmotiv gesehen. Wenn er Mitwisser von irgendetwas Krummem gewesen wäre, wofür er ja belohnt worden wäre, hätte er keinen Grund gehabt, den Förderer auszuschalten. Aber so, wie ich ihn reden hörte, hat er absolut keine Ahnung. Auch, wenn er sich selbst über die plötzliche Beförderung wunderte, so ist für ihn immer noch der Faktor ›Leistung‹ für sein Fortkommen verantwortlich.«

»Ja, er ist naiv genug, das zu glauben, wo heute doch jeder weiß, dass Leistung alleine nicht mehr zählt. Nun, wir werden weiter sehen«, kommt Celine langsam zum Ende. »Herr Kulau, will heute nochmals mit

Frau Renner wegen des Treffens mit ihrem Freund sprechen. Sie äußerte ja Zweifel an der Korrektheit von Sieberts Rauswurf. Die Renner ist eine clevere junge Frau. Die ist intelligent, führt den Durchblick, den unser Förster nicht hat.« Sie zwinkert, reicht Albrecht die Hand, um sich zu verabschieden.

*

Friedhelm hatte den Pförtner gebeten, ihn bei Frau Renner telefonisch anzumelden. Doch, wie beim ersten Mal, wollte die Sekretärin ihn auch diesmal abwimmeln. Als Friedhelm dann erklärt hatte, dass er das Gespräch an ihrer Stelle nicht verweigern würde, während er so ganz nebenbei den Namen ›Micha‹ erwähnte, war sie dann doch bereit, ihn zu empfangen.

Der Pförtner schmunzelte, und meinte: »zuweilen braucht's halt nur ein kleines ›Sesam-öffne-dich‹, und schon bekommt man seinen Willen.«

Kellermann trägt den Besucher in seine Liste ein und mit einer Hand ins Innere weisend, sagt er »Sie wissen ja, wo's lang geht.«

Frau Renner empfängt Friedhelm hinter ihrem Schreibtisch stehend. »Ich habe nur wenig Zeit. Worum geht es, Herr Kulau?«, sagt sie mit einer würdevollen Selbstsicherheit, die man beim ersten Eindruck ihrer Erscheinung nicht vermuten würde. Friedhelm ist überrascht von der Überlegenheit, ja der Professionalität, die diese sehr viel jünger wirkende 23jährige Frau an den Tag legt. Sie hat seiner Meinung nach genau das, was dem stellvertretenden Direktor Förster fehlt, denkt er bei sich und, mit etwas Ironie in der Stimme, leitet er dann mit einer Einführungsfloskel sein Anliegen ein. »Vielen Dank Frau Renner, dass Sie mich so spontan empfangen. Ich …«

Er wird von der jungen Frau, die die Ironie im Wörtchen ›spontan‹ sehr wohl bemerkt hatte, unterbrochen »Sie sprechen sicher von der aufgezwungenen Spontaneität«, während nun sie es ist, die süffisant lächelt.

Friedhelm erwidert ihre Bemerkung mit einem Augenzwinkern und kommentiert das Gesagte mit einem bewundernden, »dieser Punkt geht an Sie.«

»Kommen wir zur Sache. Woher kennen Sie Micha?«, fordert Frau Renner übergangslos, ohne Umschweife, ihren Gesprächspartner auf. Man, spürt dass sie gewohnt ist, bedingt durch ihre Position als enge Mitarbeiterin des Direktors, im Geschäftsbereich mit Menschen kompetent umzugehen, Gespräche zu leiten.

»Nun, Frau Renner, es gehört zu meinen Aufgaben als Detektiv, Leute zu befragen und, wenn nötig, auch mal zu beschatten, was ich in Ihrem Fall auch getan habe. Sie trafen sich vorgestern vor dem Cubanito mit eben diesem Micha.«

Frau Renner wirkt überrascht. »Oh!«, entfährt es ihr. Sie reibt sich mit dem Zeigefinger die Kerbe ihres Nasenflügels, während sie ihre Augenbrauen hochzieht. »Ich habe niemanden gesehen«.

»Auch das gehört zu den Aufgaben eines Detektivs, dass er die Beschattung möglichst unauffällig durchführt.« Er zeigt Frau Renner einige ausgedruckte Fotos. Dann blickt sie ihm direkt in die Augen. Sie ist dabei um Fassung bemüht. »Gut, das hätten wir also. Ich habe mich mit einem Freund getroffen. Eine ganz normale Sache für Leute, die ja auch ein Privatleben haben. Was hat das Treffen mit der Mordsache zu tun?«

»Die Inhalte Ihres Gesprächs … es drehte sich unter anderem auch um den Mord.«

»Ah? Sie haben uns also auch belauscht?«

»Ja, wenn's der Wahrheitsfindung dient, ist auch ein Belauschen legitim … und nicht zu vergessen, auch das gehört zu den Aufgaben eines Detektivs«, demonstriert nun Friedhelm, dass auch er nicht auf den Mund gefallen ist und sich auf sicheres Auftreten versteht. »Und jetzt möchte ich einfach wissen, wer Micha ist? Name! Adresse! Seine Rolle in Ihrer Verbindung!«

»Moment bitte, der Micha ist ein Außenstehender. Der braucht in die Sache nicht hineingezogen zu werden. Ich muss Ihnen keine Auskunft über ihn geben«, sträubt sich Frau Renner.

»›Müssen‹ müssen Sie gar nichts«, gibt Friedhelm ihr recht, »aber können könnten Sie … immerhin hat Micha insofern mit der Sache zu tun, als dass er den Winterstein seinerseits beschattet und dadurch einige Informationen gesammelt hatte … vielleicht noch weiterreichender, als er Ihnen an dem Tag erzählte, weil es durchaus möglich ist, dass er Ihre Gefühle schonen wollte. Vielleicht … ja vielleicht, gibt es noch Hinweise, die den Verdächtigten entlasten. Sie selbst haben gesagt, dass da so manches nicht mit rechten Dingen zuging.« Friedhelm macht eine kurze Pause. »Die Details habe ich soweit noch nicht an die Polizei weitergeleitet … ich erzählte nur von einem Treffen, das zwischen Ihnen und einem Außenstehenden stattgefunden hatte, also nichts Ungewöhnliches für ›*Leute mit einem Pri-*

vatleben‹«, fügt Friedhelm als Warnung hinzu.

Frau Renner versteht diesen Wink. »Okay, ich habe verstanden«, sagt sie, »der junge Mann heißt Michael Sasse und er wohnt in Lörrach-Stetten an der Hammerstraße 16, Ecke Immanuel-Kant-Straße, nahe dem Schweizer Grenzübergang Riehen. Seine Funktion: Er war mein Freund. Ich hatte die Beziehung beendet, weil ich Joachim näher kennenlernte. Heute weiß ich, dass ich Micha unrecht tat. Jetzt erst, da Joachim tot ist, weiß ich, dass ich nicht die einzige Geliebte war«, sagt sie wie aus der Pistole geschossen. Hier zu leugnen, das weiß sie, hätte jetzt keinen Sinn, denn wie es scheint, hatte der Detektiv das ganze Gespräch verfolgt.

»So ist es immer: die, die es betrifft, erfahren es zuletzt. Nun noch eine letzte Frage: trauen Sie dem Siebert einen Mord zu?«

»Ob ich dem Siebert einen Mord zutraue, steht doch nicht zur Debatte, bei der Aufklärung des Falles. Zu Beginn, schließlich arbeitet man ja mit den Leuten zusammen, traut man niemandem so etwas zu. Wenn sich aber im Laufe der Zeit die Verdachtsmomente erhärten, wundert man sich und sagt ›*das hätte ich ihm nie zugetraut. Erstaunlich, wozu Menschen in der Lage sind*‹. Wenn er es also war, muss er dafür zur Rechenschaft gezogen werden. Wenn er es nicht war, dann würde es mich freuen, denn niemand sollte für eine Tat, die er nicht begangen hatte, seinen Kopf hinhalten müssen. Sollte er wegen erwiesener Unschuld freikommen, würde ich mich für ihn verwenden, dass die Kündigung rückgängig gemacht wird. Er war immer ein guter Mitarbeiter. Ich würde nicht auf ihn verzichten wollen.«

›*Na, das klingt ja wie der Chef höchstpersönlich, der hier*

Versprechen macht, und gleichzeitig erkennt man darin ganz klar die Ambitionen der jungen Frau‹, denkt Friedhelm und greift dankbar diese Äußerung auf: »Schön zu hören, Frau Renner. Herr Siebert wird dann auf dieses Versprechen zurückkommen.«

»Heißt das, dass Sie absolut von dessen Unschuld überzeugt sind? Trotz der vielen Indizien, die gegen ihn sprechen?«, fragt Frau Renner. In ihrer Stimme schwingt Zweifel mit.

»Das heißt es«, bestätigt Friedhelm. »Würde ich mich sonst so sehr für ihn einsetzen? Nun ich will Sie nicht zu lange aufhalten. Sie haben mir sehr geholfen, ich danke Ihnen.«

»Ob ich Ihnen geholfen habe, wird sich herausstellen. Einen schönen Tag.«

Friedhelm verlässt Frau Renners Büro, und da er schon im Hause ist, denkt er, könnte er es vielleicht noch bei Frau Klein im Personalbüro versuchen. Er würde gerne kurz die Mitarbeiterliste abholen, um diese nach Namen und Vornamen, die mit ›Se‹ beginnen, zu durchforsten.

*

Jetzt, da Nicole Renner mitbekommen hatte, dass in dieser Firma nicht immer alles mit rechten Dingen zuging, will auch sie ihre Chance nutzen. ›*Ich sehe es nicht ein, dass hier gemauschelt wird und Vorteile geschaffen werden, während ich brav meine Arbeit tue und den Laden quasi schmeiße. Ich will nicht päpstlicher sein als der Papst. Nein, jetzt will ich auch absahnen*‹, denkt sie und macht sich sofort auf zum stellvertretenden Direktor, der ja jetzt die Funktion des Direktor innehat … bis auf weiteres zumindest … man wird sehen.

Sie betritt sein Büro und staunt, wie mitgenommen Herr Förster aussieht. Die ganze Sache macht ihm wohl sehr zu schaffen, vor allen Dingen auch deshalb, weil er wirklich in der Luft hängt, in einem Job, der ihn total überfordert. Frau Renner kommt gleich zur Sache: »Herr Förster, ich habe mit Ihnen zu sprechen. Es geht um die Zukunft der Firma, um meine Zukunft und schlussendlich auch um Ihre.«

Förster fühlt sich überrumpelt. ›*Um Gottes Willen, worauf will sie hinaus. Sie wird doch nicht die Firma verlassen wollen*‹, denkt er voll Sorge. Er atmet erst mal tief durch, bemüht gelassen zu wirken, was ihm sehr schwer fällt, da Gelassenheit nicht zu den Attributen gehört, die für seinen Typus bezeichnend sind. »Bitte Frau Renner, setzen Sie sich. Was wollen Sie mit mir besprechen?«

»Vor sechs Jahren, nachdem ich mein Abitur mit einer Eins-Komma-Null abgeschlossen hatte, begann ich durch glückliche Umstände hier in der Firma als die so genannte ›*rechte Hand*‹ des Direktors. Ich bekam diese Stelle, obwohl ich damals zugegebenermaßen sehr, sehr jung war - immerhin war ich die jüngste des Abschluss-jahrgangs des Wirtschaftsgymnasiums -, denn mein Abiturzeugnis hatte Herrn Winterstein überzeugt. Ursprünglich war mein Plan, Betriebswirtschaft zu studieren und davor wollte ich erst einmal in der Geschäftswelt etwas Erfahrung sammeln … ja, und natürlich mein erstes Geld verdienen. Aber ich fand Geschmack an meinem Job hier und dachte, warum sollte ich den Umweg übers Studium nehmen, wenn ich es auch ohne zu etwas bringen kann. Ich bekam die Gelegenheit, wie bei einer Ausbildung, sämtliche Abteilungen zu durchlaufen. Ich lernte dabei alle Arbeitsbereiche kennen und in kürzester Zeit wusste ich, wie es hier läuft. Ja, und heute kenne ich das Geschäft bis ins kleinste Detail, teilweise sogar auch im technischen Bereich. Ich habe mich damit bewusst unentbehrlich gemacht. Man sagt mir eine schnelle Auffassungsgabe nach. Dass ich so gut Bescheid weiß, verdanke ich jedoch nicht nur diesem Umstand, sondern auch meinem stetigen Bedürfnis nach Fortbildung, die ich ja auch laufend genossen hatte - diese hatte Winterstein mir in verdankenswerter Weise ermöglicht - und der engen Zusammenarbeit mit ihm … Ja, und bevor Sie zu schmunzeln beginnen, nach dem Motto, ›ja das hat man gemerkt‹ … gleich mal vorweg genommen: ja, Herr Winterstein und ich gingen auch privat eine Beziehung ein, das hat aber nichts mit dem Geschäft zu tun. Jeder weiß, dass auch Sie in irgendeiner Form mit Herrn Winterstein verbunden sein mussten - in welcher Weise auch immer, das entzieht sich meiner Kenntnis - denn Ihre Beförderung kam für alle überraschend und … drücken wir es mal ganz salopp aus … ungerechtfertigt.« Sie macht eine Pause und Förster schweigt. Er hat kein gutes Gefühl. Was will Frau Renner von ihm?

»Nun, da ich weiß, dass in dieser Firma ein Fortkommen durchaus möglich ist, zumindest wenn man dem männlichen Geschlecht angehört, möchte ich jetzt diese Vorteile auch fürs weibliche Geschlecht in Anspruch nehmen. Sie sind seit dem Mord nun der Direktor und auch für Personalfragen entscheidungsbefugt. Ich schlage vor, dass Sie sich entscheiden, mich zu Ihrem Vize zu ernennen, mit allen Konsequenzen, das heißt natürlich auch, mit entsprechender Anpassung des Gehalts und mit der Einstellung einer neuen Sekretärin, die uns zur Hand geht, die wir aber eventuell im Pool finden könnten. Mit meinem Wissen, könnte ich das Geschäft im Prinzip alleine führen, denn Herr Winterstein hat mich in alles eingeweiht. Er wollte frei sein, weil er viel unterwegs war, und da brauchte er jemanden, der sich seiner Sache sicher war und in seinem Sinne handelte. Das hatte mich mit Stolz erfüllt, dass er mich dazu erwählte und nicht seinen Vize.«

Das war eben ein kleiner Seitenhieb. »Aber ich weiß natürlich auch, dass mein Wissen für die Firma wertvoll ist, weil sie den größtmöglichen Nutzen daraus ziehen kann. Für diese gute Schule bei Winterstein bin ich dankbar, denn nur daraus lässt sich karrieremäßig auch richtig Kapital schlagen. Und nun frage ich Sie, ob Sie bereit wären, die Firma mit mir in der Konstellation, wie ich sie eben vorschlug, zu führen.« Eigentlich wäre sie lieber gleich die kaufmännische Direktorin, ist aber intelligent genug, um zu wissen, dass das zum jetzigen Zeitpunkt gar nicht möglich wäre. Na ja, die Geschäftswelt würde ihr als Direktorin, aufgrund ihres jugendlichen Aussehens, nicht den nötigen Respekt entgegenbringen. Für die Position ganz oben an der Spitze der Firma, braucht sie als SteV nur geduldig abzuwarten. Die Zeit würde für sie arbeiten, denn Förster ist auch schon Mitte fünfzig; zehn Jahre noch und er würde pensioniert werden. »Ich verspreche Ihnen, dass wir das perfekte Team sein würden. Wir würden den Laden schmeißen nach allen Regeln der Kunst. Das Fehlen von Winterstein würde gar nicht bemerkt werden, vor allen Dingen nicht von der obersten Konzernleitung, weil wir, wie gewohnt, auch weiterhin gute

Zahlen präsentieren würden. Ja, und für Sie würde sich absolut nichts ändern, außer dass Sie dann der Direktor wären und ich als Ihre SteV weiterhin, wie gewohnt, den Job von Herrn Winterstein machen würde.«

Förster hatte der Rede schweigsam zugehört. Er merkte, dass ihm genau das fehlte, was diese junge Frau vor ihm soeben demonstrierte, nämlich Selbstbewusstsein. Hinzu kommt Durchsetzungsvermögen, Verantwortungsbewusstsein, großes Wissen und, wenn es darauf ankommt - zum Beispiel etwaige Erkenntnisse in konkretes Handeln umzusetzen - die nötige Entscheidungskraft. Er hatte auch gespürt, dass die Erwähnung der Konzernleitung einen ganz bestimmten Zweck verfolgte. Er wäre aufgeschmissen, wenn Frau Renner die Firma verlassen würde. Es wäre ein tiefer Fall, der schlimmstenfalls im Jobverlust enden würde. Er hatte vor zwei Jahren sein Häuschen gekauft, es wäre eine Katastrophe, wenn dieser worst case eintreffen würde. Existenzangst beschleicht ihn.

Frau Renner kann sich in etwa vorstellen, was im Kopf von Herrn Förster vorgeht. Sie lässt ihm Zeit zu reagieren. Auch das hatte Sie bei Winterstein gelernt: Ruhe und Gelassenheit zu bewahren, nicht zu drängen, dennoch sanften Druck auszuüben.

Als Förster sprechen will, versagt ihm erst einmal seine Stimme. Sie ist belegt und er räuspert sich. »Ich nehme an, dass Sie als Alternative, sollte ich auf Ihren Vorschlag nicht eingehen wollen, Ihre Kündigung in Aussicht stellen werden.«

»Ja sicher, das wäre eine Option. Aber sehen Sie darin bitte keinen Erpressungsversuch. Mir geht es darum, dass ich Karriere machen möchte, und das könnte ich, sollten Sie auf meinen Vorschlag nicht eingehen, nur durch einen Stellenwechsel realisieren. Ich weiß, was ich kann, und dieses Wissen könnte ich in jeder anderen Branche erfolgreich einbringen. Wäre schade, wenn es nicht in dieser Firma wäre, in der ich es erworben hatte.« Sie zählt darauf, dass Förster auf den vorgeschlagenen Deal eingehen wird, denn eigentlich möchte sie die Stelle gar nicht wechseln, zumindest jetzt nicht, da die Chancen hier recht gut stehen, was sie ja bei einer Bewerbung um eine Stelle in einer anderen Firma nicht wissen kann. Ja, und genauso wenig wird Förster wechseln wollen, denn der sitzt hier in einem guten, sicheren Nest, wenn alles so reibungslos abläuft wie bisher. Ein Nest in einer solchen Position, das er so schnell nirgends mehr finden würde, ohne kompetenten Mitarbeiter oder Mitarbeiterin.

*

Friedhelm und Celine sitzen vor der Personalliste. »Es gibt unter den 113 Mitarbeitern gar nicht so viele, deren Namen mit ›Se‹ beginnen«, erklärt Friedhelm. »Da hier: Bei den Vornamen sind es Selina Lehmann, Selma Hagmayer, Sebastian Weinbrecht, Serge Muller und Severin Heberlein, die beiden letzteren sind Elsässer. Bei den Nachnamen sind es noch weniger. Hanna Seliger, Berthold Seeger, die beiden Namen Seidel und Seifert kommen nicht in Frage, da diese beiden Namen mit dem Diphthong ›ei‹ in der Aussprache nicht zum Wortfragment passen, die Winterstein in seiner Agonie nannte. Auf der Liste der Schüler, die ja in diesem Fall nicht relevant ist, gibt es nur einen und das ist Sebastian Förster, der Sohn des Direktors ad interim. Gemäß

Frau Klein befanden sich Lehmann, Hagmayer und Seliger in Urlaub. Weinbrecht war geschäftlich im Ausland. Ja und die anderen, die kommen für diesen Mord kaum in Frage. Es gibt absolut keinen Bezug zwischen Winterstein und diesen verbleibenden Personen. Wenn ›Se‹ eine Bedeutung haben sollte, also ein Hinweis auf den Mörder sein sollte, bleibt nur die Möglichkeit eines Betriebsfremden. Tja und da stehen wir beide vor einem Problem.

»Und, was meinst du zur Theorie, dass Winterstein vielleicht gar nicht ›Se… Se… Se…‹ sagen wollte, sondern ›Sa… Sa… Sa…‹ wie Sasse? Oder auch, dass Siebert sich schlicht verhört oder vor lauter Aufregung vergessen hatte, was Winterstein wirklich sagte?«, bringt Celine als zu bedenkende Variante ein.

»Na ja, ich habe sowieso vor, mich eher auf außerhalb zu konzentrieren. Ich werde dieses Gefühl nicht los, dass eine Verbindung nach außen besteht und zwar zu einer Person, die der Winterstein persönlich kannte«, bestätigt Friedhelm Celines Theorie auf seine Weise, ergänzt aber, dass er nicht glaube, der Winterstein habe den Sasse gekannt. »Okay gut. Und ich werde morgen erst einmal nach Freiburg fahren. Dort schreit man nämlich schon nach mir. Auf jeden Fall bin ich gespannt, was beim Gespräch mit diesem Sasse herauskommen wird. Halte mich auf dem Laufenden. Tja, und …«, sie zwinkert freudig mit einem Auge, »nächste Woche komme ich mit meinem neuen Vehikel, dann machen wir ne kleine Spritztour ›oben ohne‹.«

»Da bin ich dabei …«, schwärmt Friedhelm, »… und ich vertraue auf deine Vorhersage. Der Sommer beginnt, wenn du dein Auto hast. Bin gespannt.«

11

Ja, Frau Renner hatte mich schon informiert, dass Sie mich kontaktieren würden. Aber ich kann Ihnen jetzt schon sagen, es wird nicht viel herauskommen bei einem Interview«, erklärt Michael Sasse auf Friedhelms telefonische Anfrage. Friedhelm erwidert dann, dass es oft die kleinen Dinge seien, Dinge, die zu Beginn eher unscheinbar erscheinen, die aber dennoch viel Aufschluss gäben. »Ich wäre froh, wenn Sie mich empfangen würden Herr Sasse«, bittet er eindringlicher. Er denkt dabei automatisch an Celines Theorie ›Sa… Sa… Sa…‹. Könnte eventuell doch etwas dran sein? Er ist aufs höchste aufmerksam. Für ihn ist wichtig, auf Reaktionen seines Gegenübers zu achten, zwischen den Zeilen zu lesen, Körpersprache zu deuten et cetera, et cetera. Dazu muss er Sasse aber gegenüberstehen. Das geht nun mal nicht telefonisch.

Und prompt kommt von Sasse der Vorschlag: »Könnten wir das nicht jetzt gerade telefonisch erledigen. Es gibt wirklich nicht viel, was ich Ihnen erzählen könnte …«, erklärt er und fügt schelmisch hinzu »… was Sie nicht schon wissen. Sie haben ja beim Beschatten herausbekommen, dass ich eben genau das tat, was Ihr Job ist … beschatten.«

»Ein persönliches Gespräch von Aug zu Aug finde ich angenehmer, als über das Telefon. Ich könnte mir vorstellen, dass beim Gespräch mehr herauskommt.«

»Na ja, wenn Sie meinen. Wir können uns ja mal ganz unverbindlich treffen. Mit unverbindlich meine ich, dass ich mir mal Ihre Fragen anhöre und für mich offen lasse, ob ich sie beantworten will«, stimmt der junge Mann dem von Friedhelm anvisierten Treffen zu.

»Das finde ich ganz in Ordnung, Herr Sasse«, zeigt Friedhelm Verständnis. Sasses Antwort indes zeigt ihm, dass es Fragen geben könnte, die dem jungen Mann unangenehm werden könnten, also hat er entsprechend etwas zu verbergen. »Wo wollen wir uns treffen?«, fragt Friedhelm.

»Am liebsten wäre es mir, wenn Sie zu mir in die Hammerstraße kämen. Bei diesem Wetter habe ich keine Lust rauszugehen und außerdem bin ich auch kein Kneipengänger … also, wenn es Ihnen nichts ausmacht, zu mir zu kommen … es wäre angenehm«, betont er nochmals.

Friedhelm versichert, dass das kein Problem für ihn sei und so verabreden Sie sich auf Freitag, 18.00 Uhr in der Hammerstraße Nr. 16.

Sasse empfängt Friedhelm in legerer Hauskleidung; man sieht, dass er es gerne bequem und gemütlich hat.

Und Friedhelm seinerseits ist überrascht, vor allem vom geschmackvollen Stil der Einrichtung in Sasses Wohnung. Klare, moderne Formen und Linien, Dekoration, genau dort angebracht, wo sie, das Gesamtbild schmeichelnd, hingehört. Ein schwarzes Keyboard, eine Trompete, eine E-Gitarre und ein Saxophon in einer Ecke, die so abgegrenzt ist, dass sie wie ein separates Zimmer aussieht, zeugen von Sasses Musikalität. Sasse kennt das. Der erste Blick eines jeden Besuchers geht gleich mal in die Musikecke, und so erklärt er, dass er zwei Berufe habe. Der bevorzugte sei Musiker, und der zweite, womit er im Moment aber hauptsächlich seinen

Lebensunterhalt bestreite, sei Schreiner. Irgendwann aber, wolle er von seiner Musik leben können. Er sei ja noch jung mit seinen 25 Jahren und er brauche nur genug Geduld, um seinen großen Durchbruch abzuwarten. Für Friedhelm wirkt das ganze sehr sympathisch. Auch der junge Mann wirkt sympathischer, als es ihm der erste Eindruck vermittelt hatte. Nicht nur, dass er ein gemütliches Ambiente in seiner Wohnung geschaffen hatte, nein er hatte auch kleine Häppchen vorbereitet und Wein karaffiert. Wenn Friedhelm alles erwartet hätte, aber nicht einen formvollendeten Gastgeber. Es scheint wohl eine alemannische Wesensart zu sein, einen Besucher, und wenn er auch nur zu einer Befragung kommt, mit stilvoller Gastfreundschaft zu empfangen. Bei der Vorbereitung scheinen sie, sich so richtig ins Zeug zu legen. Immerhin ist es jetzt schon das zweite Mal bei der Bearbeitung des Falles Winterstein, dass er eine außergewöhnliche Gastfreundschaft erfahren darf, während bei den Försters noch ein italienischer Einfluss hineinspielte, der sich ebenfalls, oder vor allen Dingen, sehen lassen konnte.

Nachdem die beiden es sich in der kuscheligen Ecke des Wohnzimmers gemütlich gemacht hatten, und sich nun an den Köstlichkeiten und dem Wein gütlich tun, beginnt Sasse ungefragt zu erzählen, was Friedhelm beim Lauschangriff eigentlich schon wusste. Er will aber mehr erfahren und nimmt Sasses erlauschte Bemerkung auf, die er während des Treffens am vergangenen Dienstag äußerte: »Was heißt hier ›eine‹ andere Geliebte?«

Sasse lächelt verschmitzt. »Oh, da hat einer aber ganz besonders gut aufgepasst.«

»Wie gesagt, es ist mein Job«, schmunzelt Friedhelm zurück.

Sasse druckst etwas herum und Friedhelm spürt, dass er mit seiner Annahme recht hatte, einige Fragen könnten ihm unangenehm werden. Nach einiger Überlegung, erklärt Sasse, dass er nicht zu viel erzählen kann, denn er möchte sich schließlich durch seine Erzählungen nicht selbst Probleme aufhalsen. Er habe sich nicht ganz gesetzeskonform verhalten und Friedhelm müsse verstehen, dass er sich nicht gerne selbst belaste.

»Nun, Herr Sasse, das müssen Sie auch nicht, sich selbst belasten. Ich bin kein Staatsanwalt, ich bin Detektiv und sammle Informationen, die mir weiterhelfen, einen vielleicht Unschuldigen zu entlasten. Was ich nicht muss, das ist, meine Informationsquelle verraten, auch wenn diese Quelle sich vielleicht nicht gesetzeskonform verhielt. Sie dürfen mir vertrauen Herr Sasse, es sei denn, Sie haben den Mord selbst begangen. Da könnte ich natürlich keine Garantie für Sie abgeben, denn mein Interesse ist es, ein des Mordes unschuldig Verdächtigter, vor Gericht zu entlasten.«

»Nein, um Gottes Willen, ich habe niemanden umgebracht«, erwidert Sasse fast ein bisschen entrüstet. Er druckst noch immer herum, wohl überlegend, wie er beginnen soll. Dann nimmt er einen Anlauf: »Okay, ich versuch's. Aber erwarten Sie nicht zu viel von mir. Ich sag nicht viel.« Dann erklärt er, wie er als gehörnter Geliebter von Nicole Renner sehr gekränkt gewesen sei und wissen wollte, was der Winterstein, der ihn auf Platz zwei verwies, wohl für ein Typ ist. Zu diesem Zweck habe er ihm gelegentlich nachspioniert. Das mit der offiziellen Geliebten namens Carola Hauser, das wisse er, Friedhelm, aus dem belauschten Gespräch heraus ja selbst schon. Aber es gab da eine andere … eine viel jüngere … sozusagen eine Minderjährige … nein ein Kind. Er stockt in der Erzählung und fährt weiter, dass er sich nicht wundern würde, wenn noch mehr Kindfrauen zu seinen Opfern gezählt hätten, und dass vielleicht irgendwann einer der Gehörnten oder Nahestehenden nicht mehr zuschauen und dem Winterstein einen Denkzettel verpassen wollte. Wieder hält Sasse in der Erzählung inne.

»Sie sagten, eine Minderjährige?«, hakt Friedhelm nach.

»Ja, eine Minderjährige.«

»Warum haben Sie ihn denn nicht angezeigt, wenn Sie Zeuge waren? Damit hätten Sie doch Nicole Renner auf jeden Fall wieder zurückgewinnen können.«

Doch, ehe Sasse die Frage hätte beantworten können, was für ihn sowieso wie der Gang durch die Hölle wäre, hatte Friedhelm schon einen Verdacht, für die Antwort. Womöglich war das der Punkt, von dem Sasse erklärte, er sei nicht gesetzeskonform vorgegangen, deshalb gibt Friedhelm die Antwort selbst: »Ach, ich verstehe! Das ist der Punkt, von dem Sie sagten, er könnte für Sie gefährlich werden: unterlassene Anzeigepflicht … nach § 138 StGB … glaube ich.«

»Ich sag jetzt nix mehr«

»Hören Sie, Herr Sasse, ich habe Ihnen gesagt, dass Ihre Tat, wenn Sie mit dem Mord nichts zu tun hat, nicht von Interesse ist. Ich finde es zwar - um es einmal gelinde auszudrücken - ziemlich lausig, dass Sie ein Kind nicht geschützt haben, indem Sie den Winterstein

176

nicht angezeigt hatten, aber das ist etwas, das Sie mit Ihrem Gewissen ausmachen müssen. Außerdem, jetzt ist Winterstein tot, er wird kein Kind mehr missbrauchen können und dem missbrauchten Kind wird's nichts mehr nützen.« Friedhelm ist sich bewusst, dass seine Worte, wenn auch mit Strenge formuliert, ziemlich ungewöhnlich waren. Aber er tat es trotzdem, auch wenn sein Schweigen darüber von ihm ebenso nicht ganz korrekt, um nicht zu sagen ›nicht ganz gesetzeskonform‹ ist, denn ihm ist nicht daran gelegen, einem Zeugen einen Strick zu drehen. Manche Situationen erfordern nun einmal unkonventionelles Vorgehen. Und er sucht nicht nach einem neuen Schuldigen, einen Schuldigen für eine andere Tat, sondern er will einem Unschuldigen seine Unschuld beweisen. Und wenn er dabei den Mörder gleichzeitig aufspüren könnte, wäre das natürlich ein Treffer ins Schwarze.

Sasse hingegen fühlt sich bei diesen Worten ziemlich mies. Er weiß, dass dieser Detektiv recht hat … und wie er recht hat. Und er weiß auch, dass er das alles bis jetzt verdrängt hatte. Er hatte seine Freundin an diesen geilen Sack verloren. Und darum ging es ihm, alleine nur darum. Er wollte seine Nicole wieder zurückhaben. Was ging ihn dieses fremde Mädchen an. Er hatte den Winterstein in der Hand und da sah er seine Chancen. Winterstein sollte Nicole freigeben und er sollte ein Schweigegeld bezahlen, was er auch tat. Aber er kann das alles doch nicht diesem Detektiv erzählen. Er schämt sich. Sein Mund und seine Lippen fühlen sich trocken an. Sogar seine Zunge scheint ihm wie eine dicke trockene Wurst im Mund zu liegen. Er muss jetzt erst einmal einen Schluck trinken, um der

Mundtrockenheit zu begegnen. Nachdenklich nippt er an seinem Weinglas, während Friedhelm ihn aufmerksam beobachtet.

Er lässt Michael Sasse etwas Zeit. Vermutlich kämpft der innerlich gegen zwei Peinlichkeiten. Die erste, und auch gleich die schmerzhafteste, ist die Tatsache, dass er, egoistisch, aus einem niedrigen Beweggrund heraus ›*der reiche Winterstein könnte etwas springen lassen für mein Schweigen*‹ - denn davon geht Friedhelm aus - und nicht nur, wie Sasse selbst zugeben muss, der Kampf um Nicole, ein junges Mädchen durch die Nichtanzeige ausgeliefert hatte. Denn der Beweggrund ›*ich will meine Nicole wieder zurück*‹ hätte, wenn auch Nicole es gewollt hätte, bei einer Anzeige automatisch funktioniert. Und der zweite innere Kampf, heißt ›*wie viel dieser Peinlichkeiten kann und soll ich diesem Fremden, der sich ja eigentlich sehr freundlich zeigt, preisgeben, ohne dass ich mein Gesicht verliere?*‹

Die Stille ist fast unerträglich. Um der Stimmung wieder etwas Leichtigkeit zu verleihen, greift auch Friedhelm nun zum Weinglas und nippt daran. Sein Kopfwiegen und das Augenbrauchen-Hochziehen, während er die Lippen schürzt, wie man es bei Weinkennern immer beobachten kann, sollen seinem Gastgeber zeigen, dass er mit der Wahl des Weins, einen äußerst guten Geschmack bewiesen hatte. Er greift ein Häppchen, das er in den Mund steckt und auch da ist er voll des Lobes.

Sasse lächelt. Ja das tut ihm gut, zumal er gerne Gastgeber und stets darauf bedacht ist, kulinarisch etwas abzuheben. Friedhelms allzu deutliche Gesten sind für ihn Beweis, dass ihm sein Ansinnen gelungen ist.

Friedhelm stellt sein Glas wieder zurück. Er überlegt, wie er seinen Zeugen zum Reden bringen könnte. Plötzlich hebt er seine rechte Hand und reibt mit dem Daumen am Zeigefinger, während die anderen Finger eingerollt sind. »Hat der Winterstein Ihnen für Ihr Schweigen etwas springen lassen?«, fragt er ganz unverblümt.

Wieder ist Sasse peinlich berührt.

»Sie können es mir ruhig sagen, Herr Sasse. Wissen Sie, es wäre nicht das erste Mal gewesen, dass Winterstein sich Schweigen erkauft hätte. Er war ein hoch intelligenter, reicher, nach allem Anschein wahrscheinlich auch sexsüchtiger Mensch, der nicht gerade streng nach den Regeln der Gesetze gelebt hatte. So wie es aussieht hatte er immer wieder Gründe, sich freikaufen zu müssen.«

Sasse nickt zum Zeichen der Bestätigung für Friedhelms Vermutung. Und wieder zögert er, als überlege er, was er dazu nun sagen soll - und wieder ist es Friedhelm, der ihm zu Hilfe kommt. »Sie müssen mir nicht sagen, um welche Summe es sich gehandelt hatte. Das interessiert mich nicht. Ihr Nicken reicht mir vollauf. Was ich aber unbedingt noch wissen möchte: wer ist das Mädchen, das er missbraucht hatte?«

Sasse schaut schweigend vor sich hin.

Plötzlich durchfährt es Friedhelm. Ganz schlagartig hat er eine dumpfe Ahnung. In Gedanken sieht er sich selbst bei den Försters am Tisch sitzen … er sieht wie Försters Kinder eintreten, ganz still, auf leisen Sohlen, schüchtern und kleinlaut … und ganz speziell sieht er das außerordentlich hübsche Mädchen namens Carmen … so hübsch und in ihrem Schweigen doch so unscheinbar … das Mädchen, das auch immer in der Hi-Tec gejobbt hatte und ganz plötzlich nicht mehr kam, und niemand wusste warum oder kümmerte sich darum. Warum tauchte das Mädchen immer wieder vor seinem geistigen Auge auf? Zuerst dachte er, dass er Mitleid fühlte, Mitleid mit einem offensichtlich depressiv wirkenden Mädchen, denn sie sah leidend aus. Ganz spontan fragt Friedhelm: »Heißt das Mädchen vielleicht Carmen? Carmen Förster?«

Sasse zuckt zusammen … hält in der Bewegung inne, fragt dann, ob Friedhelm das Mädchen denn kenne? Friedhelm nickt und erklärt, dass er ihr bei seinen Recherchen begegnet sei, dass der Name Carmen Förster immer wieder gefallen sei. Es sei dabei aber nicht um Missbrauch gegangen, und dennoch sei der Name immer wieder aufgetaucht. Und, keiner habe sich gewundert, warum das Mädchen so ernst, gar traurig wirkt. Alle hatten wohl angenommen, dass es sich vermutlich um eine Pubertätskrise oder auch Liebeskummer handele, und dass man Geduld haben müsse, denn irgendwann würde sich alles wieder von selbst einrenken.

Die Frage, ob denn Frau Renner inzwischen, also nach der Aussprache vor dem Cubanito, von der ganzen Sache weiß, verneint Sasse und er bittet Friedhelm, auf keinen Fall im Gespräch mit ihr, davon etwas zu erwähnen, weil es ihm äußerst peinlich sei. Jetzt, da wieder die Chance bestehe, dass er Nicole zurückhaben könne, wolle er es sich nicht mit dieser unangenehmen Geschichte von vorneherein verderben.

Er fühlt sich nach der ganzen Unterhaltung nicht mehr so richtig wohl in seiner Haut. Zu allem hin fühlt er sich schäbig und schuldig … nicht schuldig am Mord, sondern schuldig am Schicksal dieses Mädchens, zumal er jetzt von Friedhelm weiß, wie sehr das Kind unter dem, was man ihm angetan hat, leidet.

Friedhelm, dankbar über Sasses Offenheit, spürt dessen Unbehagen und will mit einem Themenwechsel wieder die entspannte, angenehme Atmosphäre herbeiführen, die am Anfang seines Besuchs herrschte. Er versucht es mit einer Übergangsfloskel. »Ich danke Ihnen Herr Sasse für ihre offenen Worte, denn ich habe gespürt, wie schwer es Ihnen fiel, über alles zu reden. Sie haben mir sehr weitergeholfen. Wir werden jetzt in diese Richtung weiter recherchieren können.« Er schaut in das schuldbewusste Gesicht seines Gegenübers und versucht es weiter mit tröstenden Worten: »Haben Sie keine Sorgen, wir lassen Ihren Namen aus dem Spiel. Wenn Sie mit Ihrer Aussage vielleicht etwas Licht ins Dunkel bringen konnten, haben Sie schon einen wichtigen Schritt in die Richtung ›Widergutmachung‹ getan … zumindest, was die daraus resultierende Entlastung eines unschuldig Verdächtigten anbelangt … vielleicht, vielleicht sind Ihre Enthüllungen sogar ausschlaggebend. Das kann ich jetzt aber noch nicht beurteilen.«

Sasse nickt dankbar und Friedhelm wechselt auf das Thema Musik während er mit seinem Kopf in Richtung Musikecke des Raumes zeigt. Er erkundigt sich interessiert nach der Art Musik, die Sasse spielt, ob er auch öffentliche Auftritte habe, ob er in einer Band spiele und wenn ja, mit welchem Instrument. Das sind natürlich Themen, über die Sasse lieber spricht und so endet der Abend genauso entspannt, wie er begonnen hatte.

12

Das ist ja ungeheuerlich. Unfassbar«, antwortet Celine am Telefon schockiert über Friedhelms neuesten Bericht. »Ich frage mich, warum bei dieser Wesensveränderung des Mädchens bei niemandem die Alarmglocken schrillten? Eines steht auf jeden Fall fest: für uns gibt's nun einiges zu tun bei diesen neuen heiklen Fakten ... ja, und diese sind nun mit äußerster Vorsicht zu behandeln. Aber da bist du ja ein Routinier, lieber Friedhelm. Ach ja, bei dieser Gelegenheit ... du hast deine Hausaufgaben gut gemacht«, zeigt sie sich mehr als zufrieden. »Langsam bekommen die Ergebnisse unserer Recherchen Struktur. Es formt sich ein immer klareres Bild der gesamten Situation. Prima. Ich komme am Mittwoch, gleich nachdem ich mein neues Auto abgeholt habe, und dann werden wir unser weiteres Vorgehen besprechen.«

Sie sind sich auf jeden Fall beide einig, dass sich für eine eventuelle Befragung des Mädchens schon eher eine Frau eigne, dass also Celine sich vorsichtig an ein Interview heranwage. Man müsse bei Carmen sehr behutsam vorgehen, denn die ganze Situation sei für sie schon peinlich genug. Zudem leide sie offensichtlich Seelenqualen, und da eigne sich eine Frau allemal besser als ein Mann.

Friedhelm verspricht, die Zeit bis Mittwoch zu nutzen, allem eine schriftliche und bildliche Struktur zu geben.

*

»Hallo liebe Wettergöttin«, begrüßt Friedhelm Celine lachend, als sie am Mittwoch mit ihrem neuen Audi in Holzen vorfährt, denn wegen des ausgesprochen schönen Wetters, steht die Haustüre offen und er hatte sie gleich gesehen als sie ankam. »Unglaublich, der Juni hat mit Ankunft deines neuen Cabrios endlich begonnen, seinem Namen ›Sommer‹ gerecht zu werden. Als hättest du es gewusst.«

In der Tat, der Wetterbericht hatte für die letzte Dekade im Juni endlich Sommerwetter prophezeit und dieses Hoch soll stabil sein. Celine streckt beide Daumen in die Höhe und grinst schelmisch.

»Sag's nicht … ich weiß schon, was jetzt kommen muss«, blockt Friedhelm einen möglichen Kommentar ab, »weibliche Intuition.«

»Du kennst dich gut aus«, lächelt Celine. »So mein Lieber, lass uns unsere Aufgaben erledigen, bevor wir uns weiter im Geplauder vergessen. Wir wollen heute ja noch die Probefahrt machen. Auf, packen wir es an, es gibt viel zu tun … sogar sehr viel.«

Beide sitzen vor den Unterlagen, die Friedhelm zusammengestellt hatte. Interessante Interview-Ergebnisse runden die einzelnen Charaktere ab, die Aufzeichnungen ergeben ein detailliertes Bild.

»Auffallend ist, dass der Winterstein sich bevorzugt, nicht nur mit außergewöhnlich jungen und hübschen, sondern auch mit ziemlich intelligenten jungen Frauen näher abgegeben hatte. Frau Winterstein selbst ist eine gebildete Frau, auch wenn sie heute nicht mehr berufstätig ist. Carola Hauser möchte studieren und verdient sich durch Jobben einfach noch Geld. Nicole Renner ist eine Ausnahmeerscheinung an Intelligenz. Sie stellt wohl alles um sich herum in den Schatten. Zum Kontrast hierzu sieht sie extrem jung aus, jünger als sie an Jahren ist und wirkt daher im ersten Moment recht unspektakulär, eine Einschätzung, die sich natürlich beim näheren Hinsehen gleich mal ändert. Carmen, die jüngste in dem Gespann, ist eine hervorragende Schülerin. Das sind die, von denen wir auf jeden Fall sicher wissen«, fasst Friedhelm zusammen. »Mich würde interessieren, inwieweit Carmens schulische Leistungen als Folge ihrer psychischen Belastung beeinflusst wurden. Vielleicht bekommen wir die Klassenlehrerin dazu, dass sie uns Auskunft gibt. Es wäre auch interessant, zu erfahren, ob sie sich zur Wesensveränderung des Mädchens Gedanken gemacht hatte und ob sie versucht hatte, mit den Eltern zu sprechen. So etwas bleibt einem doch nicht verborgen.«

»Ja, Friedhelm. Ich werde versuchen Kontakt zur Lehrerin aufzunehmen und natürlich möchte ich mit dem Mädchen selbst auch noch sprechen. Mal sehen, ob ich ihr Vertrauen gewinnen kann, so dass sie sich öffnet. Tja, und dann werden wir sehen, ob der Mörder vielleicht in dieser Ecke zu suchen wäre.«

»Meinst du vielleicht, der Förster könnte es gewesen sein? Diese Vorstellung fällt mir sehr schwer. Er wirkte nach meiner Ansicht nicht so durchtrieben. Und ein guter Schauspieler ist der schon mal gar nicht. Er schien mir keine Ahnung über den Grund von Carmens Wesensveränderung zu haben. Ich hatte doch mit ihm darüber gesprochen. Er glaubt an eine Pubertätskrise. Mit diesem Allerweltswort hat sich ein Problem schnell mal im Nichts aufgelöst.«

«Sicher, du hast schon recht, aber es steht noch immer die Frage, welcher Umstand zu Försters Beförderung geführt hatte, unbeantwortet im Raum?«, wendet Celine ein

»Ein heikles Thema. Ich mag gar nicht daran denken, dass …«, Friedhelm bricht inmitten des Satzes abrupt ab.

»Das heißt, du denkst dasselbe wie ich …«, schlussfolgert Celine aus Friedhelms abgebrochenem Satz, »… dass Förster seine Tochter vielleicht verschachert hatte … dass er sie vielleicht als Gegenleistung für die Beförderung zum Pfand - oder nennen wir es einfach mal als Spielzeug - zum Gebrauch überlassen hatte?« Bei diesen Worten schaudert es Celine durch den ganzen Körper. »Seit der Beförderung jedenfalls kann sich die Familie ein angenehmes Leben leisten und dafür bringt man auch gerne mal ein Opfer, auch wenn dieses Opfer die Tochter auf sich nehmen muss.«

»Dieser Gedanke drängt sich einem schon auf … aber nein …«, Friedhelm schüttelt energisch seinen Kopf, »… nein, ich kann es nicht glauben … ich weiß nicht, warum, aber ich traue dem Förster so etwas nicht zu. Er hatte so stolz gewirkt, als er von seiner Familie sprach … seine Frau, seine Kinder, alle so gut geraten.«

»Du kennst das doch Friedhelm, wie das ist: wenn man an einer intakten Fassade kratzt kommt plötzlich Schmutz hervor«, beschreibt Celine ihren Einwand zu Friedhelms Lobeshymne.

Friedhelm schüttelt nur den Kopf. Auch mit viel Fantasie kann er es sich nicht vorstellen.

Beide schweigen und man merkt, wie es in ihren

Köpfen arbeitet. Plötzlich durchzuckt es Celine und sie blickt Friedhelm fest in die Augen. »Angenommen der Förster brachte den Winterstein um. Also, nur einmal angenommen ... und wie üblich, stellt sich die Frage nach dem Motiv. Wenn er seine Tochter selbst verschachert haben sollte, dann war er ja einverstanden mit dem ... nennen wir es mal Deal ... also gab es keinen Grund für einen tödlichen Hass gegen den Winterstein ... demzufolge wäre in diese Richtung auch kein Motiv erkennbar. Das heißt, etwas müsste vorgefallen sein! Hatte der Winterstein vielleicht genug von dem Mädchen und somit auch von Förster, zumindest von Förster in dessen Position, da er diese ja nicht so brillant ausfüllte, wie man es erwarten möchte? Vielleicht legte er ihm nahe, das Feld wieder zu räumen. Wir wissen ja, dass der Winterstein da ziemlich flott ist, wenn es darum geht, Leute loszuwerden. Die Sache mit dem Mädchen könnte dem Winterstein auch zu heiß geworden sein, immerhin hatte er dem Michael Sasse ein Schweigegeld bezahlt. Hatte er also Grund genug, die Kleine wieder loszuwerden. Dass Förster ihn anzeigen würde, brauchte er nicht zu befürchten, denn in diesem Fall wäre der Förster selbst auch dran gewesen, weil er dem Deal ja zugestimmt hatte. Ein Leichtes also für Winterstein, den überbezahlten Mitarbeiter wieder auf seinen angestammten Platz innerhalb der Firma zu verweisen oder gar, wie er es mit Siebert machte, ihn ganz loszuwerden. Ja und als letzte Variante: Förster hatte nichts gewusst vom Missbrauch an seiner Tochter, sondern hatte es zufällig entdeckt und wollte das Scheusal vielleicht dafür bestrafen.« Celine wirkt nachdenklich.

Schließlich beendet sie die Besprechung mit der

Feststellung, dass nach all den geschilderten Möglichkeiten eine Verbindung zwischen dem Mord und dem Missbrauch zweifelsohne bestehen könnte, und dass es nun ihrer beider Aufgabe sei, subtil an die Sache heranzugehen. Sie wollte jetzt als erstes die Klassenlehrerin von Carmen sprechen und Friedhelm solle nochmals Förster vorsichtig angehen.

Celine hatte Glück. Ein Anruf im Schulsekretariat ergab, dass Frau Eva Bammert, die Klassenlehrerin von Carmen Förster, sich selbigen Tages mit ihr nach Schulende, also um 13.00 Uhr, im Lehrerzimmer des Hans-Thoma-Gymnasiums zum Gespräch treffen will. Carmens Wesensveränderung sei ihr nämlich längst aufgefallen und sie sei sehr besorgt darüber gewesen. Leider habe das Gespräch mit den Eltern nicht viel gebracht und auch das Mädchen habe beteuert, dass nichts sei. Doch Fakt ist und bleibt, dass Carmen ein stilles Mädchen geworden sei, im Gegensatz zu früher zumindest.

*

Celine wirkt beschwingt, als sie die Schule betritt. Sie lächelt vor sich hin, denn sie lässt in Gedanken die Spritztour in ihrem neuen Auto Revue passieren. Sie fuhr über Kandern, Sitzenkirch nach Badenweiler … natürlich ›oben ohne‹ und Friedhelm schwärmte ausgiebig. In Badenweiler tranken sie einen Eiskaffee und während sie da so saßen, schmiedete Friedhelm Pläne über die Anschaffung eines Cabrios. Celine versprach, dass sie, sobald sie mal mehr Zeit haben würden, zu dritt eine längere Tour durch den Schwarzwald unternehmen könnten, ein Vorschlag, der natürlich Friedhelms begeisterte Zustimmung gefunden hatte.

Während Celine gedankenverloren den Flur entlanggeht, merkt sie gar nicht, wie sie plötzlich vor Frau Bammert steht und blickt erschrocken auf, als diese sie freundlich begrüßt. Die Lehrerin, eine kleine kompakte Frau mittleren Alters, hatte Celine schon im Flur entdeckt und lief ihr entgegen. Ihre schulterlangen dunkelblonden Haare lassen sie noch kleiner und gedrungener, ihre zeitlose, fast ein bisschen altmodische Kleidung etwas hausbacken wirken. Ihre grünbraunen Augen schauen freundlich, man könnte sagen mütterlich, so einladend, dass ein gegrämtes Herz sich ermutigt fühlen könnte, sich ihr gegenüber gleich vertrauensvoll zu öffnen. Ihre warme sanfte Stimme unterstreicht den optischen Eindruck, den man von dieser Frau bei der ersten Begegnung gewinnt.

»Ja, Frau Endress, diese ganze Geschichte hört sich schrecklich an«, sagt Frau Bammert, nachdem sie von Celine die vorsichtige Erklärung eines eventuellen Missbrauchs erfahren hatte. »Ich hatte gemerkt, dass Carmen immer stiller wurde und sehr bedrückt wirkte. Für mich lag gleich die Vermutung nahe, dass sie zu Hause vielleicht Ärger gehabt haben könnte und so sprach ich sie an. Sie verneinte dies und als ich nicht locker ließ … ich sagte einfach: ›Carmen, irgendetwas muss doch sein. Dein ganzes Verhalten passt nicht zu dem Mädchen, das ich bisher kannte‹, erklärte sie mir mit äußerst bedrückter Stimme, dass sie sich unglücklich verliebt habe, dass sie aber irgendwann bestimmt wieder darüber hinwegkäme. Wahrscheinlich wollte sie nur in Ruhe gelassen werden, deshalb verkaufte sie mir diese Pseudo-Liebesgeschichte.« Frau Bammert hält einen

Moment inne und fügt in Bezug auf die Liebesgeschichte ergänzend hinzu: »Natürlich ist es schon möglich, dass sie sich in ihren - nennen wir ihn mal Peiniger, das wurde er ja schließlich im Laufe der Zeit - verliebt hatte. Denn zu Beginn eines solchen Übergriffs folgen zuerst einmal die charmante Annäherung, Komplimente et cetera, et cetera, und da fühlt sich so ein Mädchen natürlich geschmeichelt.«

»Ja, Sie haben Recht. Nur so können die Mädchen dann gefügig gemacht werden, auch wenn es ihnen unangenehm ist. Sie trauen sich nicht, zu widersprechen, wenn's dann so richtig zur Sache geht, denn bisher war der Liebhaber ja einfach nur nett und vor allen Dingen großzügig. Sie würden sich mies, gar undankbar fühlen, ihn abzuweisen. Außerdem wird ihnen dabei meist auch suggeriert, nicht normal zu sein, wenn sie sich zierten.«

Die Lehrerin nickt zustimmend. Dann erklärt sie. »Ich wollte den Fall jedoch nicht abgeschlossen haben, bevor ich nicht auch mit den Eltern gesprochen hatte. Eigens dazu ging ich zu den Försters nach Hause. Doch der Eindruck, den ich von der Familie erhielt, war positiv. Es herrschte ein guter Umgangston untereinander, alles wirkte harmonisch. Tja, und angesichts dieses intakten Familienlebens und der Tatsache, dass Carmens schulische Leistungen nicht nachgelassen hatten - sie ist ein sehr intelligentes Mädchen, dem der Stoff förmlich zufällt - muss ich gestehen, sah ich auch keinen Anlass mehr, der Sache weiter nachzugehen. Ich hatte ja nicht den leisesten Verdacht auf Missbrauch und so beschloss ich, mich mit den gemachten Aussagen zufrieden zu geben, was jetzt im Nachhinein betrachtet, natürlich falsch war. Aber wer hätte denn so etwas vermutet.« Frau Bammert schüttelt den Kopf: »Ich bin untröstlich.«

»Ja, Frau Bammert, die Realität zeigt immer wieder, dass Reaktionen von Kindern falsch verstanden werden. Sogar von engen Bezugspersonen werden diese typischen Reaktionen nicht wahrgenommen und schon gar nicht als Warnsignale erkannt. Dabei wäre es so wichtig für ein frühzeitiges präventives Einschreiten.«

»Wie geht es denn jetzt weiter? Sollen wir von der Schule aus etwas unternehmen?«

»Nein, Frau Bammert, das ist nicht notwendig. Sicher, eine psychologische Betreuung des Mädchens, wird auf jeden Fall vonnöten sein. Doch dafür wird auf jeden Fall gesorgt werden. Jetzt in diesem Moment ist mein Kollege Herr Kulau bei Herrn Förster, um mit ihm zu sprechen. Für uns ist es in diesem Zusammenhang natürlich auch wichtig, ob zwischen dem Mord an Herrn Winterstein und dem Missbrauch des Mädchens ein Zusammenhang besteht. Im Moment sieht es nämlich so aus, dass ein vermutlich Unschuldiger in Untersuchungshaft sitzt.«

»Ja, glauben Sie … ähm … glauben Sie, dass der Vater …?«, Frau Bammert wagt nicht, den Satz zu beenden.

»Nun, ich will keine voreiligen Schlüsse ziehen. Im Moment ist es einfach noch offen«, erklärt Celine.

*

Herr Förster will Friedhelm auch diesmal im Geschäft nicht empfangen, weil nach dessen Ansicht alles, was es zum Thema zu sagen gab, gesagt wurde … sei es bei der Polizei oder bei Friedhelm selbst. Er sehe nicht, was es da noch hinzuzufügen gäbe. Für ihn waren die Befragungen außerdem peinlich genug, als dass er scharf drauf sei, weiter bloßgestellt zu werden.

Doch wie schon bei Frau Renner, kennt Friedhelm auch hier das ›Sesam-öffne-dich!‹, wie der Portier es mit Augenzwinkern schon einmal nannte, denn er erklärt nur, dass es sich diesmal nicht um Winterstein handle, sondern um Försters Familie selbst … und, dass es nicht abwegig sei, dass es vor dem Hintergrund der aus den Recherchen bis heute gewonnenen Erkenntnisse einen ursächlichen Zusammenhang für den Mord geben könnte. Auch wenn nicht unbedingt durch die Familie Förster selbst, sondern möglicherweise durch eine andere Familie mit ähnlicher Ausgangslage. Und er, Friedhelm, meine, dass diese Erkenntnisse, die seine Familie auf tragische Weise betreffen, sehr wohl für Herrn Förster von Interesse sein könnten.

Wumm, das hatte gesessen, denn Förster zeigt sich ohne Umschweife bereit, den Besucher zu empfangen.

Herr Kellermann schmunzelt während er das schriftliche Anmeldeprozedere erledigt. Danach sagt er mit einladender Geste ins Innere des Heiligtums der Hi-Tec weisend: »Sie kennen ja den Weg.« Friedhelm lächelt zurück und mit einem Gruß (Handbewegung von der Stirn weg … ähnlich dem militärischen Gruß nur etwas lockerer) macht er sich auf zu Förster.

Als Friedhelm zu Förster kommt, hat er das Gefühl, als würde der Mann in den drei Wochen seit dem Mord schwer an sich gearbeitet haben. Sein Auftreten wirkt entschieden selbstsicherer als damals. Als Friedhelm das ehemalige Direktionsbüro (heute Försters Büro) betritt, steht dieser auf und tritt hinter seinem Schreibtisch hervor, reicht dem Eingetretenen zur Begrüßung die Hand und weist ihm einen Platz am Besuchertisch zu. »Nun, Herr Kulau, welche dringenden Nachrichten über meine Familie haben Sie in Ihrer Hinterhand? Was haben Sie, das Ihrer Meinung nach so wichtig für mich sein und zudem einen ursächlichen Zusammenhang zum Mord haben könnte?«, fragt Förster distinguiert, stets darauf bedacht souverän zu wirken.

Friedhelm muss innerlich schmunzeln und denkt ›du wächst schon noch hinein in den Direktionsstuhl; machst es schon recht gut‹, laut sagt er »es geht um Ihre Tochter, Herr Förster.«

Förster zieht seine Stirn kraus. »Meine Tochter?«

»Ja, Ihre Tochter. Ich hatte mich damals gewundert, warum sie so bedrückt wirkte. Wir fanden zusammen dafür eine, sagen wir mal, einfache wie auch plausible Erklärung. Wir nannten es ›Pubertätskrise‹.«

Pause. Fragender Blick. »Ja, und? Das ist doch eine Erklärung, oder nicht? Etwas, das sich mit der Zeit wieder selbst regeln wird. Davon bin ich überzeugt.«

»Herr Förster, es gibt Grund zur Annahme, dass Ihre Tochter …«, Friedhelm stockt einen Moment, bevor er zur Sache kommt, »… dass Ihre Tochter missbraucht wurde«, erklärt er schließlich und beobachtet Förster währenddessen sehr genau, um an seinem Verhalten zu sehen, was er davon eventuell weiß oder gar damit zu tun hatte. Förster kann seinen Schrecken kaum verbergen. Seine Gesichtsmuskeln zucken, sein Blick wirkt starr und ausdruckslos.

»Das ist nicht wahr. Erzählen Sie bitte nicht solche

Schauergeschichten!« Es ist ein Vibrieren in Försters Stimme.

»Es tut mir leid Herr Förster, aber es handelt sich nicht um Schauergeschichten, sondern um die traurige Realität.«

Försters Blick weicht aus, geht in die Ferne. Sein Gesicht wirkt angespannt. Er steht auf, geht, die Hände auf dem Rücken, zum Fenster und blickt hinaus. Eine Weile steht er schweigend dort und Friedhelm lässt ihm etwas Zeit. Plötzlich klingt vom Fenster her Försters Stimme. Ohne sich umzudrehen fragt er: »Von wem missbraucht?«

»Von Winterstein.«

Förster fährt abrupt herum. »Von Winterstein? Gibt es einen Beweis für eine solche Behauptung?«

»Es tut mir leid, ja. Es gibt eine Beobachtung.«

»Aber … «, Förster schüttelt den Kopf, »… aber sie hätte uns doch etwas gesagt, wenn dem so gewesen wäre.« Für Friedhelm ist klar, dass Försters Reaktion echt ist. So, wie es aussieht, hat der tatsächlich keine Ahnung. Er weiß, dass er beim weiteren Gespräch sehr vorsichtig vorgehen muss.

»Nein, Herr Förster. Missbrauchte Kinder sprechen selten zu jemandem. Da entstehen Gefühle von Scham, Schuld und Wertlosigkeit. Sie meinen, dass sie selbst die Verantwortung für den Missbrauch tragen und sie empfinden diese Verantwortung als große Bürde. Oder, manchmal sind auch die Gefühle, die sie empfinden ambivalent: einerseits würden sie gerne Schutz vor weiterem Missbrauch suchen, auf der anderen Seite möchten sie die Familie nicht zerstören. Immerhin ist der Übeltäter der Chef des Vaters. Auch das könnte bei

Carmen der Fall gewesen sein, dass die Familie davon abhing.«

Förster hört schweigend zu, sein Blick ist immer noch starr. Er scheint durch alles hindurchzugehen. Langsam geht er wieder auf den Tisch zu, bleibt aber immer noch davor stehen.

Friedhelm nimmt einen neuen Anlauf: »Herr Förster, es tut mir leid, dass ich Sie jetzt quälen muss. Aber das ist jetzt äußerst wichtig. Glauben Sie, dass Ihre Beförderung mit dieser Sache zu tun haben könnte?«

Försters Blick verliert die Starre. Er schaut jetzt direkt in Friedhelms Augen. Es ist ein empörter Blick und genauso empört klingt seine Stimme, als er sagt: »Ja glauben Sie im Ernst, Herr Kulau, dass ich davon etwas gewusst habe? Glauben Sie vielleicht, dass ich meine Tochter für eine bessere Position in der Firma verkauft habe? Hä? Glauben Sie das wirklich?«

»Bitte … Herr Förster …« Friedhelm ist eben auch aufgestanden, ein Zeichen für Förster, wieder am Tisch Platz zu nehmen. Sie sitzen sich wieder gegenüber und Friedhelm fährt mit seinen Erklärungen weiter: »Nein, Herr Förster, das glaube ich nicht, dass Sie etwas damit zu tun haben könnten. Ihre Reaktion war hinlänglich. Meine Frage war nur, ob Sie es sich vorstellen könnten, weil die Beförderung doch so unerwartet kam, nachdem ein Bewerber das Rennen quasi schon gemacht hatte, ob diese mit dem Missbrauch zusammenhängen könnte. Verstehen Sie, es könnte doch sein, dass diese Tatsache, Carmen bewogen hatte … oder sagen wir es mal so … dass sie unter dem Druck gestanden hatte, zu schweigen, weil sie nichts zerstören wollte. Möglich, dass Winterstein sie in die Pflicht genommen hatte.

›Carmen, es bleibt unser Geheimnis. Du wirst es nicht bereuen. Deine Familie profitiert von unserem Geheimnis‹. Vielleicht hatte Carmen sich anfänglich auch geschmeichelt gefühlt, als ein reifer Mann auf sie aufmerksam wurde. Als die Annäherung aber zu weit ging, könnte es zu spät für den Rückzug gewesen sein. Und da sie den Anfang - geschmeichelt wie sie war - zugelassen hatte, schämte sie sich auch, etwas zu sagen.«

Förster stützt seinen Kopf in beide Hände. Eine Welt brach soeben für ihn zusammen. Er wirkt vergrämt. »Oh mein Gott«, flüstert er nur vor sich hin, »mein kleines Mädchen. Der Kerl hatte mich zum Stellvertreter gemacht als Preis für meine Tochter. Wie soll ich das meiner Frau erklären?« Dann überkommt ihn unendliche Wut und etwas lauter sagt er, »dieses Schwein … dieses elendige Schwein.« Also war es auch für ihn klar, dass dies zu seiner Beförderung geführt hatte. Friedhelm legt seine Hand auf Försters Oberarm. Er würde ihm so gerne gut zureden, doch fehlen ihm die richtigen Worte. Das kommt sehr selten vor, aber dies ist eine der wenigen Situationen, in denen ihm nichts Richtiges einfallen will.

»Was sollen wir jetzt tun?«, fragt Förster mit einem Zittern in der Stimme. »Wie sollen wir die Sache angehen? Wenn wir Carmen ansprechen … dann … ich habe keine Ahnung, wie sie reagieren würde. Bitte, was sollen wir tun?« Förster ist verzweifelt, am Boden zerstört. »Ich schlage vor, Sie tun erst einmal gar nichts, Herr Förster. Hier müssen Fachleute ans Werk, und zwar weibliche Fachleute, denn ein Mann könnte hier wenig ausrichten … ein Mann wäre in dieser Situation nicht der richtige Gesprächspartner, da ja das ganze

Dilemma von einem Mann ausging. Meine Kollegin, die Rechtsanwältin Celine Endress, belegte bei ihrem Studium der Rechtswissenschaften auch das Fach Psychologie im Nebenstudium. Sie besitzt viel Einfühlungsvermögen, kann also mit Menschen umgehen, gerade wenn sie unter einem seelischen Druck leiden … bei Störung des Selbstwertgefühls. Sie würde Morgen Mittag, sagen wir mal, nach dem Mittagessen - wenn es Ihnen recht ist - gerne zu Ihnen nach Hause kommen.« Förster nickt zum Zeichen seines Einverständnisses. »Das würde die professionelle Therapie natürlich nicht ersetzen. Aber zuerst ginge es darum, dass Carmen Vertrauen fasst, und erzählt. Wenn sie sich geöffnet hat, wird sie bei der Therapie auch gerne mitarbeiten. Geben Sie ihr dann, begleitend zur Therapie, viel Zuwendung. Sie wird sie brauchen. Gehen Sie behutsam vor. Nehmen Sie sie in die Arme und zeigen Sie ihr immer wieder Ihre Liebe und Ihr Verständnis.«

»Glauben Sie, dass wir das wieder hinkriegen«, fragt Förster jetzt wieder etwas ruhiger.

»Ich kann es nicht versprechen, doch es bleibt zu hoffen. Narben werden bleiben, aber die Jahre werden ›dafür‹ arbeiten, dass Carmen wieder leben kann … als normale Frau leben kann und … ja, dass sie ihren Körper akzeptieren kann«, ist Friedhelm ehrlich.

»Hm …« Förster druckst einen Moment. Friedhelm spürt dass er gerne noch etwas sagen möchte.

»Ja? …«, ermuntert er Förster zum Sprechen.

»Ähm … weiß jemand von der Geschichte? … ich meine … weiß die Renner etwas davon? Ist sie womöglich bei dem ganzen Komplott dabei?« Försters Stimme wirkt bei diesen Worten plötzlich wieder wütend. Er denkt dabei nämlich an deren letzten Auftritt, als sie ihm mit ihrer Drohung, die Firma zu verlassen, das Messer auf die Brust setzte.

»Nein. Frau Renner weiß absolut nichts davon. Sie selbst könnte man auch als Opfer des gesteigerten sexuellen Verlangens ihres Chefs bezeichnen. Wir wissen inzwischen, dass sie glaubte, die einzige zu sein, die der Winterstein liebte. Sie wusste nichts davon, dass der noch eine andere Nebenfrau hatte … und sie wusste auch nicht, dass er sich an einem Kind, sofern Carmen denn das einzige Kind war, verging.«

Diese Antwort scheint Förster etwas beruhigt zu haben. Er verabschiedet den Besucher und geht dann zu Frau Renner, die sich in seinem ehemaligen Büro befindet (Gottseidank war sie nicht im Vorzimmer zur Direktion, das Büro der Chefsekretärin, denn es wäre ihm nicht recht gewesen, wenn sie etwas vom Gespräch mitbekommen hätte), um sich für den Rest des Tages abzumelden.

»Sie gehen schon?«, fragt sie erstaunt.

»Ja, Frau Renner, ich habe etwas Wichtiges zu erledigen.« Er erzählt nicht, dass er im Moment seine Gedanken nicht bei der Arbeit haben kann und jetzt erst einmal raus muss, weil ihm plötzlich alles zu eng wird.

Frau Renner blickt ihn erstaunt an. »Geht es Ihnen nicht gut, Herr Förster?«, fragt sie ehrlich besorgt.

Erst jetzt, da er Frau Renners Mitgefühl spürt, gibt Förster eine detailliertere Erklärung ab. »Ich habe eben etwas Schlimmes erfahren, und ich brauche jetzt erst einmal Zeit, das zu verdauen.«

»In Ordnung … ich komme alleine zurecht. Ähm …«, sie stockt einen Moment, dann »nur eine kleine Frage

… ich weiß, es ist jetzt nicht gerade der richtige Zeitpunkt für Sie … ich meine wegen der schlimmen Nachricht … aber, na ja, vielleicht können Sie mir ja auf die Schnelle antworten, dass ich weiß woran ich bin.« Kurze Pause. »Haben Sie sich schon einmal Gedanken über meinen Vorschlag gemacht?«, fragt sie gerade heraus, dennoch mit situationsangepasstem Gesicht.

Förster nickt und erklärt, dass er sich den Vorschlag reiflich überlegt habe und er ihr Ansinnen berücksichtigen wolle … ja und vor allen Dingen, dass er überzeugt sei, sie beide könnten das ideale Team abgeben. »Schauen Sie im Pool, wer sich als kompetente Chefsekretärin eignen könnte. Machen Sie Vorschläge … und wenn es eine fähige Mitarbeiterin gibt, werden wir Nägel mit Köpfen machen. Wenn nicht, sorgen Sie bitte dafür, dass ein Stelleninserat geschaltet wird.«

Frau Renner ist total geplättet, was sich deutlich in ihrem Gesichtsausdruck niederschlägt. Ja, sie ist überrascht … freudig überrascht … denn mit einer solch klaren Antwort hatte sie nicht gleich gerechnet. Eigentlich dachte sie, dass sie darum kämpfen, und sei's drum, dass sie ihm die Pistole auf die Brust setzen müsse, um zu einem befriedigenden Resultat zu gelangen. Dieses Auftreten war sie von Förster bisher nicht gewohnt. Sie spürt, dass in der relativ kurzen Zeit eine Veränderung mit ihm vorgegangen war. Ja, und auch sie ist überzeugt, dass sie ein gutes Team abgeben könnten.

Sie lächelt und sagt: »Okay Chef … alles Gute … bis Morgen.« Das hatte Förster noch nie gehört, dass Frau Renner ›Chef‹ zu ihm sagte. Es freut und ehrt ihn. »Bis Morgen«, antwortet er und verschwindet.

13

Natürlich ist Cecilia überrascht, ihren Mann schon so früh zu Hause zu sehen. »Nanu?«, richtet sie erstaunt das Wort an ihren Mann, »schon zu Hause? Du bist früh.«

Förster ist ziemlich einsilbig. Nur ein kurzes ›ja‹ bringt er als Antwort hervor.

»Was ist los mit dir? Du bist blass … du siehst abgespannt aus. Hast Du Ärger in Geschäft?«, fragt sie mit ihrer sympathischen dunklen Stimme im liebenswerten italienischen Akzent.

»Nein, ich habe keinen Ärger im Geschäft. Es ist …«, er unterbricht, weiß nicht, wie er beginnen soll. Cecilia schaut ihn mit großen Augen an und nickt, zum Zeichen, dass er weitereden soll.

»Cilly … es ist etwas Schreckliches passiert … etwas, das sehr schwer zu begreifen ist, etwas, womit umzugehen wir erst lernen müssen.«

»Dio mio … Stefano … cosa è successo?«, in der Aufregung passiert es ihr immer mal wieder, dass sie ins Italienische fällt. Sie spricht dann eine Mischung zwischen beiden Sprachen. »… was ist passiert? … mi stai spaventando … du machst mir Angst.« Aus ihren Augen spricht pure Panik. Förster umarmt seine Frau, bevor er sie mit der schrecklichsten aller Nachrichten überfällt: »Carmen … unsere kleine Carmen … sie ist missbraucht worden … missbraucht von einem Mann, der ihr Vater hätte sein können. Daher auch ihr Verhalten seit einiger Zeit.«

Frau Förster stößt einen Schrei aus »Neiiiiin.« Tränen treten in ihre Augen. Sie schlägt die Hände vors Gesicht. »Sag, es ist nicht wahr … woher willst du wissen … nein … non posso crederlo … ich kann es nicht glauben.«

Förster drückt seine Frau fester an sich. Auch er hat Tränen in den Augen. »Doch, Cilly, es ist wahr. Ich habe es heute von Herrn Kulau erfahren. Deswegen bin ich früher nach Hause gekommen.«

Sie lauschte Stephans Erklärung mit einer qualvollen Aufmerksamkeit. In ihrem Gesicht steht das blanke Entsetzen geschrieben. Sie schreit laut heraus: »Chi è il maiale perverso? … welches Schwein … sag mir … ich bringe ihn um … mit eigene Hände bringe ich ihn um.«

»Pssst, nicht so laut Cilly. Ich will nicht, dass Carmen etwas mitbekommt«, sagt Förster beschwichtigend. »Ist sie oben?«

Cecilia nickt.

Mit leiser Stimme erklärt Förster dann: »Der Typ wurde schon bestraft, Cilly. Er lebt nicht mehr … er wurde ermordet.«

Försters Frau drückt ihren Oberkörper von ihrem Mann weg und schaut in mit entsetzten Augen an. »Winterstein?«, fragt sie fast etwas ungläubig.

Förster nickt.

»Dio mio … Stefano … hast du Winterstein umgebracht?«, fragt sie ganz schockiert, obwohl sie vor einem kurzen Moment selbst wutentbrannt eine Morddrohung ausgesprochen hatte, was doch zeigt, dass zwischen Drohung und Umsetzung immer noch eine Hemmschwelle zu liegen scheint.

Er schüttelt den Kopf. »Nein, Cilly … ich habe es doch erst heute erfahren.«

»Und, wie geht es jetzt weiter? Was müssen wir tun … oh bambina mia ... la mia piccola Carmen«, jammert sie in italienischtypischer klagender Weise, »… wir müssen unserer kleinen Carmen doch helfen.«

»Wir sollen jetzt erst einmal nichts tun hat der Kulau gesagt. Morgen, nach dem Mittagessen, wird eine Rechtsanwältin, Frau Endress, zu uns kommen … sie hat auch Psychologie studiert. Sie wird ganz vorsichtig mit Carmen sprechen.«

»Ich kann doch jetzt gegenüber Carmen nicht so tun, als wäre nichts gewesen.«

»Liebling, bis jetzt hast Du es ja nicht einmal gewusst. Also sei so, wie bisher. Habe jetzt etwas Geduld. Wir müssen vorsichtig sein.«

»Dio mio … Dio mio …«, sagt Frau Förster immer wieder vor sich hin.

*

Celine stellt ihr neues Cabriolet im Badstubenweg ab, schließt das Verdeck, nimmt ihr Köfferchen und geht durch den Vorgarten zum wirklich hübschen Häuschen der Försters. Cecilia Förster öffnet die Türe. Sie wirkt sehr mitgenommen. Mit bedrückter Stimme bittet sie Celine herein.

»Carmen ist noch nicht zurück von der Schule … ich weiß nicht, wo sie so lange bleibt. Sie hat nichts gesagt. Sie ist sonst immer pünktlich.«

Bei Celine schrillen bei solchen Äußerungen immer gleich mal die Alarmglocken. »Heißt das, dass sie bisher noch nie zu spät nach Hause kam?«

»Nun, ist schon mal vorgekommen … gelegentlich. Aber, wenn Carmen einmal nicht pünktlich da war, dann war sie vielleicht mal dieci minuti in ritardo … zehn Minuten, mehr nicht. Jetzt, ist es gut dreiviertel Stunde, dass ich warte und sie hat nicht angerufen, was sie normalerweise getan hätte, wenn sie sich so sehr verspätet. Unsere Kinder geben immer Bescheid. Sie lassen mich nicht in Ungewissheit«, sagt sie und wirkt dabei ungeduldig nervös.

Celine presst die Lippen aufeinander und überlegt einen Moment. Dann: »Sagen Sie Frau Förster. Wie war Carmens Stimmung heute Morgen?«

»Nicht besonders … lei è come sempre, un po triste e grave … sie war wie immer in letzter Zeit: ein bisschen traurig und ernst.«

»Sie müssen mir jetzt alles genau erklären Frau Förster. Es ist wichtig. War gestern oder heute etwas anders als es sonst normalerweise ist?«

»Es war alles wie immer«, sagt vom Flur aus Herr Förster, der soeben von der Arbeit nach Hause kam. »Guten Tag, Frau Endress.«

Celine dreht sich um in die Richtung, von wo die Stimme kam. »Guten Tag Herr Förster. Nun, ich denke, wenn Carmen sich so sehr verspätet, etwas, das in der Regel nicht vorkommt, drängt sich mir auf, dass vielleicht etwas passiert sein könnte.«

Förster überlegt, zuckt nur mit den Schultern. Er hat absolut keine Vorstellung darüber, was vom Üblichen hätte abgewichen sein können.

»Haben Sie gestern vielleicht über die Sache … also über den Missbrauch … gesprochen?«

»Ja natürlich, hatten wir darüber gesprochen.« Mit

Blick zu seiner Frau »Ich musste es Cilly doch erklären. Sie muss doch wissen, was los ist, oder nicht?«

»Selbstverständlich müssen Sie Bescheid wissen, Frau Förster. Aber das ist nicht das Problem. Sagen Sie, wo war Carmen, als sie davon gesprochen hatten?«

Jetzt erst versteht Förster, worauf Celine hinaus will. »Sie war oben«, sagt er mit banger Stimme und etwas lauter, panischer. »Verdammt … sie könnte etwas gehört haben. Na ja, ich meine … meine Frau war so geschockt, dass sie laut aufschrie. Sie hatte geschimpft unüberhörbar. Ich hatte sie dann gebeten, etwas leiser zu sein.«

»Hat Carmen irgendeinen Ort, wo sie hingeht, wenn sie alleine sein will … wenn sie Sorgen hat?«, fragt Celine.

»Das wissen wir nicht, nicht wahr Stefano. Du weißt doch auch nicht«, sagt Frau Förster mit Blick zu ihrem Mann. »Allerhöchstens Sebastiano, ihr Bruder, könnte es wissen. Die beiden verstehen sich gut.«

»Wo ist eigentlich Sebastian?«, will Celine wissen. Einen kurzen Moment durchzuckt es sie. Sebastian … Sebastian … ›Se… Se… Se…‹ Doch sie schiebt den Gedanken vorerst beiseite. Es gibt jetzt wichtigeres. Sie müssen Carmen finden.

»Der hat gesagt, es kann später werden. Er ist nach der Schule schnell zu eine Kollege, der krank ist … muss aber jede Moment nach Hause kommen.«

»Frau Förster, Herr Förster … ich muss Sie das jetzt fragen. Gibt es im Haus eine Waffe? Fehlen vielleicht Gegenstände … ich meine, scharfe, spitze Gegenstände, wie Messer oder ähnliches? Haben Sie Medikamente im Haus?«

»Dio mio ...«, stöhnt Frau Förster wieder, »Dio mio.«

»Eine Waffe, also Schusswaffe, so etwas gibt es in unserem Haus nicht«, erklärt Förster. »Lasst uns in die Küche gehen und schauen, ob vielleicht ein ... ja ... ob vielleicht eines der großen Messer fehlt.«

Doch es scheint alles da zu sein. Zumindest vermissen die Försters nichts.

Celine nimmt einen neuen Anlauf: »Und wie sieht es aus mit Tabletten? Schmerz- oder Schlaftabletten zum Beispiel? Oder, vielleicht auch Alkohol?«

»Dio mio ...«, seufzt Frau Förster erneut und rennt die Treppen hoch in ihr Schlafzimmer. Sie reißt panisch ihre Nachttischschublade auf. »Dio mio. Stefano«, schreit sie, »Stefano die Tabletten ... meine Tabletten sind weg.«

Förster rennt die Treppe hoch. Celine folgt ihm. Es fehlen eine ganze und eine angebrochene Schachtel von Frau Försters Schlaftabletten, die sie bekommen hatte, nachdem sie wegen der Wechseljahresbeschwerden plötzlich nicht mehr schlafen konnte. Das sind etwas mehr als dreißig Tabletten. Während Cecilia im Bad den Medizinschrank untersucht, um festzustellen, dass auch eine Schachtel Schmerztabletten fehlt, eilt Förster die Treppe hinunter, um in der Bar nach dem Alkohol zu sehen.

»Es fehlt eine Flasche Rum ... ein Barceló Añejo, den uns Herr Kulau als Gastgeschenk mitgebracht hatte.« Förster verliert jede Farbe im Gesicht.

»Hat Carmen ein Handy?«, fragt Celine und zückt ihr eigenes.

»Ja, sie hat ...« Frau Förster diktiert die Nummer und Celine wählt. Sie lässt es etwa zehnmal klingeln und legt wieder auf. »Carmen antwortet nicht«, sagt sie.

»Hallo, was ist denn hier los?«, ruft es von der Haustüre her.

Frau Förster läuft ihrem Sohn entgegen. »Sebastiano … Carmen ist weg … sie hat Tabletten mitgenommen … meine Schlaftabletten, Schmerztabletten … und Rumflasche hat sie mitgenommen. Wir haben Angst, sie könnte sich etwas antun.«

Sebastian steigt Röte ins Gesicht. Er ist fassungslos, sein Blick wirkt verstört. Dass er nicht fragt, warum seine Schwester denn einen Grund haben sollte, sich etwas anzutun, ist für Celine etwas eigenartig, sie geht aber nicht darauf ein, sondern speichert vorerst nur ab. Stattdessen begrüßt sie ihn und fragt: »Sebastian, hast du eine Ahnung, wo deine Schwester hingegangen sein könnte? Hat sie einen Platz, wohin sie sich zurückzieht, wenn sie alleine sein will?«

Sebastian ist in höchste Alarmstimmung versetzt. Er hat sichtlich Angst um seine Schwester. »Hm … ja, ähm … ich bin ihr mal heimlich gefolgt, weil ich einfach wissen wollte, wohin sie sich immer zurückzieht, was ja in letzter Zeit immer häufiger vorkam. Sie ging schnurstracks in den Rosenfelspark, wo sie in einer geschützten Ecke in der Nähe des Tannenwegs, verschwand. Dorthin kommt nie oder nur selten jemand, denn diese Nische ist ziemlich zugewachsen und es gibt dort auch keine Parkbank. Sie setzte sich auf den Boden, mit dem Rücken an einen Baum gelehnt, und tat nichts … sie saß einfach nur da. Ich bin zu ihr und habe sie gefragt, was sie denn hier tue, da antwortete sie nur, dass sie jetzt gerne alleine sein möchte, und dass ich gehen solle.«

»Zeigst du uns, wo das ist?«

»Klar. Ähm, ich möchte gerne mal anrufen. Vielleicht hat sie ihr Handy eingeschaltet«, schlägt Sebastian vor.

»Wir hatten es schon versucht, sie anzurufen. Sie hatte aber nicht abgenommen«, erklärt Celine ihr Handy in die Höhe haltend.

»Na ja, Ihre Nummer kennt sie nicht. Vielleicht nimmt sie ab, wenn sie meine Nummer auf dem Display erkennt«, wendet Sebastian ein. »Wir verstehen uns gut. Sie hat bis jetzt noch immer abgenommen, wenn ich sie anrief.«

Er wählt, doch auch diesmal nimmt Carmen nicht ab.

*

Carmen sitzt am Boden mit dem Rücken an einen Baum gelehnt. Durch das Blattwerk fallen Sonnenstrahlen auf ihr Gesicht. Tränen laufen über ihre Wangen. Auf ihren Oberschenkeln liegt ein Schreibblock. Rechts neben ihr am Boden steht ihre Schultasche, links die 0.7-Liter-Flasche Barceló. Unter dem Schreibblock liegen die drei Schachteln Tabletten. Als das Telefon klingelt, blickt sie aufs Display ... ›Nummer unbekannt‹ erscheint darauf. Sie lässt es klingeln und schreibt ein paar Zeilen auf den Block und legt ihn neben sich auf den Boden. Immer wieder blickt sie auf ... immer wieder hört sie in Gedanken den Aufschrei ihrer Mutter.

Sie war gestern aufmerksam geworden, weil ihr Vater ungewöhnlich früh nach Hause kam. Die Szene, die dann folgte, lässt sie nicht mehr los. Sie hörte, wie Papa mit Mama sprach ... er sprach von ihr, Carmen. Er sprach von Missbrauch, und sie hörte Mama laut schluchzen. Es schmerzte sie, ihre Mama weinen zu hören und das alles ihretwegen.

Sie schaut auf die Tabletten in ihrer Hand. Ihr Handy klingelt erneut. Auf dem Display ist der Name Sebastian angezeigt. Einen Moment ist sie geneigt, abzunehmen. Sie starrt das Telefon an. Tränen laufen unaufhörlich über ihr Gesicht. Doch sie nimmt nicht ab. ›Nein‹, denkt sie, ›es ist zu spät.‹ Sie beginnt die Tabletten, eine nach der anderen aus den Blistern zu drücken. Sie wirkt dabei wie geistesabwesend, ihre Bewegungen sind stereotyp.

*

Eine Gruppe von vier Leuten hetzt quer über den Rosenfelspark. Angeführt wird die Gruppe von Sebastian, gefolgt von Celine, die mit ihren eleganten Schuhen fast nicht zu folgen vermag, und den Schluss bilden die beiden Försters, Stephan und Cecilia. Außer Atem erreichen sie den Platz, wo Carmen regungslos am Boden liegt. Neben ihr die ganzen persönlichen Utensilien. Aus der Flasche hatte sie nicht viel getrunken, vielleicht die Menge von drei kleinen Schnapsgläschen. Aber die Tablettenblister sind alle geleert.

Celine reagiert schnell. »Sebastian, ruf die 112 an!« Sie versucht Carmens Puls zu erfühlen und spürt ihn sehr schwach. Dann ruft sie immer wieder Carmens Namen, tätschelt ihre Wangen, gibt zwischendurch Anweisung an Sebastian »Sag den Leuten … es ist ein Notfall … ein Suizidversuch … Tablettenvergiftung … genaue Ortsbeschreibung … ja, und gehe zum Weg vor und nimm sie in Empfang, wenn sie kommen ….« Dann dreht sie Carmen auf den Bauch. »Herr Förster, kommen Sie, gehen Sie auf die Knie, und stellen sie ein Bein auf.« Dann legt sie die Ohnmächtige mit dem Oberkörper über das angewinkelte Knie ihres Vaters, öffnet mit den Fingern deren Mund und steckt schließlich den Zeigefinger weit in den Rachen …»Komm Carmen, erbrich dich, komm … komm schon!«, ruft sie beschwörend.

Frau Förster steht da und weint … sie fühlt sich hilflos. Sie entdeckt den Schreibblock, der neben Carmens Schultasche liegt und hebt ihn auf.

›Mama, Papa, Sebastian, Ihr Lieben, … bitte verzeiht mir … ich kann nicht mehr … ich kann einfach nicht mehr … mein Herz ist schwer … ich bringe euch nur Unglück … bitte verzeiht mir … lebt wohl … in Liebe Eure Carmen.‹ Frau Förster schluchzt laut auf, als sie die letzten Zeilen ihrer Tochter gelesen hatte.

Plötzlich erregt ein Röcheln und Würgen ihre Aufmerksamkeit … Carmen erbricht sich … Husten und wieder Erbrechen. Celine atmet erleichtert auf … »Ja, ja, ja …«, ruft sie immer wieder, »weiter, weiter … komm … spuck aus das Zeugs!«

Jetzt hört man die Krankenwagensirene. Der Rettungswagen fährt in den Tannenweg bis zu dem Platz, wo Sebastian ihn erwartet. Alles geht schnell … vielleicht zehn Minuten sind vergangen, bis Carmen im Krankenwagen untergebracht ist und dieser mit Blaulicht und Sirene wieder davonrast.

Celine wischt sich über die Stirn und presst die Luft durch ihre, wie für einen Pfiff, zu einem kleinen O geformten Lippen.

Förster legt den Arm um seine schluchzende Frau, die ihren Kopf an seine Schulter legt. In der anderen

Hand hält er den Block mit Carmens Abschiedsbrief. Er ist erschüttert. Jetzt liest auch Celine die Zeilen und auch ihr ist schwer ums Herz.

Dann nimmt sie ihr Handy und wählt eine Nummer. Es vergehen ein paar Sekunden und dann hört man sie sprechen: »Guten Tag Herr Albrecht … ja ich bin wieder in der Gegend und im Einsatz … nein, nein, keine Alleingänge wie vor sechs Jahren«, sie lächelt einen Moment. Es ist ein gequältes Lächeln. »Hören Sie, es ist etwas Schlimmes vorgefallen … ja … es gibt neue Erkenntnisse zum Fall … ja … deswegen rufe ich Sie ja an. Ich bin jetzt hier in Lörrach. Kann ich zu Ihnen kommen? … Okay, ich bin in einer halben Stunde da. Bis später.« Sie legt auf.

Zu den Försters gewandt sagt sie: »Machen Sie sich keine Sorgen … Carmen kommt durch … fahren Sie jetzt ins Krankenhaus«, und in Richtung Sebastian sagt sie sehr bestimmt: »wir müssen später dann auch noch miteinander sprechen.« Sebastian steigt das Blut in den Kopf. Er nickt betroffen.

Celine verabschiedet sich und auf dem Weg zum Auto informiert sie Friedhelm in aller Schnelle über die Ereignisse, und dass sie jetzt auf dem Weg zur Polizei sei.

»Das ist ja schrecklich«, tönt es aus dem Telefon. »Soll ich den Sebastian heute noch vornehmen?«

»Nein«, sagt Celine. »Das ist jetzt Sache der Polizei. Ich werde mir aber ausbedingen, bei der Vernehmung dabei zu sein. Auch Sebastian braucht jetzt psychologische Betreuung … er steht unter Schock … eigentlich brauchen sie das jetzt alle, die ganze Familie, nach diesem tragischen Vorfall.«

14

Albrecht schüttelt immer wieder den Kopf. Unglaublich, was diese Rechtsanwältin an neuesten Erkenntnissen für ihn auf Lager hat. »Ich staune nur, was Sie immer herausfinden, das der Polizei bisher verborgen blieb«, stellt er lapidar fest.

Celine schmunzelt. Mit einem schelmischen Augenzwinkern sagt sie: »Wir, Kulau und ich, sind halt zu zweit und die Polizei ist ganz alleine.«

Albrecht muss grinsen. Dennoch, es ist ein Grinsen mit Bitterkeit. »Wahrscheinlich ist es das.«

»Nun, Spaß beiseite, Herr Albrecht«, sagt Celine, »es ist einfach so, dass wir im richtigen Moment am richtigen Ort waren.«

»Dennoch, Kompliment, wir hätten schließlich auch im richtigen Moment am richtigen Ort sein können.« Er schüttelt wieder den Kopf, denn die Nachrichten haben ihn schon recht mitgenommen. »Das wird ein gefundenes Fressen sein für unseren Herrn Staatsanwalt Faber. Immer, wenn es um Missbrauch geht, wird er äußerst hellhörig und ist unversöhnlich. Sie kennen das ja. Die Geschichte mit seiner Tochter von damals. Den körperlichen und seelischen Schaden, den der Typ damals angerichtet hatte, wird er nie vergessen. Bei solchen Vergehen sieht er rot. Nur … diesmal kann er dem Übeltäter nichts mehr anhaben.«

»Ja, er wurde schon bestraft.«

»Und Sie sind sicher, dass der junge Förster … ich meine, dass der wirklich den Winterstein umgebracht haben könnte?«, fragt Albrecht immer noch etwas ungläubig. »Das wäre eine Tragödie für die Familie. Zuerst die missbrauchte Tochter, dann der Suizidversuch und schließlich der Sohn ein Mörder.« Er schüttelt den Kopf.

Doch Celine, ihrer Sache ziemlich sicher, nickt nur.

»Aber er verließ doch am Tag als der Mord geschah die Firma zusammen mit seinem Vater. Wie wollen Sie erraten haben, dass der Junge es gewesen sein könnte?«, fragt er staunend.

»Ich habe nichts erraten, ich habe kombiniert«, sagt Celine und erklärt ihm dann die speziellen Aufhänger, die sie darauf gebracht hatten. Das erste, das ihr spontan in den Sinn gekommen sei, waren die letzten von Winterstein qualvoll formulierten Wortfragmente: ›Se... Se... Se...‹, die plötzlich einen Sinn für sie bekommen hätten. Dann habe Sebastian, als er von Carmens Verschwinden erfuhr, eine verdächtige Reaktion gezeigt. Celine hatte das Gefühl gehabt, dass er sich von der Missbrauchsgeschichte nicht sehr überrascht gezeigt habe. Er sei auch sofort, ohne lange zu fragen, was denn geschehen sei, bereit gewesen, mitzuhelfen, ganz einfach weil er, im Gegensatz zu seinen Eltern, schon länger wusste, in welchem Dilemma seine Schwester gesteckt hatte und er wirklich Angst um sie gehabt hatte. Dieser Junge liebe seine Schwester über alles. Nur deswegen sei er wohl auch in der Lage gewesen, den Peiniger auf so brutale Weise, gerade im Hinblick auf die Stiche in die Genitalien, zu bestrafen. In diese Richtung, es könne sich um einen sexuellen Hintergrund gehandelt haben, habe sie, Celine, schon immer ihre Vermutung gehabt. Und zum Schluss habe der Junge sich ziemlich schuldbewusst gezeigt, als sie ihm gesagt habe, dass sie noch mit ihm sprechen wolle. »Ja und bei einem Gespräch werden wir dann sicher auch noch erfahren, wie er es angestellt hatte, die Firma zu verlassen und unbemerkt wieder hineinzukommen. Nichts ist schließlich unmöglich«, gibt sie abschließend ihre Anhaltspunkte zum Fall wieder.

»Ja gut, Frau Endress. Wir werden den jungen Mann jetzt wohl vernehmen ....« Albrecht spürt Celines kritischen Blick förmlich und ergänzt dann: »Ja, ja, Frau Endress, wir werden behutsam vorgehen ... ja, und sagen Sie es nicht ... Sie werden natürlich bei der Vernehmung dabei sein ... so quasi als ›die Frau vom Fach‹. Ich gehe sogar so weit und sage, ich möchte Sie unbedingt dabei haben.« Albrecht lächelt und Celine erwidert es.

»Prima«, zeigt Celine sich zufrieden, »und jetzt würde ich gerne noch mit meinem Mandanten sprechen.«

»Klar, er muss ja vorab informiert werden, damit er sich geistig schon mal auf die Freilassung vorbereiten kann ...«, er zögert für den Bruchteil einer Sekunde, »... vorausgesetzt, dass sich Ihre Theorie nicht als Flop erweist.«

»Nun, ich bin ziemlich zuversichtlich«, lächelt Celine charmant.

»Ich tendiere eher dazu, abzuwarten bis ich einen endgültigen Beweis habe«, lächelt Albrecht zurück. »Ich begleite Sie hinaus, Frau Endress.«

*

»Sie können jetzt kurz zu Ihrer Tochter ...«, und mit Blick zu Sebastian, »... ähm ... zu Ihrer Schwester ...«, wendet sich der Arzt an die wartende Gruppe, »aber wirklich nur ganz kurz, und bitte seien sie ganz entspannt ... Carmen soll sich nicht aufregen ... sie braucht jetzt viel Verständnis und vor allem viel Zuneigung ... eher als Aufregung.«

Die Försters nicken alle drei, wie am Schnürchen gezogen und betreten im Gänsemarsch das Krankenzimmer.

Carmen liegt in ihren Kissen; sie wirkt blass und so zerbrechlich, ja irgendwie auch abgekämpft. Ihre Augen sind geschlossen, ihre Hände ruhen entspannt auf der Bettdecke. Mama Cecilia berührt eine Hand und streichelt sie während sie liebevoll Carmens Namen flüstert. Carmen versucht, ihre Augen zu öffnen. Es fällt ihr schwer. Die Lider flattern.

»La mia piccola Carmen«, sagt Frau Förster zärtlich und versucht zu lächeln. »Wir konnten Dich doch nicht gehen lassen, mia cara ... mein geliebter Schatz.«

»Wir kriegen das wieder hin, Schwesterherz. Hab' Vertrauen, wir kriegen das wieder hin«, spricht nun auch Sebastian auf seine Schwester ein, während er Carmens andere Hand in die seine nimmt. Sie jedoch schaut ihren Bruder nur besorgt an, hält seine Hand mit schwachem Druck fest.

Auch Papa Förster sucht nach passenden Worten: »Kleines. Wir sind für dich da. Keine Sorge, alles wird gut werden.«

Plötzlich beginnt Carmen ganz leise zu sprechen. »Wer ... wer war die Frau?«

»Welche Frau?«, fragt Sebastian.

Carmen gibt nicht gleich Antwort, das Sprechen fällt ihr schwer. Sie schluckt ein paarmal und nimmt dann einen erneuten Anlauf: »Die Frau, die … die mich zurückgeholt hat.«

»Das war … Frau …«, mit einem kurzen fragenden Blick zu seinem Vater, »wer ist sie eigentlich und wie heißt sie?«

Förster springt gleich in diese Lücke und erklärt, dass es sich um eine Rechtsanwältin namens Endress handle und dass sie zu ihnen ins Haus gekommen sei, um mit Carmen zu sprechen. Carmen sei aber nicht da gewesen und Frau Endress habe sehr schnell, sehr vorausschauend reagiert. »Ja, und den Rest kennst du ja, Sebastian.«

Eine Krankenschwester betritt vorsichtig das Krankenzimmer. Sie blickt die ums Bett versammelten Familienmitglieder mitfühlend an, dennoch muss sie ihren Vorschriften folgen und erklärt der Gruppe, dass sie sich langsam von Carmen verabschieden solle, denn sie bräuchte viel Ruhe, außerdem sei vorgesehen, dass dann gleich mal eine Psychologin ersten Kontakt mit Carmen aufnehmen wolle.

»Ja, sicher«, antwortet Förster, blickt nochmals zu seiner Tochter, »wir kommen bald wieder; Kopf hoch mein Liebes.« Dann legt er einen Arm um die Schultern seiner Frau, die ihre Tränen aus ihren Augen wischt, »komm Cilly!«

Sebastian will seine Hand aus Carmens Hand lösen, doch Carmen hält sie sanft fest und blickt ihren Bruder dabei sehr intensiv an.

Die Krankenschwester will schon drängen, dass auch Sebastian das Zimmer jetzt langsam verlassen solle, doch Carmen blickt die Schwester flehend an und schüttelt dabei leicht den Kopf.

Die Krankenschwester schaut die Patientin etwas verblüfft an. Carmen zeigt mit einer schwach angedeuteten Kopfbewegung in Richtung Türe, dass die Schwester das Zimmer verlassen solle, weil sie mit ihrem Bruder einen Moment alleine sein wolle. Es dauert einen Moment, bis die Schwester begreift und sich dann doch entscheidet, der Aufforderung zu folgen. »Gut, aber nur kurz«, sagt sie und geht hinaus.

Als sie alleine sind, beginnt Carmen gequält zu sprechen. »Warum wollte die Rechtsanwältin …«, sie stoppt, atmet schwer ein und aus … das Sprechen bereitet ihr immer noch Mühe. »Warum wollte sie mit mir reden?«, fragt sie.

»Na ja, Schwesterherz, sie wollte sich mit dir unterhalten, weil sie und ihr Kollege … weißt du der Kulau - du kennst ihn; das ist der, der bei uns war - hinter die Sache gekommen sind … und Gottseidank war sie im richtigen Moment am richtigen Ort. Sie hat so schnell gehandelt, so dass wir dich retten konnten. Carmen … ich selbst hätte das nicht überlebt, wenn du für immer von uns gegangen wärst. Glaube mir, es war gut so, dass dein Vorhaben gescheitert ist.«

»Ich habe Angst, Sebastian«, flüstert Carmen. Ihre Augen füllen sich mit Tränen. »Ich habe schreckliche Angst.«

»Wovor hast du denn Angst, Schwesterherz?«, fragt Sebastian, der sich nicht anmerken lassen will, was ihn im tiefsten Innern bewegt, nämlich dass auch er Angst hat.

»Wenn … also, ich meine … wenn die Rechtsanwältin gekommen ist und mit mir sprechen wollte, dann ging es doch nicht darum, was der Winterstein getan hatte. Der ist ja tot.« Sie muss wieder eine Pause einlegen, denn sie fühlt sich erschöpft. »Wenn eine Rechtsanwältin kommt, dann geht es doch darum … na ja, du weißt schon … sie vertritt doch dann jemanden, und möchte wissen, ob dieser jemand auch wirklich schuldig ist«, beendet sie mühsam ihre Rede.

Sebastian wirkt verlegen. Er nickt und sagt: »Ja, Carmen, so ist es.«

Nun laufen dem Mädchen die Tränen ungehemmt über die äußeren Augenwinkel, die Schläfen hinunter. »Sebastian …« Sie kann nicht weiterreden.

Ihr Bruder streichelt liebevoll ihr Gesicht, trocknet dabei ihre Tränen. »Du solltest dich jetzt ausruhen, Carmen«, sagt er und tätschelt zum Abschied ihre Hand.

Carmen schaut ihren Bruder wehmütig an. Er gibt ihr einen Kuss auf die Stirn und verlässt dann das Zimmer.

15

Sebastian sitzt im Vernehmungsraum der Polizeidirektion Lörrach. Kopf und Schulter sind nach vorne geneigt, sein Gesicht aschfahl.

Albrecht hat sich entgegen jeglicher polizeilicher Alltagspraxis mit Frau Endress geeinigt, zuerst einmal sie mit Sebastian sprechen zu lassen; zum einen geschieht es mit Rücksicht auf seinen lädierten psychischen Zustand, zum anderen aber auch, weil der Junge Celine mittlerweile kennt. Wie es nämlich aussieht, hat er Vertrauen zu ihr gefasst. Albrecht verfolgt das Gespräch vom Nebenraum durch den venezianischen Polizei-Spiegel.

»Hallo Sebastian«, begrüßt Celine den Jungen. »Möchtest du gerne etwas trinken? Wir haben hier Sprudel, O-Saft und Cola«, fragt sie, um erst einmal eine entspannte Atmosphäre zu schaffen.

»Cola bitte«, sagt Sebastian schüchtern.

Celine schenkt ein Glas ein und stellt es vor ihm auf den Tisch, während sie ihn freundlich anlächelt.

Sie wartet einen Moment ab. Dann versucht sie das Gespräch mit einer allgemeinen Frage zu eröffnen. »Wie geht es dir, Sebastian?«

Sebastian zuckt nur mit den Schultern und kleinlaut sagt er: »Es geht so.«

»Klar, die Situation ist natürlich nicht alltäglich«, sagt sie, Empathie demonstrierend, »die ganze Aufregung gestern mit deiner Schwester und nun musst du auch noch hier bei der Polizei Rede und Antwort stehen ...«, sie schaut ihn freundlich an. Wieder folgt eine kleine Pause. Celine legt, mit Rücksicht auf die Traumatisierung durch das Erlebte und dessen Verletzlichkeit, Wert darauf, die Befragung des Jungen sachte und entspannt anzugehen.

Schließlich leitet sie vorsichtig die konkrete Befragung ein: »Also, Sebastian, dann fangen wir mal an. Bist du bereit?«

Der Junge nickt nur und nippt an seinem Glas. Er fühlt sich nicht wohl in seiner Haut.

»Mich interessiert, ob du gewusst hattest, was deiner Schwester zugestoßen ist ... und wenn ja, seit wann?«, fragt Celine.

Stockend beginnt der Junge zu erzählen, dass er davon erst sehr spät erfuhr, nämlich dieses Jahr Anfang Mai, nachdem Winterstein schon längst mit Carmen angefangen hatte, genau gesagt, als sie dreizehn Jahre alt war. Er habe sich zwar schon damals gewundert, warum seine Schwester plötzlich so still wurde. Ja, sie habe bedrückt gewirkt und als er sie gefragt hatte, was denn los sei, habe sie nur den Kopf geschüttelt und gesagt, dass nichts sei.

»Das ist ja schrecklich. Mit dreizehn Jahren! Hatte der Mann ganze zwei Jahre deine Schwester missbraucht? Und sie hat nie etwas gesagt? Zumindest zu ihrem Bruder, zu dem sie ja offensichtlich Vertrauen hat?«

»Ich erfuhr es erst jetzt, als sie weinend in einer Ecke am Boden saß. Ich habe ihr dann gesagt, dass sie sich jetzt nicht mehr mit ›es ist nichts‹ herausreden könne. Ja und dann habe ich die ganze Geschichte erfahren. Der elende Hund, dieser gemeine Kerl, hatte eine Abtreibung an meiner Schwester vornehmen lassen.«

»Was?«, entfährt es Celine entrüstet. »Deine Schwester hatte einen Schwangerschaftsabbruch?«

»Ja. Als Carmen dem Winterstein sagte, dass ihre Regel ausblieb, habe er wohl etwas erschrocken reagiert und sie dann gefragt, ob sie wirklich sicher sei. Als sie nickte, erklärte er, dass er einen erfahrenen Arzt kenne, der sie untersuchen würde und wenn wirklich etwas wäre, dass er es wegmachen könne. Es sei ja schließlich noch kein richtiges Baby und sie solle deswegen keine Angst haben. Er hatte sie noch am selben Nachmittag zu diesem Freund gebracht. Das muss wohl so einer sein, der solche Dinge für vermögende Prominente gegen Bezahlung - cash in die Hand natürlich - gerne erledigt.«

»Das passierte also alles ambulant … also in einer Arztpraxis?« Celine ist schockiert.

»Ja. Der Eingriff dauerte nur zehn Minuten. Carmen sagte mir, dass man ihr danach so etwa eine halbe Stunde Ruhezeit gegönnt habe. Sie war sehr benommen. Dann brachte der Winterstein sie wieder nach Hause. Mama hatte an dem Nachmittag selbst einen Arzttermin und hatte nichts mitbekommen. Ja, und ich fand sie dann weinend in der Ecke am Boden sitzend. Und da flehte sie mich an, dass ich den Eltern nichts sagen dürfe. Die Familie hänge davon ab. Winterstein hatte es ihr seit Beginn immer wieder ans Herz gelegt. Und wie sie selbst feststellen können, ging es unserer Familie seither ja gut.« Sebastian hat Tränen in den Augen. »Können Sie sich das vorstellen, Frau Endress? Die Familie hat profitiert vom Leid meiner Schwester. Wir konnten ein angenehmes Leben führen … mein

Vater wurde Knall auf Fall befördert … er hatte ein tolles Einkommen … wir hatten plötzlich ein Haus mit Garten … ja, und dafür hatte meine Schwester sich geopfert.« Sebastian schweigt einen Moment bedrückt.

»Konnte deine Schwester sagen, wo sich der Arzt befindet? Vielleicht sogar dessen Namen?«, fragt Celine neugierig geworden. Ein solcher Hinweis könnte für die Polizei nämlich wichtig sein. Sie könnte der Sache nachgehen und solchen Ärzten das Handwerk legen. Doch Sebastians Antwort machte diese Hoffnung zunichte. »Nein. Das konnte sie nicht«, erklärt Sebastian. »Carmen sei wohl so aufgeregt gewesen, da habe Winterstein ihr etwas zur Beruhigung gegeben und gesagt, dass sie nichts mitbekommen würde. Sie hatte dann nur noch geschlafen. War gar nicht richtig da.«

Celine ist zu schockiert, nur ein Wort herauszubringen. Hatte der Kerl prophylaktisch schon mal ›Drogen‹ dabei. ›Wie oft schon, hat er wohl …‹, fragt sie sich.

Dann erzählt Sebastian weiter. Carmen habe ihm erzählt, dass alles ganz harmlos angefangen habe. Eigentlich habe sie sich geschmeichelt gefühlt, als der Winterstein ihr Komplimente machte und ihre Wange streichelte. Doch dann streichelte er nicht mehr nur die Wangen … nein den ganzen Körper habe er berührt. Eines Tages, als sie gerade im Keller im Archiv war, passierte es. Niemand sonst war da, da habe der Winterstein sie in die Arme genommen und geküsst und noch mehr gemacht. Irgendwann habe Carmen zu ihm gesagt, dass sie das nicht mehr wolle, da habe er sie quasi unter Druck gesetzt. ›Mädchen, das ist doch gar nicht schlimm. Schau, was hier geschieht ist doch ganz normal zwischen zwei Menschen, die sich lieben. Und es ist *doch schön. Es gefällt dir doch auch. Andere Mädchen wären stolz, wenn sie so schöne Erfahrungen mit einem richtigen Mann sammeln könnten. Und, nicht zu vergessen, deiner Familie geht es jetzt viel besser, als früher … ich verspreche dir, das wird auch so bleiben … natürlich vorausgesetzt, dass du unser Geheimnis für dich behältst.‹*

»Alles solches Zeugs hatte er ihr erzählt und sie wollte nichts kaputt machen und hat geschwiegen … lange Zeit geschwiegen, bis eben … bis sie halt überraschend schwanger wurde … dabei hatte er ihr versprochen, dass er aufpassen würde, und trotzdem ist's passiert … und dann die Abtreibung … es war schlimm für Carmen. Können Sie sich ein Bild machen, Frau Endress, welche Wut ich hatte? Ich hatte den Typen auf den Tod gehasst. Ich schwor mir, ihn zu bestrafen für all das, was er meiner Schwester angetan hat. Ich wusste zwar im Moment nicht, wie ich es anstellen sollte, ihn zu bestrafen, ohne unsere Familie ins Unglück zu stürzen. Und so ging ich weiter in der Firma jobben und dachte, irgendwann kommt der Tag der Rache. Ich wusste, dass ich Geduld brauchen würde. Wollte ja dem Papa nicht in den Rücken fallen. Man kann sich ungefähr vorstellen, wie es für ihn in der Firma ausgesehen hätte, wenn er plötzlich wieder … ähm … wieder vom Sockel gestürzt worden wäre. Wenn er zum Gespött, der Firma geworden wäre. Denn der Missbrauch wäre mit Rücksicht auf Carmen wohl verschwiegen worden, und alle hätten dann gedacht, Papa sei ein Versager. Und Sie können sich sicher denken, was es für Mama und Papa bedeutet hätte, zu erfahren, was Carmen passiert ist?« Er senkt seinen Blick auf seine nervös spielenden Finger. »Jetzt wissen Sie es eh schon.« Er blickt wieder direkt in Celines Augen: »Dafür hatte Ihr Kollege ja gesorgt. Schon da, als Herr Kulau bei uns zum Essen war, bekam ich es mit der Angst zu tun, dass alles auffliegen könnte. Und als er mich bei der Schule abgepasst hatte … er hatte so direkte Fragen gestellt. Ja, man spürte, wo hinaus er wollte bei seinen Fragen. Mir war, als hätte er etwas geahnt.«

Celine schaut Sebastian schweigend an. Sie kennt Friedhelm, und weiß wie vorausschauend er ist.

Ja, es war schon schwere Kost, die der Junge soeben servierte. Dann sagt sie: »Wir wollen eine Pause einlegen. Ich glaube du brauchst sie auch und wir machen später weiter. Lass uns raus gehen an die frische Luft. Es ist ein herrlicher Sommertag. Ideal, sich draußen aufzuhalten. Gehen wir ein paar Schritte zum Café Barcode. Dort kann man gemütlich draußen sitzen. «

Sebastian nickt dankbar und Albrecht auf der anderen Seite der Scheibe wundert sich über diesen doch etwas ungewöhnlichen Vorschlag.

Albrecht, der sich zu Beginn der Vernehmung noch stehend vor der Scheibe befand, musste sich in dessen weiterem Verlauf erst einmal hinsetzen. Sebastians Geschichte hatte ihn bis ins Mark erschüttert. ›*Mein Gott, da passieren Dinge, beinahe unter den Augen der Öffentlichkeit und keiner ahnt etwas.*‹ Es zeigt auch, dass man eigentlich, zumindest im Ansatz, richtig gelegen hatte, als man immer wieder auf Försters Beförderung zurückgekommen war, weil diese jedem irgendwie suspekt erschien. Aber wer hätte an so etwas gedacht. Eher rückte bei der Recherche immer wieder Stephan Förster selbst ins Visier der Polizei. Doch er und seine Frau waren in der ganzen Geschichte wohl die einzigen Ahnungslosen. Die alles bewegende Frage für ihn ist jetzt natürlich: ›*War der junge Förster nun der Mörder oder nicht?*‹ Frau Endress ist bei der Befragung erst mal nicht darauf eingegangen, weil sie als erstes die Begleitumstände genau kennen wollte. Er weiß, dass es ihr Stil ist, nicht gleich mit der Türe ins Haus zu fallen.

Wenn nun Sebastian aber der Mörder ist, dann hatte er das Ganze perfekt eingefädelt; ein richtig ausgeklügeltes Vorgehen, und das ist - Albrecht wiegt mit dem Kopf - Begleitumstände hin, Begleitumstände her, geplanter Mord … ja, geplanter Mord … und nicht nur das; dann hat der Junge bewusst darauf hingezielt, dass der Verdacht auf jemanden anderen fiel. Er fragt sich, wie er wohl damit hätte leben können?

Celine lässt Sebastian für einen Moment alleine. »Ich komme gleich wieder«, sagt sie nur und geht dann zu Albrecht.

»Ja, Frau Endress, das ist eine ungeheuerliche Geschichte. Mit so etwas hatte ich in der Tat nicht gerechnet«, sagt er, während er immer wieder seinen Kopf schüttelt. »Aber sagen Sie, finden Sie das jetzt eine gute Idee, mit dem Jungen hinauszugehen und gemütlich Kaffee zu trinken? Dieses Vorgehen ist schon außerhalb unserer täglichen Praxis.«

»Vergessen Sie nicht, Herr Albrecht, Sebastian ist freiwillig hier und er ist noch ein Junge … ein erschütterter Junge. Außerdem will ich ihm etwas über seinen Schock hinweghelfen. Immerhin wurde seine Schwester im letzten Moment von der Schwelle des Todes zurückgeholt. So etwas muss erst verkraftet werden, abgesehen von der Angst, die er durchlebte, als er noch im Ungewissen über seine Schwester war.«

»Sicher Frau Endress, das vergesse ich nicht. Aber vergessen auch Sie nicht, dass er vielleicht ein eiskalter Mörder ist.«

Celine zieht ihre Augenbrauen zusammen, schürzt ihre Lippen, während sie dreimal kurz mit der Zunge schnalzt, und schüttelt dabei sachte den Kopf. »Also … ein eiskalter Mörder … finden Sie das nicht etwas übertrieben ausgedrückt? Nun, auch wenn ich vermute, dass er der Täter war, so ist es noch nicht mit Bestimmtheit bewiesen, denn wir haben noch kein Geständnis.«

»Das ist mir bewusst, aber wenn er es war, dann hat er den Mord eiskalt geplant«, wendet Albrecht ein.

»Okay. Aber, auch wenn er den Mord geplant hatte, dann ist er für mich immer noch kein ›eiskalter Mörder‹. Eiskalte Mörder sind für mein Verständnis Auftragskiller, Wiederholungstäter, Menschen mit kriminellen Energien. Aber davon ist Sebastian doch weit entfernt.« Sie macht eine kurze abwartende Pause. »Und? Wie sieht es aus? Haben Sie etwas dagegen einzuwenden, wenn ich jetzt den Jungen entführe und mit ihm in entspannter Atmosphäre eines Cafés weiterspreche?«

Albrecht grinst verschmitzt. »Wie könnte man Ihnen etwas abschlagen? Gehen Sie, und informieren Sie mich danach bitte ausführlich!« Er will den Raum gerade verlassen, als er sich nochmals zu Celine umdreht. »… und vergessen Sie bitte nicht … kommen Sie nicht ohne den Jungen wieder zurück.« Celine zwinkert mit einem Auge und macht, wie zum Gruße, eine Bewegung mit ausgestrecktem Zeigefinger von ihrer Stirn weg, was in diesem Gesprächszusammenhang eher so etwas Ähnliches wie ›klar Chef‹ bedeutet. Auch sie grinst.

16

Sie sitzen schweigend an einem Bistrotischchen auf dem kleinen Vorplatz des Cafés Barcode, nahe dem künstlich angelegten Wasserkanal. Eine Topfpalme bildet einen Sichtschutz zum Fußweg, der am Café vorbeiführt. Es ist ein herrlicher Sommertag … seit drei Tagen schon herrschen angenehme Temperaturen und die Aussichten aufs Wochenende sind vielversprechend. Wie sehr hatte Celine, die von sich behauptet, nicht wintertauglich zu sein, auf ein solches Wetter gehofft. Und jetzt, genau genommen seit gestern, ist dieses angenehme Gefühl überschattet von schrecklichen Ereignissen.

Sebastian saugt gedankenverloren am Trinkhalm seines Milchshakes.

Celine beobachtet ihn. Es tut ihr weh, den inneren Schmerz dieses Jungen förmlich am eigenen Leib zu spüren.

Plötzlich blickt Sebastian auf, als hätte er gespürt, dass Celine ihn beobachtet. Und er beginnt zu sprechen: »Angenommen, Frau Endress … angenommen, ich hätte den Winterstein getötet … was würde passieren? Würde mein Leben ab heute aufhören, ein Leben zu sein? Würde meine Familie dann aufhören, eine Familie zu sein?« Es klang wie ein Geständnis.

Celine ist tief erschüttert. Wieder waren es Worte, die sie aus dem Munde eines Teenagers nicht erwartet hätte. Sie legt eine Hand auf Sebastians Hand und schaut ihm mitfühlend, tief in die Augen, als sie in Beantwortung seiner Fragen ihre ermutigende Erklärung abgibt. »Das Gericht wird bei einem jugendlichen Straftäter immer prüfen, ob die Hoffnung besteht, dass er nicht wieder straffällig wird. Und bei dir wäre es auch für den Richter nicht nur eine Hoffnung, sondern eine Gewissheit, davon bin ich jetzt schon überzeugt. Wenn ein jugendlicher Täter eine einmalige Straftat begangen hat, richtet sich das Strafmaß auch entsprechend danach. Kein Richter würde sich dafür entscheiden, einem jungen, hoffnungsvollen Menschen die Zukunft irreparabel zu verbauen. Es wäre für ihn kein Erfolg als Vertreter des Rechts, mit seinem Urteil dafür zu sorgen, dass einem jungen Menschen alle Chancen auf ein normales Leben versagt blieben, oder wie du es sagst, wenn für ihn das Leben aufhören würde, ein Leben zu sein. Wie hoch jedoch das Strafmaß sein würde, kann ich dir natürlich jetzt weder genau noch verbindlich sagen. Was ich aber sagen kann, das ist, dass ich in deinem Falle - also vorausgesetzt, du hättest diese Tat begangen - zuversichtlich bin.«

Sebastian versucht krampfhaft zu schlucken. Es scheint, als hindere ihn ein Kloß daran. Nach einer kurzen Weile des Schweigens fragt er: »Könnten wir, bevor wir zurückgehen, noch zu meiner Schwester ins Krankenhaus? Ich möchte sie so gerne nochmals sehen, möchte mich vergewissern, dass es ihr gut geht. Glauben Sie, das ließe sich einrichten?«

Celine erschrickt einen Moment, weil so, wie es der Junge sagte, klang es für sie wie ein Abschied.

»Sebastian!«, sagt sie mit etwas strengerer Stimme, als bisher.

Der Junge schaut auf, ihr direkt in die Augen.

»Sebastian, du wirst jetzt aber nicht deiner Schwester nacheifern wollen? Hörst du?«

Er schüttelt den Kopf und verneint kleinlaut.

Celine will sicher gehen: »Du würdest deine Schwester zerstören und deine Eltern auch. Deine Schwester, die ihr Trauma langsam verarbeiten und ihre Selbstachtung wieder erlangen muss … die auch lernen muss, dass sie keine Schuld trifft und dass sie nicht schmutzig ist … sie würde es nicht schaffen. Im Gegenteil. In ihren Augen wäre ihre Schuld bewiesen und … die Chance, ein normales Leben zu leben, die wäre für sie endgültig verspielt … jetzt gerade, da der erste Schritt in die richtige Richtung getan wurde.«

»Nein, ich werde nichts tun … nichts, was meiner Familie noch mehr Leid bringt«, verspricht Sebastian.

Celine nickt zustimmend. Dann winkt sie dem Kellner, um zu bezahlen.

Beide machen sie sich auf den Weg zum Krankenhaus, um Carmen zu besuchen.

Celine freut sich, zu sehen, dass es Carmen offensichtlich wieder etwas besser zu gehen scheint. Sie sieht heute schon wieder ziemlich gut aus. Ihr Gesicht zeigt Farbe, ihre Augen blicken klar.

Als Carmen die beiden eintreten sieht, zeigt sich sogar ein zaghaftes Lächeln um ihren Mund, das aber nicht lange anhält, und die Szene, die dann folgt, wird Celine nie vergessen. Die beiden Geschwister liegen sich in den Armen und weinen. Sie müssen nichts reden. Es ist ein schweigendes Verstehen. Auch Celine ist zu Tränen gerührt und wischt sich unauffällig mit dem Zipfel ihres Taschentuchs ihre Augenwinkel trocken. Plötzlich spielen sich in ihrem Geiste die Szenen ab, wie alles begann. Es ist, als liefe ein Film vor ihren Augen ab. Sie sieht den verzweifelten Ralph Siebert vor sich, wie er seine Unschuld beteuerte, die Rückschläge, die sie erlebte, weil plötzlich Dinge zum Vorschein kamen, von denen sie nichts wusste, weil ihr Mandant sie verschwiegen hatte, und wie sie diese Zwischenfälle zum Zweifeln an Sieberts Unschuld brachten. Das alles scheint eine Ewigkeit her zu sein, dabei sind doch seit dem Mord nur gut drei Wochen vergangen.

Ja und jetzt sieht sie den ihr übertragenen Auftrag ihres Mandanten erfüllt … sie war wieder einmal erfolgreich … zumindest für Ralph Siebert, der wohl heute schon wieder die Luft der Freiheit wird schnuppern dürfen. Doch diesmal ist es ein verdammt schmerzhafter Erfolg, der sie nicht wirklich glücklich macht.

Traurig schüttelt sie den Kopf, als wolle sie alles abschütteln, so als würde es diesen Fall gar nicht geben.

Die Geschwister haben sich aus ihrer Umarmung gelöst und diesmal ist es Carmen, die tröstend die Wange ihres Bruders streichelt. Dann blickt sie zu Celine und wieder kehrt das schüchterne Lächeln zurück. »Danke«, sagt sie nur. »Wofür?«, fragt Celine, die im Moment den Eindruck vermittelt, als sei sie eben aus einem Traum erwacht. Ja, sie ist wieder im Hier und Jetzt und voll aufnahmefähig.

»Dass sie mich daran hinderten, diese Welt zu verlassen. Wissen Sie Sebastian braucht mich jetzt, so wie ich ihn brauche«, erklärt das Mädchen mit liebevollem Blick zu ihrem Bruder, und Celine ist überwältigt, wie so junge Menschen so viel Vernunft beweisen und sich so treffend auszudrücken verstehen.

»Hast du schon immer gewusst, dass dein Bruder

…«, sie unterbricht, ist sich aber sicher, dass es, den Satz zu beenden, auch gar nicht bedarf.

»Wir haben nie darüber gesprochen, aber ich ahnte etwas … und ich machte mir Vorwürfe, weil alles meinetwegen passierte.« Ihr Blick wandert für einen kurzen Moment wieder zu Sebastian, um gleich wieder zu Celine zurückzukehren. »Wissen Sie, ich war auch gar nicht erleichtert, als der Winterstein tot war. Und genauso wenig war ich traurig darüber … ich war nur traurig …«, sie stockt, »ja, es quälte mich die Vorstellung, dass … ähm dass es mein Bruder hätte gewesen sein können. Als man dann einen Täter gefunden hatte, war ich etwas beruhigt. Aber mein Leben schien mir wertlos. Ich war schmutzig … ich … « jetzt laufen Tränen über ihr Gesicht, »ich hatte eine Abtreibung. Danach hatte ich mich ins Bett gelegt, hab' gesagt, dass ich mich nicht wohl fühle, weil ich meine Regel ziemlich stark habe, nur damit Mama nichts merkt. Hat mein Bruder Ihnen davon erzählt?« Celine nickt und Carmen erklärt sich weiter: »Ich habe mich geschämt. Ich fühlte nur noch Schmerz. Können Sie sich das vorstellen, Frau Endress? Ja? Können Sie sich das vorstellen?« Jetzt schluchzt sie ganz herzbewegend. Celine nickt und streichelt Carmens Kopf. »Ja, Carmen, ich kann es mir ungefähr vorstellen. Aber … es ist vorbei.« Auch Celine ist innerlich aufgewühlt. »Es ist vorbei, Carmen«, wiederholt sie und Carmen schüttelt den Kopf. »Nein es ist nicht vorbei.« Was sollte Celine da noch antworten? Carmen hatte recht. Es ist nicht vorbei … noch lange nicht. Nach einer halben Stunde verabschieden sich Celine und Sebastian von Carmen und machen sich auf den Weg zur Polizei. Sie schweigen beide.

*

Freitag, 26. Juni 2009, 15:00 Uhr ... Ralph Siebert wird aus der Haft entlassen. Seine Rechtsanwältin Celine Endress empfängt ihn vor dem Gefängnistor. Ja, und sie hat auch gleich eine gute Nachricht für ihn. Frau Klein von der Hi-Tec Lörrach AG lässt ihn durch seinen Rechtsbeistand grüßen und ihm ausrichten, dass er seine Arbeit am Montag wieder aufnehmen könne. Die Kündigung sei zurückgenommen worden. Celine reicht dem überglücklichen Siebert die Hand und wünscht ihm für die Zukunft alles Gute. Er bedankt sich herzlich, blickt in den strahlend blauen Himmel und atmet die warme Sommerluft tief ein. Für ihn ging ein Albtraum somit zu Ende.

*

Bevor Celine nach Freiburg zurückfährt, will sie den Kulaus noch einen kurzen Besuch in Holzen abstatten, denn so schnell wird sie wohl nicht mehr in die Gegend kommen. Die Mordsache Winterstein, bei der sie Sebastian betreuen wird, wird vor dem Jugendgericht in Freiburg behandelt werden.

Während der Fahrt nach Holzen ist sie in Gedanken versunken. Sie führte, auf ihren Wunsch bei der Polizei, noch ein langes Gespräch mit Sebastian. Es war für sie so erschütternd, die ganze Geschichte aus dem Mund des Jungen zu erfahren. Es war auch erschütternd, als sie die Nachricht den Eltern überbracht hatte. Als diese erfuhren, dass ihr Sohn den Winterstein umgebracht hatte, brach die Welt ein zweites Mal für sie zusammen. Wie soll es denn nun weitergehen?

Cecilia weinte laut. »Oh, Dio mio … mein Sebastiano, nein, er ist ein guter Junge … nein … bitte Frau Endress, lassen Sie nicht zu, dass er eingesperrt wird.«

Förster sagte, dass er zur Polizei gehen und die Schuld auf sich nehmen wolle. Er habe Winterstein umgebracht, weil er seine Beförderung nicht kritisch genug hinterfragt und somit seine Tochter ausgeliefert habe. Er wolle nicht, dass sein Sohn dafür büßen müsse.

Celine hatte ihm diese Idee gleich wieder ausgeredet, indem sie sagte, er solle froh sein, dass er es nicht war. Das Jugendstrafrecht sei großzügiger als das für Erwachsene. Ein Gericht würde bei seiner Entscheidung weder Ausbildung noch Arbeit eines Jugendlichen beeinträchtigen, zumal dessen Vorleben offensichtlich unauffällig war (Sebastian lebe immerhin in geordneten familiären Verhältnissen), keine Befürchtung einer Wiederholungstat bestehe und Sebastian sich seines begangenen Unrechts voll bewusst sei. Auch beim Anordnen bestimmter Auflagen würde ein Jugendrichter niemals unzumutbare Forderungen an einen Jugendlichen stellen. Er, Herr Förster, würde da schon mit einem lebenslänglichen Freiheitsentzug rechnen müssen. Und, was bitteschön solle aus der Familie werden, wenn der Ernährer ausfiele. »Sie würden Ihrem Sohn keinen Gefallen tun, wenn Sie die Sache auf sich nähmen, auch wenn es gut gemeint ist. Und Sie würden auch Ihrer Tochter und Ihrer Frau keinen Gefallen tun«, hatte sie ihn ermahnt.

Ja, und in der Firma hatte die Geschichte so richtig voll eingeschlagen. Frau Renner war tief betroffen, als sie vom Missbrauch der Minderjährigen hörte. Sie bereue zutiefst, hatte sie gesagt, dass sie je eine Beziehung mit diesem nimmersatten Typen eingegangen sei. Dafür sei sie aber schon letzte Woche wieder reumütig zu ihrem Micha zurückgekehrt. Celine hatte in der Schnelle auch erfahren, dass diese hochintelligente Frau ihrer hervorragenden Leistungen wegen, demnächst zur stellvertretenden Leiterin befördert wird. Aufgrund ihrer herausragenden Fähigkeiten traue man ihr diese neue verantwortungsvolle Position zu, wobei man jetzt schon sicher sei, dass diese Entscheidung eine gute sei, die im Falle dieser Frau die Gesetzmäßigkeiten des Peter-Prinzips (die Hierarchie der Unfähigen)[2] außer Kraft setzen wird ... so zumindest die Aussage der Personalchefin. Da war die Beförderung von Förster schon eine andere Sache. Doch hat Celine das Gefühl, dass das Team Förster als Direktor und Renner als SteV, ein erfolgreiches sein wird. Ohne Renner wäre er aufgeschmissen und sie ohne ihn, weil sie sonst wohl eine andere Herausforderung angenommen hätte. Sie hätte ja nicht sicher sein können, dass ein neuer Direktor mit der Beförderung einer so jungen Frau einverstanden gewesen wäre. Vielleicht hätte sie sich in dem Falle dann doch noch entschieden, ihr BWL-Studium aufzunehmen.

Celine hat ein gutes Gefühl für die beiden und irgendwann, da ist sie sich jetzt schon sicher, wird Frau

---

[2] Das Peter-Prinzip ist eine These von Laurence J. Peter, die besagt, »dass in einer Hierarchie jeder Beschäftigte dazu neigt, bis zu seiner Stufe der Unfähigkeit aufzusteigen.«

Renner die kaufmännische Leitung der Firma übernehmen. Es ist nur eine Frage der Zeit.

*

Helga freut sich, dass Celine zum Abschied nochmals bei ihnen auftaucht. Sie, die exzellente Gastgeberin, lässt sich natürlich nicht lumpen und tischt alemannengerecht nochmals richtig gekonnt auf, was Celine dankbar belohnt mit einem schönen Blumenstrauß, den sie in Antizipation (sie kennt Helga schließlich) zuvor schon mal besorgt hatte. Im Anschluss an das Essen reden die drei noch lange über den Fall und Celine bedankt sich nun auch bei Friedhelm für die gewohnt hervorragende Arbeit. Sie greift in ihre Tasche und holt eine Flasche eines exquisiten Rotweins - ein Château L'Ecuyer Pomerol - die sie Friedhelm zum Dank vorab schon einmal überreicht.

Der Abend vergeht im Fluge und Celine will sich gerade verabschieden, da klingelt es an der Haustüre.

»Wer mag das sein? …«, fragt Helga und mit einem Blick auf die Uhr, »… um neun Uhr?«, und an den Freitag vor drei Wochen denkend, als plötzlich Ralph Siebert durchnässt vor der Türe stand, ergänzt sie »hoffentlich nicht ein neuer Fall«. Sie lacht.

Friedhelm verlässt das Wohnzimmer, um die Türe zu öffnen und bald hört man eine freudige Begrüßung, die die beiden Frauen aufhorchen lässt.

Friedhelm betritt zusammen mit einem nicht sehr großen, kräftig gebauten, blondhaarigen jungen Mann das Wohnzimmer und sagt freudig »Celine, schau mal, wer uns zum Wochenende überraschend besucht.«

Celine stutzt … »Ähm … Moment … Xaver? Richtig? Du bist Xaver?«

Helgas Sohn, Xaver, der ein richtig ansehnlicher, sympathischer Mann geworden ist, lächelt charmant und bestätigt Celines Annahme: »Ja, Celine … ich darf dich doch beim Vornamen nennen, oder? …«

Celine nickt. »Ich bitte darum. Ich hätte sonst das Gefühl, nicht dazuzugehören.«

Xaver lächelt. »Wie lange ist es her … mein Gott … lass mich nachrechnen …« Es geht auch nicht lange, da hat Xaver es beisammen. »Sechs Jahre, nicht wahr?« Er legt eine nachdenkliche Pause ein: »Sechs Jahre«, wiederholt er, »das werde ich im Leben wohl nie vergessen, denn damals ging es mir nicht gerade besonders.« Er blickt zu Friedhelm und lächelt. Er muss nicht extra erwähnen, wem er den positiven Ausgang seines psychischen Traumas zu verdanken hatte.

Klar, dass Celine es nicht geschafft hatte, sich zu verabschieden, jetzt, da der unverhoffte Besuch kam. Es wurde noch ein langer Abend, denn sie hatten sich so richtig eingeredet, kamen vom Hundertsten ins Tausendste. Und Celine ist begeistert über Xavers Entwicklung. ›Nicht mehr wiederzuerkennen, der Kerl‹, denkt sie, ›der Kerl, der damals, vor sechs Jahren noch ohne Sprache war.‹

Erst gegen Mitternacht verlässt sie die Kulaus und befindet sich kurz später bei sommertypischer milder, spätnächtlicher Temperatur mit offenem Verdeck auf der Autobahn in Richtung Freiburg.

17

9. September 2009

Celine sitzt in ihrem Büro in Freiburg. Obwohl der September in der Meteorologie bereits dem Herbst zugerechnet wird, präsentiert er sich in diesem Jahr mit einer wahren Fülle sonniger und warmer Spätsommertage. Zum Monatsauftakt stieg das Quecksilber sogar noch einmal auf über dreißig Grad. Celine hat die Fenster ihres Büros weit geöffnet. Eigentlich sind diese Temperaturen genau das richtige für sie. Doch statt zu genießen, sitzt sie in Gedanken versunken vor der Akte ›Mordsache Winterstein; Täter: Sebastian Förster‹. Morgen wird der Fall vor dem Jugendgericht in Freiburg verhandelt. Sie wird als Sebastians Rechtsbeistand fungieren.

Sebastian, der bis zu den großen Ferien Ende Juli die Schule normal besuchen durfte, wird heute mit seinem Vater anreisen. Wenn alles gut läuft, wird er jetzt gleich zum neuen Schuljahr ohne Unterbrechung weitermachen können. Am Nachmittag wird sie sich mit den beiden in ihrem Büro hier in Freiburg treffen. Sie blickt auf ihre Uhr. Es ist viertel vor drei. Sie hat noch etwas Zeit.

Immer wieder schüttelt sie den Kopf. Wie schicksalshaft die ganze Geschichte ihren Lauf genommen hatte. Sebastian hatte minutiös den genauen Ablauf der Tat geschildert.

Der wunde Punkt in seinem Fall ist nicht die Tötung des verhassten Menschen, der seine Schwester missbrauchte (jeder könnte die Beweggründe irgendwie begreifen, nach allem, was geschehen war), sondern ein weiterer Straftatbestand, der erschwerend hinzu kommt, und zwar die Spurenlegung nach §164 des StGB. Mit seinem Vorgehen hatte er in Kauf genommen, dass ein Unschuldiger womöglich zur Verbüßung einer lebenslangen Haftstrafe verurteilt würde.

*

Sebastian hatte, als er von Sieberts Drohung gegen Winterstein erfuhr (sein Vater erzählte am Dienstag nach Pfingsten während des Abendessens davon), einen Plan geschmiedet. Zuerst ging es ihm nur darum, einen Verdächtigen zu haben, und wer könnte sich besser dazu eigenen, als jemand der eine Drohung ausgesprochen hatte. Ob man dem, der gedroht hatte, den Mord dann auch nachweisen könnte, das war ja immer noch offen. Damit hatte er im Stillen zumindest gerechnet. Er hatte gehofft, und das spricht für ihn, dass der Fall irgendwann ungelöst ad acta gelegt würde. Doch dann kam ein verhängnisvoller Zufall zu Hilfe. Die Tatwaffe lief ihm förmlich über den Weg, denn Siebert hatte seinen Brieföffner im Kopierraum, wo er einen Papierstau entwirrte vergessen. Diesen nahm Sebastian in einem unbeobachteten Moment an sich - er benutzte, um Fingerabdrücke zu vermeiden, ein Kopierpapier - und verschwand damit wieder in den Keller, an seinen momentanen Arbeitsplatz im Archiv. Jetzt musste er nur noch einen günstigen Zeitpunkt abwarten. Schon einen Tag später, am Donnerstag den 4. Juni war es soweit. Aufgrund der Pfingstferien war es in der Firma sehr ruhig, die Situation somit optimal. Sebastian wusste auch, dass Winterstein in letzter Zeit immer etwas länger arbeitete, weil der offenbar viel aufzuarbeiten hatte, und er beobachtete auch, dass Frau Renner, die im Normalfall ebenso immer länger blieb, die Firma an diesem Tag früher als sonst verließ.

Sebastian entriegelte unten im Archivraum ein Klappfenster, und zusammen mit seinem Vater verließ er die Firma ordentlich abgemeldet. Er, der am Morgen mit seinem Fahrrad gekommen war, und somit, um es zu holen, um die Ecke aufs Firmengelände musste, verabschiedete sich am Tor vom Vater, der zu seinem Wagen ging. Er wolle noch bei einem Freund vorbeischauen, hatte er dem Vater erklärt, und die Familie solle deshalb nicht auf ihn warten, weil es etwas später werden könnte.

Alles war ruhig ums Firmengebäude. Die Stelle, wo Sebastian durchs Klappfenster wieder einstieg, lag sehr blickgeschützt und vor allen Dingen, für den Portier, in einem toten Winkel. Für den im Keller liegenden Archivraum war die schmale Öffnung ein Oberlichtfenster, durch das man von außen, fast ebenerdig, ohne Probleme hindurchsteigen konnte, besonders wenn es sich um einen schlanken Burschen wie Sebastian handelt. Er wusste, dass der Tisch, der an der Wand stand, ihm das Aussteigen erleichtern würde. Kellerräume sind ja meist nicht sehr hoch, zumindest nicht so hoch, wie normale Räume.

Er schlich sich vorsichtig nach oben. Immer wieder blickte er um sich, um zu prüfen, dass ihn auch niemand sah. Es war absolut ruhig im Gebäude. Alle Mitarbeiter, außer Winterstein, waren gegangen. Dann betrat er, ohne anzuklopfen, fast lautlos Wintersteins Büro. Der blickte von seinem Schreibtisch auf, setzte seine Brille ab und fragte erstaunt: »Na? Was führt dich zu mir Sebastian? Warum bist du überhaupt noch hier? Du solltest doch längst zu Hause sein.«

Sebastian zitterte. Er war ziemlich aufgeregt ... na ja, angesichts seines Planes ja verständlich für einen so jungen, nicht abgebrühten Menschen. Dann nahm er allen Mut zusammen und sagte mit bissigem Ton: »Du Schwein ... du Monster ... du widerliches, stinkendes Stück Scheiße ... was hast du mit meiner Schwester gemacht.«

Einen Moment schluckte Winterstein, der jetzt aufgestanden war, denn mit allem, nur nicht damit, hätte er gerechnet. Doch er fing sich schnell wieder und meinte. »Was soll das? Wieso sprichst du so respektlos mit jemandem, der dir Arbeit gibt?« Er wollte erst mal heraushören, was der Junge überhaupt wusste.

»Du weißt genau, wovon ich spreche. Tu nicht so, als wärst du ahnungslos«, sagte Sebastian, wurde aber immer noch nicht konkret.

Dieser Junge wusste etwas, woher auch immer, keine Ahnung. Vielleicht hatte er nur eine Vermutung und wollte jetzt herausfinden, was da dran sei. Winterstein konnte sich nicht vorstellen, dass Carmen geplaudert hatte. Dafür hatte er ja gesorgt, dass sie schwieg.

Sebastian beobachtete Winterstein genau. Er sah wie es hinter dessen Stirn arbeitete, und wie der feine Herr dennoch bemüht war, ein unschuldig fragendes Gesicht aufzusetzen.

»Du brauchst dich nicht dumm zu stellen, ich weiß Bescheid«, sagte Sebastian ziemlich rotzig.

Nun, da dieser Junge offensichtlich etwas wusste, versuchte Winterstein die Geschichte mit seinen Argumenten zu verharmlosen. »Deine Schwester war freiwillig mit mir zusammen. Sie hatte es aufregend gefunden, mit einem richtigen Mann Erfahrungen zu sammeln, und nicht mit so einem pubertierenden Pickelgesicht aus ihrer Schule. Aber beruhige dich, das Verhältnis ist beendet … und bitteschön, für Dich immer noch ›Sie‹ … ja? … dein Auftritt ist respektlos.«

»Und warum, wenn meine Schwester es so aufregend fand, …«, Sebastian kehrte nun wieder wie gewünscht zum gewohnten respektvollen Sie zurück (was jedoch kein Ausdruck seines Respekt gegenüber Winterstein war), »wie Sie es behaupten, warum ist sie so niedergeschlagen? Warum hatte sie dann geweint, hä?«

»Ist doch klar, Sebastian. Wenn eine Beziehung plötzlich zu Ende ist, da weinen die Frauen halt. Schon mal etwas von Liebeskummer gehört?«, nahm Winterstein das Gespräch auf die allzu leichte Schulter.

»Ah … Liebeskummer? Also jemand, der heimlich zur Abtreibung gezwungen wurde, hat nichts anderes als Liebeskummer im Kopf?«, sagte Sebastian verächtlich. Spätestens in diesem Moment schrillten Wintersteins Alarmglocken. Das passte ihm gar nicht, dass Sebastian von der Abtreibung wusste. Dann versuchte er es nochmals mit, wie er meinte, plausiblen Erklärungen. »Also hör mal Junge, dass deine Schwester schwanger wurde, ist ein Unglücksfall und …«

»Aha Unglücksfall!«, unterbrach Sebastian ihn, »hat der feine Herr, der Anfänger, nicht aufgepasst … übte bei meiner Schwester noch ein bisschen am Coitus interruptus rum und es hatte nicht funktioniert, ja ... war es so?«

»Sebastian, ich habe keine Lust mich mit dir über meine Sexpraktiken zu unterhalten«, versuchte Winterstein Fassung und Überlegenheit zu zeigen, jedoch innerlich vermutlich seine Überraschung spürend, dass die heutige Jugend doch sehr aufgeklärt ist und mit richtig angewandten Fremdworten nur noch so um sich wirft. »So viel sei nur gesagt«, fährt er mit seiner Erklärung fort, »deiner Schwester hatte es auch Spaß gemacht ... und dann ist es halt passiert ... ja und vielleicht ist sie jetzt auch ein bisschen deprimiert. So eine Abtreibung ist nun mal ein Eingriff, den eine Frau nicht so leicht wegsteckt, das gibt sich wieder mit der Zeit ... aber wir konnten doch nicht zulassen, dass deine Schwester mit fünfzehn Jahren Mutter wird«, versuchte er die Sache möglichst verharmlosend und logisch zu erklären, wobei er wohl meinte, dass eher er es war, der kein Kind mit einer Jugendlichen gebrauchen konnte.

»Ein fünfzehnjähriges Mädchen bumst man auch nicht, und schon gar nicht so ein alter Knacker, wie Sie es sind, dann kann es auch nicht schwanger werden.«

»Jetzt mach mal einen Punkt Junge. Ich wiederhole noch einmal, Carmen hatte freiwillig mitgemacht ... und ... ja, die Familie hatte doch recht gut davon profitiert. Ich rate dir, dass du das Gespräch von heute wieder vergisst und die Geschehnisse für dich behältst, damit es für eure Familie auch so bleiben kann. Es liegt in deiner Hand.«

Es ist genau dieser Satz, auf den Sebastian gewartet hatte. Dieser Dreckskerl legte die Verantwortung wie der in andere Hände. »Mich kaufen Sie nicht, Sie Schwein.« Dann ging er auf Winterstein zu, der immer noch halb hinter halb neben seinem Schreibtisch stand. Blitzschnell schnellte Sebastians behandschuhte Hand mit dem Brieföffner, den er hinter dem Rücken verborgen hielt, hervor und stach zu … zwei Mal … richtig heftig. Winterstein griff sich an den Leib und ging auf die Knie. Mit vor Schreck aufgerissenen Augen starrte er den Jungen an. Dann sank er zu Boden und vor blinder Wut, stach Sebastian seinem Opfer mit aller Wucht noch zwei Mal in die Genitalien … »da, du elendes Schwein«, jetzt war er wieder beim vertrauten *Du*, »mit dem Teil, richtest du keinen Schaden mehr an.« Er wollte nochmals zustechen - er fühlte sich wie im Blutrausch - als er plötzlich vom Flur her ziemlich starken Lärm vernahm. Eine Tür wurde nicht gerade leise geöffnet und ziemlich heftig wieder zugeschlagen.

Sebastian blickte hilflos um sich und entdeckte eine weitere Tür schräg hinter Wintersteins Schreibtisch. Panikartig ging er durch die Tür und befand sich in einem Nebenraum zum Büro. ›*Wahrscheinlich auch ein Liebesnest für den Scheißkerl*‹, dachte er, denn es stand ein schmales Bett darin. Dann hörte er, wie die Türe zu Wintersteins Büro geöffnet wurde. Er bekam es mit der Angst zu tun. Winterstein hatte doch noch gelebt, als er ihn verließ. Wenn der nun sprach, wäre er, Sebastian, geliefert. Er spürte, wie sich auf seiner Stirn Schweißperlen bildeten … kalter Angstschweiß. Dann hörte er, dass etwas gesprochen wurde, konnte aber nichts verstehen. Es war nicht sehr viel. Und dann … eilige Schritte … schließlich war es wieder still.

Vorsichtig öffnete er die Türe des Nebenraums einen Spalt und spähte hinaus. Niemand war da ... der Winterstein lag am Boden mit weit aufgerissenen, leblosen Augen, in denen noch das Entsetzen zu lesen war. Tot ... der Winterstein war tot. Sebastians Herz schlug bis zum Hals. Er hatte auch keine Ahnung, wer der Besucher war. Der kam aus irgendeinem der vielen Büros entlang des langen Flurs. Woher genau, das konnte er nicht sagen. Er vermutete niemanden mehr im Hause ... im ganzen Betrieb war es still, wie ausgestorben. Wer aber war es also, der sich noch im Haus befand? Und hatte der Winterstein zu dieser Person noch etwas gesagt? Wird man ihm jetzt auf die Schliche kommen? Er beeilte sich, schnell in den Keller zu kommen und durch das Archivfenster wieder ins Freie zu gelangen. Und er wusste, dass es wichtig sein würde, am nächsten Tag möglichst früh wieder zur Arbeit zu gehen, um das Klappfenster gleich am Morgen wieder zu verriegeln, so dass zumindest dadurch kein Verdacht auf ihn fallen könnte.

Er holte sein Fahrrad und machte sich eiligst davon. Den Brieföffner warf er oberhalb der Wiese ins Gebüsch.

Erst am nächsten Tag erfuhr er, wer sich am Vorabend noch im Hause aufhielt und dann Wintersteins Büro betrat. Es war wie eine Fügung des Schicksals, dass es ausgerechnet Siebert war, der mit Winterstein wegen der Kündigung nochmals sprechen wollte. Und so wie es schien, hatte Winterstein nichts mehr gesagt. Es blieb Sebastian also nichts anderes übrig, als den Dingen ihren Lauf zu lassen, sonst hätte er sich selbst verraten.

*

Celine lehnt sich in ihrem Stuhl zurück. Wie konnte es so weit kommen? Alle waren blind oder zu gleichgültig. Man war allzu schnell bereit, eine einfache Erklärung für das geänderte Verhalten von Carmen zur Hand zu haben. Dabei waren die Signale doch überdeutlich. Jeder hätte draufkommen müssen. Ein Mädchen, das offensichtlich bedrückt, nein depressiv, wirkt. Es geht plötzlich nicht mehr jobben, etwas, das es bis anhin gerne tat und der Vater wird unverhofft befördert.

Ganz klar, dass auf diese Art das System ›Missbrauch‹ so gut funktionieren kann. Statt wachsam zu reagieren, suchte jeder nach passenden Erklärungen. Das ist so einfach. Ja, Celine findet, dass es die Erwachsenen sind, die Schuld tragen, nicht dieser Junge, der sich einer ausweglosen Situation gegenübersah. Seine Schwester ist schwer traumatisiert. Ebenso war auch Winterstein auf eine Art ein Opfer. Sein übersteigertes sexuelles Verlangen war krankhaft. Die Ehefrau fühlte sich überfordert und fand darin eine Lösung, dass ihr Mann außerhalb seinen abnormen Trieb befriedigte.

Die Verhandlung um einen Jugendlichen wird unter Ausschluss der Öffentlichkeit geführt werden. Außer der Familie hat niemand in den Zuhörerreihen etwas zu suchen.

Celine weiß schon jetzt, dass sie speziell darauf hinweisen wird und natürlich auch später mit einem Appell die Öffentlichkeit aufrütteln will: ›*Sehen Sie nicht weg! Zeigen Sie Zivilcourage!*‹

Es klopft. Auf Celines ›Herein‹ streckt Stephan Förster, der inzwischen mit seinem Sohn angekommen war, den Kopf zur Türe herein.

10. September 2009

Celine hat Grund aufzuatmen. Sie ist mit dem Urteil zufrieden. Das Gericht hatte alle entlasteten Punkte berücksichtigt. Auch bei der Beurteilung des weiteren Straftatbestands, der Spurlegung, hatte es zu Gunsten des jungen Försters geurteilt. Das Strafmaß lautet auf eine einjährige Freiheitstrafe, die zur Bewährung von drei Jahren ausgesetzt ist.

Basierend auf Sebastians Persönlichkeit, sein Vorleben, aber auch die näheren Umstände der Tat und sein Verhalten nach der Tat und nicht zuletzt auch seine Lebensverhältnisse führten zu einer positiven Sozialprognose.

Vor dem Gerichtsgebäude verabschiedet sich Celine lächelnd von ihrem jungen Mandanten, während sie ihm durch sein dichtes dunkelbraunes Haar wuschelt. »Alles Gute, mein Junge«, sagt sie.

Sebastian nimmt die gebotene Hand und lächelt schüchtern zurück. Er zögert einen Moment, dann geht er auf Celine zu, umarmt sie und sagt nur »Danke für alles.«

Papa Förster hat Tränen der Rührung und Freude in den Augen. Er bringt kein Wort heraus. Er nickt nur, als er sich von Celine verabschiedet.

Das Leben kann jetzt wieder beginnen.

Danksagung

Mein Dank geht an …

Michael Mächtel, Pressesprecher der Staatsanwaltschaft Freiburg, für seine wertvollen Hinweise im Jugendgerichtsgesetz (JGG);

meinen Mann, Dieter, der sich wie gewohnt der sorgfältigen ersten Lektüre angenommen hatte und wie immer als mein erster Kritiker fungierte;

Ingrid Merten, die sich wieder als Lektorin zur Verfügung gestellt hatte. Wie bei meinem letzten Markgräfler Krimi ging sie akribisch und sehr kritisch vor;

den Klartextverlag, Essen, der mir die Zustimmung seiner Grafikerin für die Verwendung des Blutbildes auf dem Cover gab;

meinen Sohn, Armin, der mich bei der Produktion des Covers unterstützte. Er hat meinen Gestaltungsvorschlag graphisch bestens umgesetzt.

Weitere Bücher von Ellen Heinzelmann

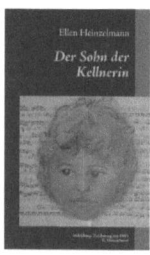

Der Sohn der Kellnerin

ISBN 978-3-8423-5995-6
212 Seiten, Paperback
E-Book: EAN 978-3-8448-6282-9

Das Leben der Studentin Hannah nimmt eine überraschende Wendung. Unerwartet wird sie schwanger und ein schwerer Schicksalsschlag trifft sie. Doch tapfer stellt sie sich dem Leben mit ihrem Kind, einem ganz besonderen Jungen, der klare Merkmale eines Genies zeigt.

BLUTSVERWANDT

ISBN 978-3-8423-6856-9
212 Seiten, Paperback
E-Book: EAN   978-3-8448-4537-2

Mit dreißig Jahren entdeckt Boris Petrow zufällig, dass sein verstorbener Zwillingsbruder Ilja gar nicht sein Bruder war. Sein wirklicher Zwillingsbruder mit Namen Eric wuchs 60 km entfernt in einer anderen Familie auf und er lebt. Durch seine Recherchen gerät Boris in große Gefahr, denn Adrian, Erics Vater, setzt einen Berufsverbrecher auf ihn an.

Wir seh'n uns in der Hölle

ISBN 978-3-8482-0935-4
216 Seiten, Paperback
E-Book: EAN 978-3-8448-3761-2

Mario der älteste und auch tüchtigste von insgesamt drei Söhnen der Galanisfamilie hat es mit seiner Steinmetzkunst zu ansehnlichem Wohlstand gebracht. Zwanzig Jahre lebt die Familie gut und gerne von Marios Wohlstand. Doch im Hintergrund schwelt der Neid. Die unstillbare Gier führt zu Hass und blinder Zerstörungswut. Und die gierige Gesellschaft merkt nicht, dass sie am Ast sägt, auf dem sie selbst sitzt. Mario wird an den Abgrund seiner Existenz getrieben. Auf der Suche nach dem ›Warum‹, stößt Mario auf ein dunkles Familiengeheimnis.

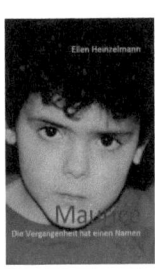

Maurice

ISBN 978-3-7322-3654-1
204 Seiten, Paperback
E-Book: EAN Nr. 978-3-8482-8352-1

Während eines Workshops in Montpellier hatte Dr. Norman Falcon eine kurze aber sehr intensive Affäre mit einer Französin, einer außergewöhnlichen Frau. Dass dieses Abenteuer nicht ohne Folgen blieb, erfährt er erst acht Jahre später, nachdem er längst eine Familie mit zwei Kindern gegründet hatte und in sorgenfreiem Wohlstand in der Schweiz lebt. Diese Folgen haben einen Namen: **Maurice**.

Es geschah in der Wolfsschlucht

ISBN 978-3-7322-8375-0
212 Seiten, Paperback
E-Book: EAN Nr. 978-3-7357-7317-3

Heiko Thomasin, Lehrer für Physik, Mathematik und Informatik beginnt in Kandern ein neues Leben. Er will die unangenehme Geschichte, die ihn in Karlsruhe in Schwierigkeiten brachte, hinter sich lassen. Im Hans-Thoma-Gymnasium in Lörrach hat er alle Chancen für einen erfolgreichen Neuanfang. Doch auch hier im Markgräflerland holt ihn die Vergangenheit ein.

Als in der Wolfsschlucht in Kandern eine weibliche Leiche gefunden wird, führen alle Spuren, unter anderem der Hinweis eines stummen Zeugen, direkt zu ihm. Nun soll er sich vor dem Landgericht in Freiburg verantworten.

Doch seine Schwester, Doris Wendtland, ist von der Unschuld ihres Bruders überzeugt. Sie bittet ihre Freundin Celine Endress, eine erfolgreiche Rechtsanwältin, um Hilfe. Celine und ihr ›Matula‹, wie diese ihren Kompagnon Friedhelm Kulau gerne scherzhaft nennt, nehmen sich des Falles an. Bei der Recherche stoßen sie auf erschreckende, äußerst gefährliche Details.